千寻文化
Qianxun-Culture
—图书·影视—

# 亲爱的朴恩同学

丁肆
DINGSi WORKS
著

百花洲文艺出版社
BAIHUAZHOU LITERATURE AND ART PRESS

**图书在版编目（CIP）数据**

亲爱的朴恩同学 / 丁肆著. --南昌 : 百花洲文艺出版社, 2019.9

ISBN 978-7-5500-3349-8

Ⅰ.①亲… Ⅱ.①丁… Ⅲ.①长篇小说-中国-当代 Ⅳ.①I247.5

中国版本图书馆CIP数据核字（2019）第165009号

**亲爱的朴恩同学**
**丁肆 著**

| | |
|---|---|
| 责任编辑 | 蔡央扬 |
| 特约编辑 | 清　河　糖小忧 |
| 封面设计 | 青空工作室 |
| 出版发行 | 百花洲文艺出版社 |
| 社　　址 | 南昌市红谷滩新区世贸路898号博能中心A座20楼 |
| 邮　　编 | 330038 |
| 经　　销 | 全国新华书店 |
| 印　　刷 | 长沙鸿发印务实业有限公司 |
| 开　　本 | 880mm × 1230mm 1/32　印张 10 |
| 版　　次 | 2019 年 10 月第 1 版第 1 次印刷 |
| 字　　数 | 283千字 |
| 书　　号 | ISBN 978-7-5500-3349-8 |
| 定　　价 | 39.80元 |

**赣版权登字：**05-2019-204


网址 http://www.bhzwy.com
图书若有印装错误，影响阅读，可向承印厂联系调换。

# 目录

contents

目录

contents

# 第一章

## 与你重逢

“啪嗒”，一滴汗落在砖红色的跑道上，瞬间蒸发消失。

人声鼎沸的体育场的角落里，有个俏生生的姑娘站得笔直，小脸上汗水涔涔，呈现粉红色，鬓角处的短发粘在脸颊上。她的手里捏着一张 A4 纸，呼啦呼啦扇着，小脚微微踮起，圆溜溜的杏仁眼往不远处的赛道上张望。

“你的身体还挺得住吗？”身侧的男孩撑着一把黑伞，刚好将女孩笼入阴凉中。

“没问题的，接下来是短跑的项目吧？”小姑娘不甚在意地摆摆手，看了眼 A4 纸上的比赛顺序，两道弯眉拧起，“名单上为什么没有咱们学校的参赛选手？”

“男子一百米半决赛，刘教练还没确定这次参赛选手的名单。”谭生骨节分明的左手扶了扶无框眼镜。

短跑项目一直是北城大学体育队的短板，十年来都没出现亮眼的成绩，连续四届校际运动会都无人闯入总决赛。这次更为夸张，短跑队主教练刘东甚至在开赛前还没确定参赛人选。

这算……自我放弃了吧？叶凉闻言，失望地叹了一口气。

谭生笑了笑：“有弱项是正常的，记者区太热了，你在这儿休息休息，下个项目再过去吧。”

话音刚落，那端一声指令枪响起，几道身影飞速跑出。

看来比赛已经开始了。

“团长、叶凉，快快快，快来！要破纪录了！”

坚守在第一线负责摄像兼拍照的小周激动地对着交谈的两人挥手，催促声和四周传来的尖叫声混合在一起，交织成扣人心弦的紧凑乐章。

叶凉急忙起身拿起身侧的话筒，跟谭生一起往赛场的方向跑去。

来得太晚，但叶凉几乎立即注意到了第七跑道上的那抹纤长却极富力量的背影，跟腱处的条状肌肉随着每一次发力微微张开，脚尖轻巧敏捷地落地，继而再次迅猛抬起。

“哇！”他连贯的动作堪称完美，连叶凉这个体育门外汉都不禁发出赞叹。

这匹优雅的豹子以绝对优势遥遥领先，将第二名甩开了近一米的距离。短短几秒后，男生就以当仁不让的气势瞬间冲破了终点线。

坚实的背阔肌将上衣撑起，夺冠的男孩双臂高扬，食指上指，柠檬色的队服在蓝天的映衬下分外耀眼。

“北城大学！他是北城大学的！”认出男孩身上亮眼的队服，叶凉疯狂尖叫，脚步急促地往记者采访区域奔去。

而这时，头顶上方的大屏幕计时器也显示出了男孩的成绩，10 秒 52。

看到成绩的叶凉脚步一顿，难以置信地揉了揉眼睛，惊讶得合不拢嘴。

破纪录了，这个男生破纪录了！

疯了，前来观看比赛的北城大学的学生们都疯了！

在场所有的评审、教练和媒体记者们也都疯了！

这个男生仅在一百米半决赛就打破了维持了五年的校际运动会纪录！

“叶凉，别愣着了，赶快过去。等会儿你负责问问题，我协助你进行记录。”谭生仍旧是沉稳斯文的模样，从后方拨开人群匆忙交代着任务。

叶凉拍了拍自己发烫的脸蛋儿，把脖子上的记者证摆正，挤到了人群的最前方伸出自己手中的话筒。

“同学，我们是北城大学的记者，麻烦你先接受一下我们的采访。”本校的记者都有优先采访权，叶凉的声线因激动微微抖动，事先没有参赛队员的信息，她同样对这匹黑马一无所知。

正在和观众席上的教练说话的男孩闻言转过身来，狭长的眸子半眯成一道直线，两片薄唇向上勾起，右颊漾出的梨窝显示出了他此刻的好心情。男孩左侧耳骨处的银质耳环在阳光的折射下闪出耀眼的光点，刚好照在叶凉那双睁大的美眸上。

男孩喑哑地回了一句：“好啊。”

时间一分一秒地走过，叶凉大脑一片空白，愣在了原地。震惊全场的黑马就站在她的面前，她所有的话却被哽在了嗓子眼，一句都问不出来。

是他！怎么会是他？！

等不及的外校记者纷纷提问，男孩却充耳不闻，只是安静地等待着静默不语的叶凉，不急不恼，眼里是沁入心底的笑意。

谭生蹙眉小声提醒了一句，叶凉才如梦初醒，黑白分明的眸子直视男生：“对不起，我不想采访他。”叶凉将手里的话筒收回来，转身和负责记录的谭生说道。

男生却一把拦截抽离的话筒，潮湿的大掌擦过叶凉干燥的小拇指。叶凉浑身一个战栗，飞速撒开手里的话筒，与面前的人怒目相视。

男生声音低沉：“可是我只想要你采访。”

在场来自北城十几所高校的记者们齐刷刷地被眼前的剧情惊呆了，刹那间，现场安静了几秒，连谭生都拧了拧眉，僵持在这儿。

后面的工作人员打手势催促，被男生深情凝望着的叶凉不得不硬着头皮开口，随口问道：“同学，我校没有递交短跑项目人员名单，最后却由你取得了小组赛第一的佳绩，请问你当初没有申报名单是出于什么原因呢？”

"同学？"男孩儿听到这个称呼，嘴角往上扬了扬，挑了挑眉，"怎么，才五年你就不认得我了？"

叶凉抓着话筒的手微微施力，一双美眸中沾染了薄怒："朴恩，你别太过分。"

"你想起我来了？我给你一个机会，重新提问。"

在场的记者们都默契地保持安静，体内的八卦之火正在熊熊燃烧，只有谭生开始蹙眉。他刚想阻止叶凉继续采访，被激怒的叶凉终于口不择言地说道："你要我问你什么？问你怎么忽然舍得放弃美国的训练转战国内？还是该恭维你在美国训练得太好，一回国就虐了一组人？"

朴恩眼底的笑意更浓，仿佛激起女孩儿如此剧烈的情绪起伏是一件值得开心的事一样。他还未开口，一位从后方休息区注意这边动态的女运动员飞速跑了过来，一步跨到叶凉和朴恩中间，高高的马尾不小心扫过朴恩胸前，脆声说道："你的提问与这次比赛无关，恕我们不能回答。另外，大家都是北城大学的学生，希望不要再问这类攻击性极强的问题，以免影响校队之后比赛的情绪。"

攻击性问题？叶凉简直想给校田径队拍拍手。

实际上，这个女孩叶凉是知道的，采访前他们都按照田径队提供的名单做过功课。她的名字叫陈羽珊，也是校田径队的短跑运动员，比叶凉高一年级，今年读大三。

朴恩这只缩头乌龟，无理挑衅也就算了，现在竟然还让女生来呛自己！原本想息事走人的叶凉反而如磐石一样站在原地，昂起了下巴，对着陈羽珊一字一句地回道："对不起，我现在没有采访你。"

"请朴恩同学回答我，据我所知，你一直都在美国接受训练，现在突然以北城大学特长生的身份参与比赛，是因为你在美国成绩提升不了，所以才被迫选择回国吗？"

全场哗然。

身后的谭生瞬间黑了脸。

现在送你去医院。”

叶凉虽不是运动员，但也知道脚踝对运动员的非凡意义，明天就是校际运动会决赛，朴恩此刻容不得半点损伤。

“不用。”朴恩放下抬起的右臂，拉住叶凉的手往踝骨处戳了戳，“你给我揉揉就好。”

叶凉的动作停了停，再望向朴恩的杏眸漾满了水光，一脚踢过去：“疼死你算了，大骗子！”

语毕，她留下坐在地上的朴恩，头也不回地跑开了。

朴恩这才抬起头，露出一抹苦笑，细细观察能发现男孩的额头已经渗出了一层薄薄的冷汗，失去血色的唇紧紧抿住。

啧，真是倒霉。

运动会的第二天，市体育馆参观人数比前一天多了整整一倍，偌大的场子座无虚席，看台上四处拉满了粉丝们自发定做的标语，大红的横幅上写着“遥知君子不是仙，少年他从风中来”。

叶凉跟着记者团队伍入场，看到此情此景不禁“啧啧”了两声，低声对旁边的人说道：“现在的粉丝们真疯狂。”

谭生笑着敲了敲叶凉四处乱看的小脑袋，叮嘱道：“等会儿采访的时候你收敛点。”

“遵命！”叶凉调皮地敬了个礼。

谭生拿她没办法，摇了摇头，眼里却有着宠溺。

叶凉算是谭生的直系学妹，小丫头古灵精怪，大一刚入学就加入了记者团，两人共事也有近两年的时间。谭生也说不清自己对她是什么感觉，只是总会不自觉多分一点注意力在女孩身上。

近几年，夏秋天气越发炎热，九月里的天仍热得叫人心焦，这一天，人的体感温度甚至超越昨天，直逼三十六度。

叶凉曾经患有心脏病是团里都知道的事，大一她还因为身体欠佳申请了体育免修。这种天气，就连身强体壮的人站上一整天都容易中暑，更何况是一个弱不禁风的小姑娘。谭生反复和叶凉确认了身体状况，烦得叶凉哀号着打趣："部长大人，请放心吧，我又不是纸糊的，哪儿有那么脆弱？！"

看她精神饱满，谭生稍稍放心："如果你觉得不舒服别硬撑，这里有我顶着，你随时下去休息。"

要不是最近这段时间采访太多，部里人手不够，他真不会安排叶凉来这里受罪。

4×100 米接力决赛被安排在了上午，短跑一百米决赛则被安排在下午两点，不过他们已经事先了解到两个项目都有夺冠热门选手朴恩参加。

昨天，朴恩跌倒后叶凉回去还是有些担心，可一想到那人那副不正经的样子，就嫌弃得牙痒痒，他应该只是故意吓唬自己的，其实根本没受伤。

虽然心里这么想着，但叶凉还是忍不住在人群中寻找那个熟悉的身影。这时，喇叭里刚好广播"北城大学体育代表队入场"，随之从四面八方传来的欢呼声震耳欲聋，大到几乎能把房顶掀翻。

说来老天真是偏心，明明大家穿的都是柠檬黄的队服，可偏偏在朴恩身上就有种名模走秀般的高级感，在人群中甚是扎眼，而其余的人却穿出了廉价货的感觉。走在朴恩前头的大山低头瞅了眼自己的队服，默默抻了抻自己的衣角，又理了理发型，才自觉满意地露出堪比牙膏广告代言人的阳光笑容。

"朴恩，这回你彻底红了！"大山一巴掌拍到朴恩的肩膀上，像走红毯似的对着周围的人群挥着手，不停地送飞吻。

"扑哧，人家妹子都是奔着朴恩来的，你跟那儿嘚瑟什么呢？"一旁的方安阳看不过眼，嗤笑着吐槽大山。

"你以为谁都跟你一样这么小气？粉丝分我一半，朴恩也不会介意的，对吧，朴恩？"

朴恩脖子上挂着头戴式耳机，懒散地走在队伍的最后面，没理会队友的打趣，反而频频往四周看，像是搜寻着什么。

大山反正习惯了朴恩不理人的样子，一把揽住男孩的脖子，也跟着环视了一圈："你看什么看得这么投入？"

"没什么。"朴恩摇了摇头，心底叹了一口气，难道她昨天真的生气了，气到……连校际运动会的采访都不来了？

"哎，你看，这不是那天针对你的小记者吗？"大山突然大喊，指着远方的一个小白点幸灾乐祸，"朴恩，你要小心了，你的'黑粉'来了。"

朴恩眯着眼，顺着大山指的方向看过去，视线恰好与正在悄悄观察他的叶凉碰撞，被抓包的叶凉飞速移开视线，装作随意四处看看的样子。朴恩低沉的心瞬间回到了原位，勾了勾嘴角，右手摸了摸耳骨上的银环，状似漫不经心地回了大山一句："是啊。"

他是要小心了。

4×100 米接力赛马上开始，大山被安排在第一棒，李斌和方安阳分别是二三棒，最后一棒的重任自然落到了朴恩的头上。

"谭部，你觉得今年咱们接力有希望夺冠吗？"各个选手已经开始检录，叶凉和谭生率先抢占了终点附近的采访席，做好第一时间冲过去的准备。

"很难说，虽然今年杀出了朴恩这匹黑马，可北城体大整体水平比我们高出很多，单靠他一个人很难有所突破。"谭生思索了片刻分析道，"况且朴恩下午还有比赛项目，男子一百米夺冠的希望比接力要强得多，适当保存实力应该是还不错的策略。"

北城大学的短跑队已经近十年没有夺得冠军了，这次朴恩就像一道曙光劈下，校队这边怎么都要抓住他保一金的。

看来这次接力，北城大学也难逃陪跑的结局了。叶凉吐了一口气，虽然理解，但她不免有几分有些失望。

广播中开始介绍赛道信息，运动员均站在了各自的位置上。

第四棒的交接位与记者席距离很近，叶凉站在第一排，稍稍扭头就能看到正在热身的朴恩。尽管她不断告诉自己要控制，可视线仍旧不自觉往男孩身上探寻。

五年的锤炼让男孩稚嫩的脸变得棱角分明，低垂的头埋入阳光中，整个人仿佛被镀上了一层金光，倒三角的身材加上精致的五官，他完美得不像真人，更像是被艺术家精心制作而成的雕塑。

朴恩右脚踝骨处传来阵阵刺痛，尽管昨晚已经做了紧急处理，可他仍旧没办法过于用力。人群中，他搜寻到叶凉期待的目光，心里做出了最后的决定，邪邪地对着女孩挑了挑眉，弓起食指放在唇边，轻贴后指向女孩的方向，银色的耳骨钉环泛着清冷的光，肆意张扬的模样引得一批一直注意他的少女疯狂尖叫。

叶凉仓皇转移视线，心脏怦怦跳动。刚刚朴恩的手势她再熟悉不过，因为她就是那个手势的“创始人”。

八岁那年，她做了最后一次心脏手术，彼时她与朴恩已经相识。男孩哭得比她还要撕心裂肺，她躺在担架上，就是将食指放在唇边然后指向他，让他不要担心。

时过境迁，没想到他还记得。

没想到，他会在此刻重现。

“各就各位——”

发号令打断了叶凉的胡思乱想，第一棒的七名运动员分别踩上了起跑器，弓起身子调整好了最佳姿势。

“预备——”

七名运动员臀部高高翘起，叶凉的心也随之被揪起。

“砰”的一声枪响，七名运动员如离弦的箭一般弹出。北城大学校队的综合实力确实不敌北城体大，一棒大山在绕过弯道后仅居第四，在其余三名选手已完成交接之后，北城大学的交接棒方传到李斌手中。

李斌接棒反应很快，不过两秒的时间就超越了一名选手上升至第三名，成功挤进前三甲。随着李斌的反超，观众席中再次掀起沸腾的欢呼，叶凉却在这个时刻忍不住看向同样在焦心等待的朴恩。

楼下，叶凉站在医院门口左右张望。

“你忘了什么东西吗？”一旁的谭生偏头询问。

“啊，没有。”

叶凉用力敲了敲自己的头，心想：难道你到现在还在暗暗期待些什么吗？

挎上靳娜的手臂，叶凉没心没肺地咧了咧嘴：“我们赶快回去吧！”

运动会已经过去，可余波仍在发酵。

就在比赛结束的隔天，叶凉的采访视频被人剪裁传到了校园论坛，并配上了“爆：北城大学某记者在运动会上花样作疯，演绎新概念碰瓷”的标题。

视频一共分为三段。第一段是叶凉对朴恩问出“攻击性问题”的画面；第二段是陈羽珊对着屏幕激烈地哭诉，嚷嚷着“你今天干吗拐弯抹角寒碜我”；第三段则是叶凉晕倒的画面，旁边还别有心机地配上了“前方高能”四个字，晕倒瞬间变成了叶凉别有用心的设计。

这种掐头去尾的片段式剪裁却赢得了大家的点击，一时间群情激愤，叶凉成了大家针锋相对的对象。

真是人在家中坐，锅从天上来。

谭生第一时间找计算机院的学生帮忙撤销了校园帖，并且置顶了澄清帖，然而似乎有人故意针对叶凉，视频被删后再次出现原封不动地出现在微博中，并且被两个大 V（指经过微博认证，粉丝众多的人）账号转发，事情变得一发不可收拾了。

虽然学校新闻部的官方账号发文再度澄清了此事，并且呼吁大家不要过度解读，然而这并未阻止网民的战斗热情。部分键盘侠上纲上线，将战会转移到了整个新闻行业；另一部分键盘侠则将炮火集中在叶凉的身上，叫嚣着要进行人肉搜索，问她凭什么能进入北城大学。

叶凉一巴掌拍在桌子上："我凭什么能进北城大学？我当年高考全省第一，凭什么不能进！"

靳娜倒了一杯水给叶凉，用万分闪亮的美甲拍了拍叶凉气得鼓起的脸颊："你不要这么激动，小心你脆弱的心脏。"

叶凉从小患有心脏病，先后做过两次手术，虽说好得七七八八，但也不能有剧烈的情绪起伏。

叶凉灌了一大口凉水："真是咽不下这口气，难道我就只能这么坐以待毙？"

"小周也拍了那天的采访视频，现在正在制作完整的版本，到时候就能还你清白了。"谭生烫金的钢笔敲了敲笔记本，开口安慰着，"学校管理官方微博的人，我也去打了招呼，届时也会一同将澄清视频挂上。"

虽然说是这么说，但其实目前的形势并不乐观。对于那些专业"喷子"而言，网络就是他们的发泄渠道，事实的真相到底是什么或许他们并不在意。况且说来惭愧，学校官媒的影响力远远不如网络上的大V，那些大V稍稍带个节奏，舆论就会立刻跟风形成一边倒的局面。

叶凉混了一年的媒体圈，自然知道事情不会像谭生说的这么简单。只是此刻她能做的太少，身为事件的主角，她完全想不到任何方法为自己辩解澄清。

"真不知道是谁跟我有深仇大恨，竟然想到用这么恶毒的方法黑我。"叶凉蓦地觉得有些委屈，抱住双腿曲坐在位子上，恶狠狠地说，"如果让我找到那个人，我一定要好好教训他一顿。"

"你放心吧，事情总会过去的。"谭生摸了摸女孩的头，"网络的风刮得很快，过几天就会有新的新闻出现了。这几天你先好好休息，不要看手机了。"

叶凉沮丧地点了点头，应了声"好"。

果然如叶凉开始预料的那样，完整版的澄清视频发到了网络上，却没能激起一丝浪花。学校的官博影响力太小，很多网友都选择了视而不见。

叶凉戴着帽子从新闻中心的大楼走出来，耷拉着脑袋，就如同一朵低落的小蘑菇。她搞不懂，自己只是一名平凡的大学生，如今何德何能高居热搜榜，被千万人评头论足。

低头走着，前方突然冒出一只被白色绷带缠成熊掌的巨型脚，叶凉赶紧往旁边闪了闪，生怕挡了路，没想到一时不察，帽子却叫那人抢了去。

“摘下帽子，阳光才能照亮生活。”

叶凉逆光望过去，巨型脚的主人头顶扣着自己粉嫩的棒球帽，笑得异常灿烂。

真是冤家路窄，叶凉跳起来抢回帽子，恼怒地瞪了一眼来人，转身欲走。

叶凉的手腕却被朴恩一把拉住，他摇了摇缠着石膏的腿：“我自己回不去寝室，你来送我回去。”

“我凭什么！”叶凉奓毛。

“你想抵赖？你忘了，我是因为救你才受伤的啊。”

叶凉咬了咬银牙，他一句话成功堵住了她所有的拒绝。

朴恩抬起胳膊，很自然地揽住叶凉的肩膀，将半身的重量压在小姑娘身上，叶凉瞬间变成了一根人体拐杖。

“你自己走不了，为什么还要满世界溜达？”叶凉的额头冒了几滴汗珠，对优哉游哉倚靠着自己的人咬牙切齿地说道。

“嗯，我出来晒太阳，半路走累了，刚好又遇到你了。”朴恩说得云淡风轻。

其实，朴恩是因为看到了网上的风波，担心小姑娘的情绪受到影响，才让队友大山扶着他到新闻楼附近守着的。看到了小姑娘，他提着的心总算放下了一半。

叶凉听到朴恩如此不负责任的回答，撇了撇嘴：他走累了，刚好又遇到她，她怎么这么倒霉呢？

宿舍区距离新闻楼有些距离，叶凉一路搭着朴恩有些体力不支。男孩虽然是故意赖上叶凉的，到底还是舍不得，指了指一旁的椅子："不然我们坐下休息休息？"

叶凉虽惦记着赶紧将这尊大佛送走，但也败给了现实，只能无奈地点了点头，扶着男孩坐在椅子上，安静地捶着自己的肩膀，一时间相顾无言。

"网上的事我看了，你不要放在心上，我会想办法帮你解决的。"

微风刮过，阴凉处没了晒人的太阳，凉爽又惬意。叶凉捶肩的动作微停，笑了笑："你帮我解决？你要帮我怎么解决，是要帮我把全网的消息都屏蔽了，还是去找当事人当场对峙？"

说完，叶凉扭头望着朴恩，神色平静："其实你早就知道是谁发的视频对吗？"

朴恩闻言，两道浓眉蹙起："你怎么会这么想？难道你已经知道对方是谁了？"

叶凉后背靠在椅子上："视频的拍摄角度我仔细地研究过了，刚好是我们学校田径队的休息区。另外，采访当天陈羽珊的情绪崩溃点太奇怪了，只要用脑子想想就知道是故意的。朴恩，虽然我不聪明，但也不傻，这个栽赃的手段太拙劣了。"

事发突然，视频流出来的时候，慌乱的叶凉的确不知道视频的来源。直到后来她反复观看视频，才发现对方的拍摄视角刚好就是校队所在的位置，因此，她不得不怀疑这一切是陈羽珊自导自演的戏码。

"我和陈羽珊从前并未有过交集，只除了采访你的那一次。对于视频的事我不会追究，也没有能力追究。朴恩，我不管你和她是什么关系，只希望这件事到此为止，不要再继续了。让你脚踝受伤，我很抱歉，我也愿意在我能力范围内，对你进行赔偿，我自觉没有做过任何对不起你的事，所以我们到此为止吧。”

叶凉冷静到几近冷漠的话让朴恩坠入冰窟，他的嘴角露出讽刺的笑：“赔偿，你觉得多少钱才能把我打发走？

“叶凉，你我之间永远不会有到此为止这个词存在。”

男人利落起身，眉眼是掺了冰的寒意：“陈羽珊的事我并不知情，我会把事情查清楚。至于你，叶凉，早在十三年前，你就该知道，这辈子我都不会放开你。”

说完，男人很想潇洒地大步离开，却尴尬地发现他的腿伤限制了他进一步的行动。

叶凉也发现了男人的窘状，忍着笑在位置上不动如山。

“你傻坐着干吗？还不赶紧扶我起来！”朴恩耳垂暗红，语气还带着一丝气急败坏。

叶凉这才慢慢站起身子，嘴角上扬，嘟囔着：“刚刚你不是挺神气的吗？我还以为你痊愈了呢。下次你要是再对我胡言乱语，我就直接把你丢进湖里。”

朴恩：“……”

送完朴恩，叶凉在半路上接到了新闻中心袁老师的电话，心中陡然滋生一股不好的预感。果然，下午在办公室，袁老师对着小姑娘欲言又止。

“我知道整件事你也是受害者，可现在网络的声音太大，已经给学校和新闻中心带来了不太好的影响。老师也是迫于压力，只能让你先暂停在新闻中心这边的工作，等网上的事情澄清了，再让你加入进来。”

叶凉的脑子“轰”地停止运作，团委袁老师的话在她的耳边嗡嗡作响，暂停新闻中心的工作……她积攒了几天的委屈积聚到眼眶，倔强的嘴唇因施力抿成偏白色，冤枉、不甘、委屈，各种情绪交织在一起，纷乱复杂。

叶凉嘴巴虚张，却哽咽到一句话都说不出来。

袁老师见叶凉这副样子也于心不忍，毕竟她知道这个姑娘有多热爱新闻工作：“老师不是要辞退你，只是让你暂时离开，避避风头。人生总有高潮和低谷，这段时间你先专心学业，也不要有太大心理负担，如果之后有不错的实习机会，老师也会优先推荐你去的。”

办公室突然传来两声敲门声，未等袁老师喊“请进”，门直接被推开了。

“老师您好，我是体育学院的新生朴恩，冒昧打扰了。”

朴恩？他怎么来了？叶凉惊讶地抬起头，红彤彤的眼睛刚好对上男孩坚定的双眸，方才的委屈突然间被无限放大，两行泪水就这么直挺挺地顺着叶凉的脸蛋滴落下来，砸到了他的心尖上。

朴恩握了握双拳，抬头表明来意：“老师，我来是想和您谈一下最近新闻中心在网上发生的相关事情的解决方案。”

袁老师自然是听说过朴恩的，无论是作为为校争光的运动员，还是作为视频中的受访选手，可以说叶凉这次的事件和面前的男孩脱不了干系。

袁老师饶有兴趣地倾了倾身子：“你有什么好的建议？”

朴恩扫了一眼旁边的小姑娘，说道：“老师，我能单独和您谈谈吗？”

叶凉那双浸了水的大眼睛扑闪扑闪眨了两下，袁老师微微颔首：“叶凉，你没什么事情就先回去吧。”

叶凉吸了吸鼻子，站起身，经过门口时，朴恩温热的大手趁老师不注意捏了捏姑娘的小手，说了一句：“你在外面等我，你的委屈，我会帮你讨回来。”

一个愣怔，时光辗转，叶凉仿佛回到了十三年前的盛夏。

小时候叶凉身体差，做了两次心脏手术，让她往往只能坐在树荫下看着村中的小孩嬉戏玩耍。孩子们年纪小，不懂事，常常三五成群地跑过来嘲笑她是一个玻璃娃娃。

叶凉不会反驳，等到傍晚大家都散了，她才一个人偷偷地抹眼泪。

朴恩出现在天边泛红的晚霞时分，他像一个小天使般从天边跑来，犹豫几秒后，才伸出小胳膊抱住哭泣的小姑娘。他说："我是你的新邻居朴恩，妈妈都叫我小恩。

"从今天起，有人再欺负你，你不要怕，就躲在我身后，我会帮你讨回公道。"

男孩右颊的梨窝深陷，小包子脸带着别样的认真与严肃，只有男孩心底知道，他对这个哭泣女孩许下的，是要倾其一生去捍卫的、男人的承诺。

那日开始，朴恩就成了叶凉生命中比父母还重要的人。

时间的齿轮扭转，七岁的小男孩已经长成二十岁的翩翩青年模样，可坚定的眼神恰与当年相同，他说"你的委屈，我会帮你讨回来。"

# 第二章

## 虚假恋人

窗外的树被无意闯入的鸟儿压得吱呀作响，都说一场秋雨一场凉，前些天明明还热得惊人，昨晚的那场雨便浇灭了深夏的燥热，秋风袭来，连枝叶都被吹得不停摇摆。

叶凉靠在楼道深处的玻璃窗前，逼退鼻尖一股股的涩意，不知过了多久，那扇紧闭的门才终于开了一道缝隙。

叶凉鼻尖通红，双眸还挂着一滴未掩去的水珠，见男孩出来，三两步走了过去，还未开口询问，一双冰凉的小手便被男孩握在手心："走吧。"

朴恩扶着姑娘瘦弱的肩膀，借着叶凉的力道，一步一步走出办公楼。袁老师站在办公室的门口，望着相互依偎的两个小孩，想着方才男孩对自己说的话，内心一阵激荡，谁不曾有过青春年少，而眼前这一对真是羡煞旁人的金童玉女。

"你……怎么会突然出现？"叶凉舔了舔干涩的唇，率先打破寂静。

"回去之后，我托刘东教练给袁老师打了个电话，才知道刚巧下午她约了你见面，我觉得可能和这事有关，就让人把我送过来了。"

叶凉抿了抿唇，良久才挤出一句"谢谢"。

"我们什么时候变得如此生分了？"朴恩因着女孩的道谢心情有些复杂，话音刚落，两个人再次陷入尴尬中。

"我已经和袁老师说明了状况，你之后可以继续待在新闻中心。"

叶凉惊讶地抬起头：“可……”

“网上的事我已经解决好了，该解释的也都解释了。”

叶凉心中不解：怎么会……

朴恩看女孩困惑的样子，继续说道：“我申请了微博，发了关于你的澄清帖，同时找了几个大V带了节奏，如今网友的关注点在速食文化影响下很容易被转移，所以危机解除，你可以正常生活了。”

“你是说，网上那些攻击我的言论也都解决了？”

“估计大家现在都忙着跟你道歉吧。”

叶凉满脸难以置信，望了一眼身侧的男孩，不敢相信他有如此大的影响力，竟能在一夕之间扭转局面。

叶凉压抑着满腔好奇，直到将男孩送回训练场后，才从兜中掏出手机爬上微博，刷新一下，果然，关于自己的新闻少了很多。她随意点开之前的报道，下面齐刷刷的都是：“不吹不黑，其实小姐姐长得是好看的，祝福。”

“失恋了，都是别人家的男朋友。”

“我看了完整版视频，小姐姐问得没毛病，只是知道内幕的我感觉被塞了满嘴‘狗粮’。”

难道朴恩会魔法吗？叶凉急切地搜朴恩注册的微博，看他究竟发了什么。几分钟后，叶凉两颊通红，一股闷气卡在胸口，上不去下不来。

怪不得刚刚男孩让她先送他回去再看手机！叶凉一键按灭了屏幕，从丹田深处涌出两个字来：“易燃！”

此时，当事人正美滋滋地举着手机坐在休息室里，翻来覆去地阅读自己刚刚发的微博：“郎骑竹马来，绕床弄青梅。五年迟迟归，执言两相顾。”

然后他点开下面的九格图，里面的小姑娘粉嫩漂亮，小男孩帅气可爱，两个小团子牵着手，对着镜头言笑晏晏。转眼间，已经五年了啊。

的双肩包，留着一头俏丽的短发，脸上挂着甜甜的笑容，长相怎么看怎么眼熟。

大山突然爆了一句粗口，像猴子似的跑到朴恩身边：“朴恩，你快看这姑娘，她是不是……是不是……”

朴恩闻言也望过去，见到女孩后，他眯了眯眼睛，像餍足的猫儿露出愉悦的表情：“没错，就是你们嫂子。”

大山：“……”

叶凉刚进门就觉得自己变成了在动物园被无数人观摩的大熊猫，无数道视线中，有一道最为灼热，仿佛自带加热效果。叶凉每往前走一步，就觉得身子如在火上烤般燥热。

不用想，她也知道那道视线来自何处。

叶凉握了握汗涔涔的手掌，强迫自己无视那道太过赤裸的目光，昂着头往前快步走去。

叶凉站在刘东教练身边，偷偷扫了一眼在场的人，十余人一水儿都是男生，排成一列，眼神晶亮地盯着她，大家都安静地等着她开口讲话。

顶着巨大的压力，叶凉不自在地吞了吞口水，鞠了一躬，清脆地说道：“大家好，我叫叶凉。自今天开始的这一个月内，我会不定期参与到训练中，帮忙记录大家的生活，请多多关照。”

语讫，训练场立刻响起雷鸣般的掌声和口哨声，臊得叶凉原本就粉扑扑的小脸变得更红了。

叶凉虽没在田径队待过，但她在田径队一直是个传说。先不说微博事件，光是前些天朴恩爆出两人情侣关系这事，就让一众队友大跌眼镜。

“刘教练！”大山挥舞着手臂，“情侣秀恩爱容易引起身心不适，我提出抗议！”

原本碍于刘东在场，队员们没敢起哄，见大山起了头，大家都按捺不住开口调侃：“你懂什么？叶凉这是看咱们朴恩受伤了，不放心，所以亲自过来照顾了。”

“可不是，这年头没个女朋友，还真不敢受伤。”

十几个人你一言我一语，场子立刻热闹起来。

刘东自然知道朴恩跟叶凉的关系，听到浑小子们的调侃也不忙着阻止，脸上露出看待儿媳妇般慈爱的笑容。

叶凉局促地站在前面，全身的血液往脸上涌，偏不知怎么应付面前的状况。她下意识抬眸，终于看向角落里的朴恩，朝男人露出了求救的目光。

一双大眼中闪着光芒，朴恩立刻心一软，开口说道：“行了，别说了，我媳妇都害羞了。”

叶凉大惊：什么？

进入短跑队才五分钟，叶凉就后悔自己当初做了鲁莽决定。

北城大学田径队主要分为长短跑、跳高跳远和铅球铁饼几大类，田径类的体特生加起来有百余人。由于朴恩在校际运动会上大放异彩，考量到现阶段朴恩和短跑队的热度，新闻部决定缩小拍摄群体，田径队的纪录片主要锁定在短跑队。

“热身十圈，跑完回来做拉伸。”随着刘东一声令下，队员们带着哀号，排着队往外头的操场上跑，一天的训练算是正式开始了。

媒体圈内常说，只有进入真实，才能获得真实。意思是只有真正了解了受访群体，彼此接纳，才能看到对方最真实的生活。如今纪录片任务才刚刚开始，叶凉作为纪录片视角的决定者和素材的挖掘者，重要的不是急于发现，而是融入集体。

拍摄初期，任务并不重，小周跟叶凉打了声招呼就提前离开了。而叶凉作为主要采访人，现阶段的主要工作就是跟队 员们混熟。

“刘教练，叶凉能留下来帮我进行上肢训练吗？”

刘教练原本跟叶凉一边聊天一边往外走，结果不甘寂寞的留守少年朴恩在两人刚要迈出大门的前一刻，唤停了双方的脚步。

刘东闻言，再次露出戏谑的表情，对叶凉眨眨眼：“瞧我这眼力见儿，你快去照顾朴恩吧！”

然后刘东对着朴恩立刻换了一副面孔，凶狠地吼道：“你别以为自己受伤了就可以名正言顺不锻炼，给我老实待着，回来引体向上做不完看我怎么收拾你！”

叶凉瞪了朴恩一眼，连忙摇头：“刘教练，我跟您一起去……”

话还没说完，运动神经极佳的刘教练甩着胳膊走远了，嘴里含着的哨子吹得响亮：“大山，你在那儿逛公园呢？还不给我跑起来！”

叶凉：“……”

这里的氛围未免太轻松了些，队员恋爱，教练都不管的吗？

“叶子，过来。”得逞的朴恩露出一排小白牙，冲着叶凉招手。

谁理你！叶凉翻了个白眼，抬脚就往外走，只是才迈出两步，身后就传来“扑通”一声巨响，随即是朴恩的闷哼声。

叶凉赶忙回头，只见朴恩以极其狼狈的姿势倒在了地上。

“朴恩，你怎么了？”

经过上次的事，叶凉再不敢拿朴恩的身体开玩笑，大踏步跑过去扶起男生，却反被抓住手腕，这男人哪儿有半点受伤的样子。

“你又骗人！”叶凉涨红了脸，想扯回被握住的手。

“我不骗你，是真的摔下来了。”朴恩眼角弯弯，因为叶凉的关心而雀跃，“是我忘记了脚伤，看你要走，我就想起来追你。”

叶凉撇撇嘴，“哼”了一声，姑且相信了他。

朴恩抓着叶凉的手没松开，对着姑娘说道：“你上次没和我说你要来拍纪录片。”

“我为什么要跟你说？”叶凉嘟着嘴，再次抽手，被男孩碰过的地方滚烫，“你先放开我！”

朴恩对叶凉的要求充耳不闻，而是说道：“我还没告诉你，散布谣言的人已经找到了。你猜得没错，确实是陈羽珊找人拍的视频发在网上的。”

叶凉一愣，“哦”了一声，眼睑垂着，有些别扭。

“你不想知道后续的处理结果吗？”朴恩专注地看着小姑娘的侧脸。

叶凉咬了咬下唇，没有说话。

“她被队里开除了。”

叶凉猛地抬头：“怎么可能，你之前不是说她只是被处分了吗？”

“我之前说的？”朴恩露出惊讶的神情，“你在哪儿听到我说的？”

暴露了！叶凉心一紧，瞳孔满是被发现的慌乱。

朴恩的眼珠转了转，立刻想到昨天傍晚在训练场看到的那抹裙摆，意识到了什么，嘴角一点点上挑，狭长的眸子充满了欣喜：“昨天你是不是偷偷跑来关心我？”

被当场戳穿的叶凉心脏再度剧烈地跳动：“你胡说八道什么，我现在不想跟你说话！”

满心想逃跑的叶凉完全忘记了自己的手腕还在男人的禁锢中，起身的刹那，受到反作用力的影响，叶凉一下子跌坐在了朴恩的腿上，两人以极其暧昧的姿势搅在一起。

就在这时，训练场的大门被推开，大山满头大汗地冲进训练室：“累死我了……”

六目相对，气氛中透露着一丝诡异的尴尬。

还是大山最先反应过来，扯着嗓子，“嗷”的一声跑出了门，边跑边说：“朴恩，你动作快点，大部队马上回来了！你放心，我会帮你守门的！”

叶凉还没反应过来大山话里的意思，就听到门外传来他响亮的声音：“大家先别进，现在里头的光景可是少儿不宜。别怪我没提醒你们，朴恩记仇，你们现在进去一定会被记恨的！”

朴恩：你现在已经被我记恨了。

叶凉：这下跳进黄河也洗不清了。

清晨，时针堪堪转到六的位置，叶凉手机的闹钟就嗡嗡振动了起来。

叶凉迷迷糊糊地按掉闹钟，半眯着眼从床上坐起身，窸窸窣窣地胡乱翻着衣服往身上套。

同寝的舍友靳娜听到声响，按亮手机，看了一眼时间，对叶凉嘟囔了一句：“你怎么起这么早？”

“田径队有早训，我得跟着一起去。”

“啧，我看你真是疯了。”靳娜翻了个身，无法理解叶凉的行为。之前老师想找靳娜负责校舞蹈队的纪录片采访，被她毫不犹豫地拒绝了。没钱又辛苦，她才不去。

靳娜拢了拢身上的被子，嘱咐了一句：“外头冷，你多穿点衣服。”

已经很久没这么早起过床的叶凉此刻大脑一片混沌，胡乱“嗯”了一声，扭头就忘记了搭在椅子上的外套。

原以为才九月，天气不会冷到哪里去，然而叶凉还是低估了秋天的威力。出门时，一阵冷风吹过，把叶凉冻得透心凉。懒惰战胜了寒冷，叶凉懒得回去爬楼取衣服，硬着头皮踏出了宿舍楼。

初秋的清晨虽然冷，但并不萧瑟。枝头的绿叶还未完全褪去，枝头上的桂花沾染着清晨的露珠，深吸一口裹着香气的空气，倒也叫人心旷神怡。叶凉搓了搓胳膊上竖起来的鸡皮疙瘩，小跑着往训练场赶。

“叶凉。”

女孩的脚步顿了一下，她怎么好像听到了朴恩的声音？她怀疑是自己起得太早，所以幻听了。

她又往前走了两步，声音再度从后面传来：“小叶子。”

用这个称呼喊自己的，除了朴恩，她再也找不到第二个人。

叶凉难以置信地转过身，身后这个一瘸一拐冲着她走来的人，不是朴恩是谁！

“你怎么在这儿？”叶凉没见过比朴恩还要不听话的病患，明明腿脚不利索，还偏要满世界乱窜。

“我怕你起太早会饿，特意买了早饭带过来。”朴恩大概习惯了早起，脸上完全没有任何的疲惫。他扬了扬右手拎的塑料袋，温热的袋子此刻结上了一层薄薄的水珠。

叶凉见状蹙眉，环视了一圈：“谁送你来的？”

从这儿到朴恩的宿舍距离并不近，叶凉不相信男人自己能走这么远的路。

“我自己来的。”朴恩话音刚落，不远处就传来了一记响亮的喷嚏。叶凉循声走过去，看见大山哆哆嗦嗦地站在不远处。

朴恩：“……”

大山见自己被发现了，摸了摸鼻子，从树后头走出来，露出一排小白牙：“弟妹早上好啊！”

“叫嫂子。”朴恩不耐烦地纠正。

虽然朴恩比大山低一年级，但年纪比大山大了两个月。

当场逮到男人说谎，叶凉再度望向朴恩的眼神透露着冷淡：“既然你身边有人，我就先走了。”

朴恩还没说话，大山身为最强助攻，立刻撇清关系：“别别，朴恩跟我可没关系，我就是路过打个酱油而已。”

“早训要迟到了，我就先走了，朴恩就拜托你了！”说完，大山给朴恩递了一个“保重”的眼神，撒丫子就跑。

情侣吵架可留不得！

大山走后，叶凉站在原地，半天也不肯回头。她既不想搭理面前的男人，又不能把这个无法独立行走的人留在这儿，任其自生自灭。

就这么耗了几分钟，朴恩一只腿跳到姑娘身边，用手指戳了戳叶凉的肩膀：“你生气了？”

叶凉低垂着头，没有回应朴恩的问话，短发遮住女孩的半边脸，他窥不出女孩的表情。

突然间怎么了？

朴恩拉了拉叶凉的手臂，却被女孩一把甩开。各种错综复杂的情绪交织在一起，叶凉一双眸子满是挣扎：“朴恩，你是不是想让我愧疚一辈子才甘心？”

朴恩一愣，不知这话从何说起。

“你为了救我受了伤，然后还拖着脚伤把我抱去了医院，最后还因此错过了你的比赛……你知道我多内疚吗？”叶凉越说声音越大，“我根本不要你跑来给我送什么早餐，也不要你装什么好人为我出头。你以为我为什么会答应老师来拍什么纪录片？我就是想赶快把欠你的债还清，我不想背着欠你的良心债！

“如果你真的为了我好，就行行好请你赶快康复，然后澄清我们的关系，我真的受够了像这样每天被人误会却辩解不得。”

叶凉的话一字一句如一把尖刀插在朴恩的胸口上，男孩眸色渐深，唇线抿成一条，眼底闪现淡淡的悲凉。

“原来是这样啊，我不知道你是这样想的。”

朴恩抬手摸了摸叶凉的头顶，声音一如开始般温和：“其实我的脚伤跟你没关系，你不用内疚的。况且，陈羽珊的事与我脱不了干系，我帮你出头也无可厚非。等舆论的风头过去，我也会跟大家解释清楚我们的关系，所以你先忍一忍。”

“我不是故意跑来，只是睡不着……想确认你是不是真的存在。”朴恩虚弱地笑了笑，“大概是不告而别去美国留下的后遗症吧，回国后再见到你，老觉得你是自己想象出来的。没想到我擅自跑来给你带来了负担，现在我知道了，下次不会了。”

朴恩的话让叶凉越发哽咽，却倔强地不肯抬头。

“好了，你再不去，早训就要结束了。”朴恩后撤了一步，“不用管我，我想在这边休息休息，早训结束后，大山会过来接我。”

然后他脱下外套披在叶凉身上，道：“早晚温差大，小心冻感冒了。”说完，他留下衣服，扭头朝着不远处的长椅走去。

叶凉望着朴恩踉踉跄跄的背影，双拳握紧又松开，松开又握紧。终于，她还是忍住了靠近的脚步，掉头离开了。

这是第一次他们如此相近，却渐行渐远。

枯黄的叶子落在地上，踩在脚底发出“咯吱咯吱”的声响。

身上披着的宽大运动衣飘来清新的皂香，里面还裹挟着男孩温热的体温。朴恩的话不停在耳边重复，叶凉每走一步，原本脆弱的心脏就抽痛一分。

明明就是他先离开的，现在又来装什么情圣！

胸口传来阵阵钝痛，许是方才她情绪起伏太过剧烈，心脏有些吃不消。她捂住胸口，不甘心地在原地使劲儿跺了跺脚，朴恩生来就是克她的！

叶凉走后，朴恩随意坐在路边，发丝盖住了原本锐利的双眸。从早餐袋中飘出的热气开始减少，热气腾腾的糕点和豆浆正在逐渐失去原本的温度。

朴恩随意地捏着袋子，眼眸垂下就像一只被抛弃的巨型流浪狗。略有些萧瑟的秋天与短袖T恤混搭在一起，莫名带着些悲凉。

“还不赶快起来！”清脆娇俏的声音从上头传来。

朴恩的耳朵动了动，抬头看见叶凉去而复返，小脸板着，眉毛揪在一起，显得万分嫌弃。

朴恩还傻在原地，叶凉气急败坏地揪住男孩的短袖往上薅：“我让你起来听不见啊，你还要不要去训练了！”

终于，愣在原地的朴恩有了反应，嘴角越咧越大，伸出一只胳膊：“我起不来。”

“我上辈子真是欠你的！”叶凉嘴上说着，却还是把男孩的手臂放在自己瘦小的肩膀上，“以后不许再来找我。”

“好。”

“再来我就不管了！”

“好。”

“我没跟你开玩笑，我真的会不管你的！”

“好。”

校园中桂花飘香，冲破地平线的太阳将刺骨的凉风烘烤变暖。

等拖着朴恩这个大累赘赶到训练场时，早训果然已经开始了。

训练场上空空荡荡，完全没有以往充满朝气与活力的样子。正中央，十余名队员低着头排成一列，空旷的训练场回荡着刘东洪亮的吼声：“最近管你们太松了是不是？看看你们自己散漫的样子！是不是以为自己跑得够快，都不用来训练了？”

刘东这一吼，让刚走到门口的叶凉跟着抖了三抖，架着朴恩的胳膊，叶凉怎么都不肯往前再走一步。

“现在怎么办？”女孩压低音量，像一只小松鼠站在大门处往里头探头探脑，生怕刘东发现自己。

叶凉从小就属于胆子跟不上点子的类型，鬼点子一堆，却没胆子做。唯一的那点小脾气还都用在了朴恩身上，在外头被人欺负了也只会自己生闷气。

“你不是我们训练队的，没关系。”朴恩没忍住，揉了揉叶凉的碎发，“外头冷，先进去。”

“我不敢……”话还没说完，朴恩就牵起叶凉的小手，直接推开门，旁若无人地走了进去。

叶凉：“……”

就不能商量商量再统一行动吗？为什么朴恩这么无组织、无纪律？

刘东听到开门的声音，看向朴恩的脸黑得宛若包公：“你还不赶紧给我过来！”

叶凉哆哆嗦嗦地小声打招呼：“刘……刘教练，对不起，我来晚了……”

虽然刘东的脸色仍旧很难看，但对着叶凉明显缓和了不少：“没事，你先去那边坐一会儿！”

然后刘东看见不让自己省心的朴恩：“叶凉，你不用管他，让这小子自己走过来，我倒要看看他有多能耐！”

田径类项目一直是北城大学体育队的弱项，其中短跑又是田径队的拖后腿项目，十年来一直青黄不接。

朴恩的出现，给短跑项目，甚至给整个田径队都带来了生机与希望，校领导都铆足了劲儿想把朴恩作为人才输送到G队。偏偏这小子自己不上心，比赛前受伤退赛就算了，如今拖着一只“熊掌”满世界溜达，连早训都敢公然迟到。

刘教练简直恨铁不成钢，对这个得意弟子又爱又恨。他看了一眼手表：“你迟到了十分钟，去那边做五十个引体向上，不做完不许下来！”

站在一侧不敢吭声的叶凉倒吸了一口凉气，五十个引体向上？这个数字叶凉想都不敢想。

朴恩扭头刚好对上叶凉担心的目光，他勾勾唇，递给小姑娘一记安心的笑容，拖着“熊掌”走到机械下方，摩了摩掌心，一只脚灵活地跳起，双手牢牢地抓住单杠。

“叶凉，你帮朴恩数着，不到五十不要放他下来。”收到任务的叶凉小步跑到朴恩下方，仰着头望着男孩。

朴恩仍旧是那副云淡风轻的表情，仿佛除了叶凉，没有什么能拨动他的心弦。

男孩低头对叶凉眨了眨眼，左侧耳骨的银质耳环闪出一道光。当叶凉对着耳环发愣时，朴恩背部陡然收缩，身体被双臂拉起，背阔肌将运动服撑起，大臂的肌肉完全爆出，尖润的下颌跃过单杠，身形比海报上的模特还要性感完美。

“1……2……”

叶凉数着数，却偷偷吞了吞口水，明明对方什么都没做，她的耳垂却红得几欲滴血。

她慌乱得想别开视线，又想到有“要务”在身，只能逼迫自己无视会发光的肌肉，集中精力在数数这件事上。

“除朴恩之外的全体队友五人一组，一百米计时往返跑五圈。”

刘东扫了朴恩一眼，然后把朴恩搁在一边，开始给其余的队员布置任务。

一听到计时，所有人都愁眉苦脸，只是刘东刚发完脾气，大家不敢吭声，默默分好组站在画好线的起始点，等待刘东的口令。

这边，朴恩转眼已完成过半惩罚，却仍旧脸不红气不喘，目视前方稳步上举。

平时隔着衣服，叶凉并不觉得朴恩强壮，甚至觉得他与其他运动员相比体型偏瘦，可上了器械，叶凉才发现男孩的身上全部是精瘦的肌肉，而他的上肢与下肢一样发达有力。

一开始，叶凉的注意力还在朴恩的身上，等到那边开始分组跑，叶凉就开始走神，一双眼时不时往旁边瞥。

吊在上面的朴恩低下头就发现女孩的注意力不集中，不动神色地皱了皱眉，然后一个上跃就将自己的双臂挂在单杠上，双腿晃悠着，冲着下面的小姑娘说道："我做不动了。"

"什么？"叶凉抬起头，发现朴恩的发丝已经全被汗水打湿，如何都晒不黑的脸在运动后呈现出自然的红晕，一双眸子亮得惊人。

"我说我累了。"朴恩用胸抵着单杠，胳肢窝卡在杠上，两条胳膊自然垂下。

叶凉听了这话，先是偷偷摸摸扫了一眼刘东，见他背对着自己，才小跑到朴恩脚下，压低音量说道："那我帮你盯着教练，五分钟后你就下来，我给你虚报到五十。"

语毕，她像一个小特务鬼鬼祟祟地绕到前面，企图用娇小的身躯挡住刘东的视线。

朴恩露出一个梨窝："不用，你站在这儿给我加油就好。"

现在朴恩已经做了三十个，对大多数人而言，这已经是可望不可即的数字，更何况他每个动作都极其标准。

叶凉害怕朴恩脱力从上面摔下来："你先等等！"她从角落里拽出厚厚的垫子铺在单杠下头，"你再做十……不，再做五个就好。"

朴恩还没回答，刘东刚好回头看见朴恩慵懒地挂在单杠上。他是知道朴恩的身体的，这小子就跟一头精力旺盛的牛犊子一样，五十个引体向上像玩儿似的。

于是他吼道：“朴恩，你摸鱼呢？还不继续！”

这一嗓子又把默默怂恿朴恩作弊的叶凉吓了一跳，女孩绊到垫子上摔了个跟头，慌乱爬起来：“快快，被发现了。”

这下朴恩笑出了声，叶凉这副笨笨的模样，跟小时候如出一辙。

“看好了。”语毕，朴恩再次拉直双臂，上下起伏的速度明显加快，汗水很快将上衣浸湿，身上的汗顺着皮肤淌下，顺着脖颈流入衣领深处。

男人运动的样子确实很帅，但叶凉盯着朴恩的脚踝，忧心忡忡。

“到了，五十到了。”叶凉边喊边暂停男孩的动作，然后跑过去叫刘东。

朴恩能自己上去，下来却有些难度，他需要别人把他从上面扶下来。

“刘教练，朴恩已经做完五十个引体向上了。”叶凉清脆地跟刘东汇报。

“嗯，让他过来参加训练吧。”刘东盯着队员的成绩，眉心蹙得能夹死一只蚊子，“方安阳，你组织一下进行拉伸训练，大山你跟我出来一下。”

大山正用上衣擦着汗，被突然点名愣了一瞬间，挠挠头跟在刘东后头走了出去。

其余的人再次两两一组，有条不紊地坐在地上开始进行腿部拉伸。

大家似乎丝毫不在意朴恩的死活。

看了一眼还在半空中吊着的朴恩，叶凉扶了扶额，提高音量，转而对方安阳说道：“方安阳，你能不能……”

“叶子！”叶凉回头，朴恩再次晃晃“熊掌”，“别打扰人家训练，过来扶我下来。”

方安阳闻言，也对叶凉咧嘴：“他自己能跳下来，只要你扶一下他的脚，保证他的脚别碰地就行。”

没办法，叶凉只得又跑回去，稳定心神跪在垫子上，然后两只胳膊死死地抱住朴恩的双腿，咬牙紧闭着眼：“你撒手吧！”

“噗。”朴恩没忍住，在上头笑出了声儿。

连一直关注这边的方安阳跟队友都忍俊不禁，朴恩真是找到了个宝。

听到周围的笑声，叶凉莫名其妙地睁开眼，刚好对上朴恩似笑非笑的眸子。

“不用那么悲壮，你起来托着我的右腿。”

“啊？”叶凉闻言，起身轻轻托住朴恩的右腿，就见男孩轻松一跃，从单杠上跳了下来。整套姿势行云流水般顺畅迅速。

叶凉：“……”

短跑队目前一共有十七名运动员，其中男运动员九名，女运动员七名，还有一名女运动员是陈羽珊，目前已经被开除。

所有校队运动员都是在全校范围内经过层层筛选选拔而出的优质苗子，在这里，他们不仅能够接受更加专业的体育训练，代表学校站在更大的赛场拼搏，并且也有机会被选入到更高层次的队伍。历年来，北城大学无数体育运动员就是通过校队的平台被输送到省队乃至G队，继续为国争光。

但校队的成员并非是固定不变的，几乎每隔一个学年，学校都会进行二次筛选，劝退成绩无法提升的队员，选拔新的队员入列，以保证校队运动员的水平和能力。

大山就是去年通过选拔进入的短跑队，截至今天已经满一年了。

“下个月校队就要开始进行新一轮的选拔了，现在具体选拔的规则还没出来，但你现在的成绩是队里最差的，相当危险。”刘东拿着刚刚测试的成绩，面色凝重。

“11秒52，11秒56，11秒49。”刘东一边报数一边摇头，“对于一般的体特生来说，这成绩或许还说得过去，但想要继续留在校队，就还要提高。”

说完，刘东叹了一口气，拍了拍大山的肩膀：“剩下的时间不多了，你还有一个月可以提高成绩，自己好好想想吧。”

和刘东谈完话回来，整个早训期间大山都愁眉苦脸，一言不发地站在角落里。

平时习惯了大山没心没肺，冷不丁他变得这么沉默大家还有些不适应。

九点整，早训结束，方安阳一把搂住大山的肩膀：“哟，一早上学朴恩搁这儿装深沉呢？听哥一句劝，没这个颜值，咱就走好谐星这条路，别跑偏。”

大山心烦地甩开方安阳，粗声粗气道：“滚滚滚，别烦我！”说罢，他大步迈开走出了训练场。

方安阳无辜地瞅了瞅朴恩：“大山早上吃炸药了？”

刘东锁好器材室的门走出来：“下午五点集合，都别给我迟到。”

方安阳凑过去：“教练，大山这是怎么了？”

刘东犹豫了一下，说道：“选拔新生进校队的运动员已经开始报名了你们都知道吧？大山目前的成绩有些危险。

“不过，具体细则还得等我下午开完会才能知道，你们也别掉以轻心，万一这次政策有变或者报名选手实力强劲，我也保不住你们。”

刘东说完，大家都有默契地沉默了。

短跑队每年人来人去，但其实人员变动并不大。最开始能够进入的必然实力不俗，经过魔鬼加训成绩都会往上拱一拱，但也保不齐会有实力更加强劲的新队员……比如朴恩。

他是刚进校直接跳过选拔赛被特招进来的。

在场的人唯一不太了解情况的就是叶凉了：“大山现在的成绩

很差吗？”

“大山的成绩不算差，”朴恩开口解释，“只是这届报名的人成绩一旦超过他，他的名额会是最先被顶替掉的。”

叶凉这才知道原来短跑队就像“尖子班”，成员是流动的。

“既然大家都不想大山离开，我们就一起努力提高他的最好成绩不就行了。”叶凉乐天地提出建议。

“没有那么简单，”方安阳摇了摇头，“大山的11秒47已经停滞了一个月了，每个运动员都会遇到身体上的瓶颈，身体需要一段时间才能突破限制创造新的成绩。”

“三个臭皮匠还顶一个诸葛亮，我就不信我们这么多人没办法帮助大山突破瓶颈。”叶凉耸了耸鼻子，用手肘撞了撞身侧的男孩，“你不是跑得快吗？你一定有办法让大山提高成绩吧。”

跑得快跟有办法让别人提高成绩毫无关联，但朴恩不想辜负叶凉难得的信任：“嗯，我尽力。”

如今北城大学田径队正日趋没落，为了激发运动员的活力，让大家的成绩能够整体走上一个台阶，学校领导班子和教练也没少下功夫，却一直收效甚微。

当天下午，刘东被领导叫去商量关于筛选新生进入田径队的相关事宜。

这次短跑队在校际运动会的接力赛上取得了金牌，为北城大学争得了荣誉。学校领导有意借势进一步扩大短跑队在全市的影响力，提出要增加本次新进人员的比例，加大筛选的宣传和选拔的力度。

在资源不变的情况下，增加新进人员，就等于会有一部分的老队员被迫退出。于短跑队的发展而言，这确实是一个引进新鲜血液、重振短跑队旗鼓的机会；但于校队老队员而言，他们即将迎接的是一场严酷的淘汰赛。

会议结束后，刘东一直阴沉着脸，手心手背都是肉，这些队员都是自己一手调教出来的，哪个走了他都万分舍不得。原以为按照队里现在的成绩排名，最危险的应该是大山，如今看来，他还是过分乐观了。

办公室里，刘东看着早训测试的短跑成绩满脸愁云，手里的烟一根接着一根。

“老刘，报名短跑的队员统计表整理出来了。”隔壁办公室跳高队张教练敲了敲未关的门，“这次报名短跑的队员数量多了不少，我扫了一眼，里头好像有几个好苗子，你也看看，心里好有个谱。”

刘东心情复杂地接过报名表，厚厚一沓，比往年多了不止三倍。

“怎么这么多人？”刘东眉头紧皱，抬头问道，“你那边报名的情况怎么样？”

“不怎么样，现在练跳高的孩子是越来越少了。”说起这个，张教练脸上的笑意也淡了不少，“倒是你，上头这回是铁了心要让你们短跑队重振旗鼓，你还愁眉苦脸做什么？是不是舍不得那群小崽子？”

刘东听到张教练的问话，深深叹了一口气，他怎么可能舍得？

虽然这帮小子平时嘻嘻哈哈没个正行，但都是自己一手带过来的，他们在这片土地上挥洒的汗水他也都看在眼里。往年只是离开一两个成绩比较差的，今年……

“你先别发愁，我倒是有个主意。”张教练凑过头去，眼尾几道浅浅的鱼尾纹夸张地皱在一起，像密谋大事一样压低音量说道，“其实我们两个队可以资源共享，短跑和跳高本质上需要的身体素质大体差不多，我们这边青黄不接，其实你可以考虑让一些队员转项试试，或许能走得更远也说不定。”

刘东大概了解张教练的意思，拧眉问了一句：“听你的意思，是有中意的人选了？”

张教练等的就是这句话。他半靠在桌子边缘：“我觉得朴恩相当不错。这孩子后跟肌腱韧性强，脚踝小，股四头肌和小腿三头肌都长得极其完美，加上他腰背力量发达，非常适合跳高……”

听闻张教练的话，刘东脸一黑，直接起身把人往外轰："滚滚滚。"

"你考虑考虑，把朴恩转给我，这样你队里就能空出一个名额留其他队员……"

"嘭！"

不等张教练把话说完，刘东无情地关上了办公室的门，把聒噪的声音隔绝在外面。

公然挖人就算了，挖的竟然还是朴恩！张教练真是会给他添乱！

而话题的男主角此刻就在方安阳的搀扶下，缓慢而坚强地走到了图书馆。

"我真看不出来你对知识的欲望这么强烈，都已经无法独立行走了，竟然还在追求德智体美劳全面发展。"方安阳的肩膀被朴恩搭着，仰头看了一眼面前气派的建筑，万分不解，"你说你追求精神上的学习我不拦着，可有必要这么急切吗？你就不能等腿脚利索了再在知识的海洋里畅游？"

原以为大山的话已经够多了，没想到方安阳跟大山比起来竟然毫不逊色。

朴恩懒得回答，借着力往楼梯上头走。

走到一半，方安阳突然拍了下脑门："我差点忘了，你今天下午是不是该去复诊了？"

"嗯。"朴恩应了一句。

"你记得？你记得还来图书馆？"方安阳看了一眼手机上的时间，真不知道这位少爷心怎么这么大，"你匆匆忙忙地过来，究竟有什么要事？"

两人刷过学生卡，走进图书馆专门为学生开设的自习室。朴恩先是环视一圈，随即视线锁定在某个熟悉的背影上，这才腾出时间勾了勾唇，随意地回答道："我啊，我来逮兔子。"

# 第 三 章

## 风中少年

刚开学不久，图书馆还没有期末那么火爆，联排的书桌零零散散坐着几个看书的学生，整个自习室有些空荡荡的。

朴恩几乎一眼就找到了坐在角落里的小姑娘，桌子上成堆的书把女孩俏丽的脸蛋遮挡了大半，一个小小的脑袋躲在电脑屏幕后面，双唇紧抿，两只手飞快地在键盘上噼里啪啦敲个不停。

朴恩径直朝着目标走过去，一把拉开女孩身侧的凳子坐了下去。

过度沉浸在电脑内容中的叶凉倒是没注意来人是谁，头都未抬，把零散在一旁的书本往自己这边揽了揽，生怕遭人嫌弃。

没想到叶凉刚把移走的书摆好，一只骨节分明的大掌就出现在她的视线里。

手的主人极其自然地把叶凉的书拿走，然后开始低声念起书名：“《一分钟学会自控》《如何做行为的主人》《带你走进行为主义心理学》……”

叶凉两道黛眉蹙起，怎么会有如此没礼貌的人？

“你……”叶凉刚想开口质问，结果头扭过去看见那人，原本含在嘴里的话硬生生憋了回去，到嘴的话变成了，“你……你怎么在这儿？”

问完，叶凉也不期待朴恩能回答，她发现自己的底线正在一再拉低，现在女孩对于朴恩随时都会出现在自己周围这件事已经见怪不怪了。这个男人就像在自己身上安装了GPS（全球定位系统），走到哪儿都能被他找到。

果然，朴恩也没想回答叶凉的问题，随手把书放在桌子上，扭头刚好看见了叶凉的电脑屏幕，于是再次念道："短跑队成绩提高方案书……一、强化法……"

"你这人怎么这样，干吗看别人的隐私？！"叶凉双手捂住屏幕，像一只困窘的小兽那样低吼，耳垂红得几欲滴血。

满桌子的心理学书籍加上刚刚瞥见的内容，朴恩坐正身子问道："你是在帮大山制定训练计划？"

早晨，刘东教练说大山的成绩很久都没能提高，届时很有可能面临退队的风险，叶凉说想帮助大山提高成绩，原本以为她只是随口说说，没想到却真的上了心。

既然已经被朴恩看见，叶凉也就不再忸怩，放下遮挡的屏幕"嗯"了一声，然后说道："我查了一下资料，觉得行为主义的一些方法或许对提高短跑成绩有些促进作用。虽然我实战经验不够，但理论应该还过得去……"

然后叶凉揪了揪自己滚烫的耳朵，小声说道："反正都被你发现了，不然……你就先帮我看看我写的计划书靠不靠谱吧。"

朴恩怎么说都是短跑队目前成绩最好的队员，在实际训练上肯定比叶凉有发言权。

朴恩顺从地扭过电脑，这才发现小姑娘在短短的时间内已经洋洋洒洒写了不少内容，出乎意料的是，无论是用词还是内容，看起来都异常专业。

朴恩不笑的时候面容颇显严肃，专注起来的样子让叶凉也开始认真起来："你觉得怎么样？"

女孩问话间不自觉挺直后背，紧张的心情倒是有点像等待老师报成绩的小学生。

朴恩不知突然看到了什么，忍俊不禁："利用大山怕狗的弱点，在训练时放狗对其进行追赶……这也是行为主义？"

“当然，人在受到威胁感到恐惧时，大脑颞叶中的杏仁核会立刻接收到刺激，调动起身体的全部感官应对威胁。”叶凉一本正经地说着，“这种外部刺激比用言语让他集中注意力来得管用，只要精神投入，身体上的潜能也会被进一步开发出来。”

听起来似乎很有道理，就是不知道大山听到放狗训练的消息，该是如何崩溃。

“所以你到底觉得靠不靠谱嘛。”叶凉等得不耐烦，催促朴恩给一个结果。

“计划挺好的。”朴恩把电脑盖上，“明天可以拿给刘教练看看。”

事实上，效果怎么样他也不知道，不过基于看热闹不嫌事儿大的心理，朴恩倒是对用叶凉提出的这些“旁门左道”的训练方法期待不已。

只是叶凉是新闻系的学生，应该不大有机会接触到心理学的内容，朴恩忍不住好奇：“你什么时候对心理学感兴趣的，我怎么不知道？”

闻言，叶凉眼帘垂了垂，低着头开始整理借阅的书籍。

时间久到朴恩认为小姑娘不会回答自己了，才隐隐听到一声类似喟叹的声音：“你离开了这么久，又怎么会知道。”

朴恩舔了舔干涩的唇，到底没能说出一句话来。

方安阳原本坐在不远处偷窥朴恩谈恋爱，企图拍到什么“劲爆”的画面带回去和大家分享，可结果这两人不仅没有什么亲密举动，连表情都冷冷的。

真无趣。方安阳翻着白眼起身，气势如虹地走过去，“咚咚”敲了两下桌面，提醒道：“朴恩，你记得跟弟妹一起去复诊，我就先走了。”

“复诊？”叶凉飞速转身，“你今天复诊？”

“嗯。”

“约的几点？你为什么不早说？”叶凉一边问一边飞速把电脑

放进书包，完全把刚才小小的不愉快抛在了脑后。

“不用着急，我赶得上的。”

叶凉心里一直压着一股气，直到出了图书馆才高声问出口：“你今天来这里找我，其实就是想让我陪你一起去复诊对吧？”

“对啊。”朴恩点头，丝毫不否认自己的动机。

叶凉没想到他承认得这么干脆，完全忘了自己接下来想说的话。

五年，朴恩的脸皮厚了不止一丁点。

路上，叶凉一言不发，一张小脸绷得犹如打了一百斤玻尿酸。她觉得现在自己被朴恩吃得死死的，气朴恩每次都擅自做决定，但更多的是气自己心软，每次都让这个家伙得逞。

朴恩自然知道叶凉在气什么，但他也知道如果自己不这样步步紧逼，叶凉就会永远缩在壳里不探出头来，他们终将渐行渐远。

“瞧你嘴巴一直噘着，难道是不想让我赶快康复？”朴恩捏了捏叶凉气鼓鼓的脸蛋，故意曲解女孩的心思。

“不要动手动脚。”叶凉气急败坏地把朴恩作乱的手拍下去，随即冷哼一声，“谁说的，我巴不得你赶快好呢。”

小姑娘总算跟自己说话了。

朴恩心底松了一口气，嘴角上翘：“嗯，我就知道你舍不得我。”

“你……你真是……”叶凉实在低估了朴恩的脸皮厚度，实在不懂这种话怎么好意思说出口。

倒是出租车司机笑了出来：“我刚觉得你们俩很般配，果然是一对小情侣。”

谁跟他是情侣！叶凉瞪了他一眼，刚想否认，就听到身旁的男人说道：“师傅真是好眼力。”

叶凉：“……”

师傅“嘿嘿”憨笑两声，等红灯的空当望向后视镜：“你们都是北城大学的学生？读大几了？”

“我大一，她大我一届。”

原本朴恩和叶凉是同一届的学生，但朴恩去美国学了一年语言，如今就比叶凉低了一级。

叶凉语噎：我以前怎么没发现朴恩是话这么多的人？

听到朴恩的回答，师傅倒映在后视镜中的眼神满是揶揄："这么说小姑娘是你的学姐？小伙子很厉害嘛。"

厉害？这个师傅为了赚钱是不是太虚伪了些，这是什么值得称赞的事吗？

"是啊，我追了她很长时间呢。"

越说越不靠谱，叶凉忍不住伸出爪子想掐朴恩的胳膊，叫这人适可而止。不料被男孩识破了意图，半路直接拦截女孩柔弱无骨的小手，紧紧攥在手里。

在男孩碰到自己手心的那一刻，叶凉整只右臂感到一阵酥麻："朴恩！"

"嘘。"朴恩煞有介事地用另一只闲着的食指碰了碰嘴唇，"公共场合，不要大声喧哗。"

一天之内，朴恩的表现简直再次刷新了叶凉对他的认知，所以公共场合不能大声喧哗，却可以公然抓住淑女的手不撒开？

叶凉的脸颊连着脖子全是一片粉红，咬着牙："撒开手。"

"什么？"

朴恩低头凑近了小姑娘，额头随意垂落的发丝无意间蹭到女孩的脖颈，引起叶凉轻微的战栗。

叶凉往后躲了躲，指尖用力地从男孩的禁锢中逃脱出来，飞速捂住敏感的脖子，又羞又恼地骂了一句："无赖！"

原本只是复诊，了解下近期恢复的情况，没想到医生看了新拍的片子，直接拆了朴恩的石膏。

"现在你可以正常走路了，但注意不能受力太猛，最好半个月之内不要剧烈运动。"

"真的不用再打石膏固定一下吗？我听说如果这个养得不好，

以后很容易习惯性崴脚。”

虽然朴恩每次都把她气得半死，但她更怕男孩再出什么差池，拿着片子一再跟医生确认：“您要不要再仔细看看，他是运动员，脚腕对他来说，真的特别重要。”

医生被问得发笑：“小姑娘你就放心吧，就你男朋友现在的状态，让我五十米我都跑不赢他。”

小姑娘的脸仍旧皱在一起，都说伤筋动骨一百天，朴恩这满打满算才一个月，怎么就直接拆石膏了。

这医生到底靠不靠谱啊……叶凉没能掩饰住心里的质疑，直接表现在脸上。

医生还是第一次看见疑心病这么重的家属，于是解释道：“我也很讶异朴恩的恢复能力，不过组织再生的速度是因人而异的，朴恩年轻，并且身体素质好，短期内康复也不新鲜。”

听到这番话，叶凉才微微放下了心：“那他除了不可以剧烈运动外，还有什么注意事项，有没有什么忌口之类的，您也一并告诉我吧。”

说到这儿，叶凉从包里掏出了一个本子，趴在桌子上准备记录。她严肃认真的模样弄得医生哭笑不得，受到女孩影响，大夫竟也跟着慎重了起来。

诊疗室的空气中飘浮着消毒水和各种药膏混杂的味道，人来人往的医院，唯独这一隅沾染了片刻宁静。窗外偶尔响起的秋蝉鸣声伴随着女孩轻声的询问，传递到朴恩的耳畔，鸣奏成了一曲足以颠荡其心弦的乐章。

结束诊疗后，叶凉去楼下缴费，医生起身拍了拍朴恩的肩膀，不禁夸赞道：“你这个小女朋友找得真是不错，我也看过不少情侣一块来的，但像她这么宝贝男朋友的不多见。”

叶凉似乎勾起了医生对青春岁月的回忆，不知想到什么，他的表情竟有些动容，又跟朴恩嘱咐了一句：“现在这个时代，遇到这么一个真心待你的人不容易，命运难测，一个错过可能就是永远，不要觉得自己年轻就不知珍惜。”

刚巧门再次被小姑娘推开，齐耳的短发被风微微吹起，她晃了晃手里的单子：“朴恩，我已经缴完费取好药了，可以走了。”

此刻在朴恩的眼中，万物失色，天地间只剩下女孩眉眼轻弯的艳丽光景。朴恩抬眸瞧向那端的叶凉，瞳孔变得越发深沉，低沉着嗓音咕哝了一句，不知是在回应医生方才的话，还是在喃喃自语。

当两人的背影远去，医生才后知后觉地想到刚刚男孩说的话。

他说：“这次我绝不会再放手。”

久违地，朴恩再次体会到了“脚踏实地”的滋味，只是不能光明正大地赖着叶凉，让他有些遗憾。

“走路感觉还可以吗？有没有不舒服？”相较其他人，叶凉确实显得有些谨慎得过分。

朴恩倒是很享受叶凉的关心，顺势点了头，昧着良心说道：“我还是有些不舒服。”

“我就觉得你根本没好利索，医生还偏不信！”叶凉果然相信了朴恩的鬼话，“我们再去找医生。”

“不用。”朴恩一把拉住女孩的小手，掌心干燥，“这样牵着走，我感觉好多了。”

叶凉：“……”

“朴恩，你知不知道什么叫男女授受不亲？”叶凉已经忍朴恩很久了，之前一直强忍着怒意未发，这次必须要跟他讲清楚，“或许你在美国待的时间长了，行为变得美派，觉得男女牵手无所谓。但我们中国可一直是礼仪之邦，请你注意一点分寸。”

“没有。”朴恩直视着叶凉的双眸回答道。

“啊，什么没有？”叶连被突如其来的两个字搞得有些蒙。

“我说我没有变得美派，也不会随便牵其他女生的手。”朴恩解释得无比认真，“因为知道是你，所以我才牵的。”

叶凉没想到朴恩会选择在这个当口说出这种话，不知如何回应的她下意识想逃，却被已经恢复脚伤的男人一个箭步拦了下来。朴恩扳正她的身子，强迫女孩直视自己，一双眼里写满了万千情绪。

“叶凉，其实你很清楚我接近你的目的不是吗？我知道你心里有太多的不安和不确定，我不求立刻取得你的原谅，但也希望你不要急着拒绝，再试着给我一次机会……就当是弥补过去的机会。”

叶凉无处可匿，垂放在裤缝两侧的双手握紧：“我不要你弥补过去，我说了，你无须跟我道歉，你有权选择自己的人生，你没有对不起谁。”

然后叶凉逼着自己说道：“如果我说……我不愿意再给你一次机会呢？”

她原以为朴恩会恼怒，没想到听到这话的朴恩只是耸了耸肩，道：“没关系，那我就继续缠着你好了，总有一天你会答应的。”

叶凉心里讶然：万万没想到，画风转得如此之快。

说完，朴恩又自然地牵起了小姑娘的手：“我们回去吧。”

叶凉却一动未动，愣愣地看着朴恩。

她真的是忍了又忍，终于没能控制住自己，踮起脚，像儿时那般熟练地捏住朴恩的脸颊，用力往两侧拉扯，嘴里叨叨：“朴恩，你现在脸皮怎么这么厚？”

朴恩一张俊逸的脸被拽得面目全非，咧着嘴，含糊不清地回：“你见过哪个男人追老婆是要脸皮的？”

脸是什么？根本不存在的。

晚训的时候，小周也扛着摄像机到了训练场，蹲在地上调拍摄角度。

叶凉跟朴恩到的时候，刘东还没来，小姑娘跟队员们简单地打了个招呼，就抱着电脑过去帮小周的忙了：“今天就开拍了？”

“嗯，今天下午上面召开了关于短跑队新一轮选拔的会议，据说好像政策调整了一些，具体内容晚上刘教练应该会宣布吧。”小周对叶凉传达老师的话，“袁老师的意思是让咱们现在就开始拍，到时候队里真换了队员也可以剪辑得完整一点。”

“政策调整？”叶凉挠了挠短发，“你听谁说的？好端端的怎么突然调整政策？”

小周擦了擦镜头：“详细的我也不知道，袁老师也没跟我说清楚。不过短跑队这次有了朴恩这个天才级运动员，上头肯定是要加大关注力度的。”

叶凉循着小周的声音望向朴恩，见一群人围着男孩说笑着，好像在看朴恩帮大山纠正起跑动作。

刚想收回视线，她的瞳孔陡然放大，起身大声喊道：“朴恩，你干吗呢？！医生说你现在不能剧烈运动！”

朴恩默默收回自己迈出去的腿，对着小姑娘扬了扬眉，应了声“放心吧，我不跑”之后，扭头拍了拍大山的肩膀：“抱歉，我暂时不能给你做示范，媳妇不让。”

这话引得嘘声一片。

确认朴恩老实了，叶凉这才蹲下身子跟小周继续聊天。

却见小周似笑非笑道：“你们俩真在一起了？”

“什么在一起，我不是都解释过了吗？”叶凉没好气地瞪了小周一眼。

之前，两人的消息传遍新闻中心的时候，包括靳娜、谭生和小周在内的几个人悉数打电话关心她的“恋情”，当时叶凉就已经解释了前因后果，没想到今天小周又来问。

小周摇了摇头，作为一名资深“单身狗”，多年来被身边的情侣朋友秀恩爱所受的伤如果能够用数值计算，加起来得出来的总数比叶凉见过的狗还多。要让他说，这两人绝不是“假装情侣”那么简单，十有八九是“假戏真做”而不自知。

不过他可没这么好心当什么知心大哥，看破不说破才是看戏的最高境界。

说着，刘东手里拿了厚厚一摞资料从外头走过来，把口哨含在嘴里响亮地吹了一声：“全体队员，集合！”

哨声让所有人打起了精神，按照顺序自动站成了一排。小周和叶凉站在外围，用镜头记录着。

“你下午去复诊了？”刘东注意到站在最外侧的朴恩的脚踝。

“嗯。”朴恩转了转脚腕，“我去把石膏拆了。”

“医生怎么说？”原本应该刘东陪着朴恩一起去，结果下午会议的时间跟复诊的时间撞在了一起。

“我恢复得不错，基本痊愈。”

几天没跑跳，朴恩觉得两条腿像锈住了移般，迫不及待地想参与训练。

“报告教练，医生说朴恩暂时可以行走，但仍旧不能剧烈运动。”叶凉听到朴恩的回答，就知道是他故意瞒了医嘱，这才忍不住跟刘东汇报。

叶凉这边一出声，刘东连着队员齐刷刷地望向小姑娘，叶凉脖子往后缩了缩，突然有些后悔，应该私下跟刘东说的，都怪朴恩！

朴恩也望向了小姑娘，见她镶嵌在巴掌脸上的两颗圆滚滚眼珠剧烈晃动，他的嘴角往上扬了扬，就知道小姑娘被大家一关注，又㞞了。

刘东倒是没那么多讲究，一开始他就没把叶凉当外人，了然地点头：“我知道了，朴恩，你最近仍旧以上肢训练为主，辅之低强度的康复练习。”

“好。”虽然朴恩觉得自己已经痊愈了，但他怕提出反对意见叶凉会气得当场离开。

刘东这次没急着让队员热身，而是拿出手里的那摞资料说道：“目前报名参加校队遴选的信息表已经出来了，报名人数是以往的三倍。”

他的话音刚落，下面一片哗然。

“而且这次选拔的比赛规则重新拟定了。”刘东的话让大家停下了讨论，“所有报名的选手将统一进行一次海选，成绩最佳的九名队员将与你们进行决赛，按照成绩排位，前九名可以获得进入校队的资格。”

刘东的话说完，所有人都有默契地沉默了。

叶凉压低音量问身边的小周：“以前不是按照这个赛制进行选拔的吗？”

小周解释道：“往年进校队的名额是封闭的，大概只有一两个人有机会。教练会提供校队选手的最佳成绩与选拔中获得冠亚军的成绩进行比较，决定队员是否更替。今年显然完全开放了名额，把新旧队员全部拉到一条起跑线同台竞技，这样不确定的因素就太多了。”

“也就是说，一旦大家发挥失常，很可能面临全部淘汰的危险？”

“对，但是当天每个人会进行两场比赛，也算是降低了出现意外情况的风险。”小周点了点头。

然而这还不是全部，刘东继续说道：“我下午把报名选手的成绩进行了统计，虽然里头有一些选手的最佳成绩没有你们好，但平均成绩和你们不相上下，按照我粗略的统计，一半以上的人都可能面临退队的风险。”

除了朴恩，几个大男孩的头全低着，犹如霜打的茄子一般。

“教练，我们明明在校际运动会上拿了奖牌，为什么还要这么针对我们？”李斌抻着脖子，脸憋得通红。

除了朴恩，其余的人在校队差不多都待了两年，彼此已经有了感情，谁都不想这么轻易就离开。

李斌一开口，其余的人也纷纷附和：“对啊，不公平，为什么只对我们这样？”

“往年不都比最佳成绩吗？今年为什么要‘混战’？”

刘东含着哨子用力吹了一声：“你们是运动员，用跑步的方式进行选拔是最公平的方式，况且上面的决定，我们只能服从。”

“现在我问你们，大家想不想继续留在校队？”

“想！”

“用一个月全力备战有没有信心？”

“有！”

“现在跟我一起拼命去跑，能不能做到？”

“能！”

队员们响亮的回答在空旷的训练场回响，连叶凉都有种热血被点燃的沸腾感，或许这就是青春的味道，这就是体育竞技特有的魅力。

接下来，大家按部就班地开始热身跑，然后是拉伸、往返跑练习。

叶凉站在一旁，明明大家做的都是与平常无两样的练习步骤，却叫女孩品味出了不同的斗志。

叶凉一路跟随小周拍摄，在高倍镜头下，每一位运动员洒下的汗水都被记录得清清楚楚。当镜头随着画面一直转到正集中做力量训练的朴恩身上时，叶凉小声地问小周：“朴恩现在脚腕受伤不能跑跳，如果一个月后的选拔他仍没有完全康复，是不是也会被淘汰？”

小周跟拍完朴恩训练的近景，正在往另一处移动，听到叶凉的问话顿住了脚步，面上露出了一丝玩味的表情，眼底的调侃和暧昧溢于言表。

叶凉脸颊微红，忙不迭地解释：“你可别多想，我……我是害怕自己愧疚才问的，不是因为喜欢他。他的脚是因为我受的伤，万一他被踢出校队，我也逃不掉责任的。”

“你紧张什么？我又没说你喜欢他。”小周学着叶凉的口吻回答，接着装作自己在拍摄，一副很忙的样子，拒绝跟叶凉讲话，可脸上的调侃丝毫未少。

有理说不清的叶凉：“……”

虽说现在选拔赛的形势略显紧张，但训练仍旧没有任何新意，大山的平均成绩仍旧在 11 秒 50 左右摇晃，而其余队员的训练成效也并不明显，刘东虽然同样着急，一时间却又找不到什么好的方法。

晚训结束后，叶凉闷头把拿出来的电脑和记录本往书包里塞。朴恩拿了一条毛巾随意擦了擦脸上的汗水，走到小姑娘面前晃了晃手。

“干吗？”叶凉分神，睨了一眼汗涔涔的朴恩。

“喝水。”说着，朴恩再次把手掌伸过去做出索要的姿势。

“没有没有，我没有。”叶凉赶紧把小书包拢了拢。

朴恩咬了咬白牙，低头扫了一眼，稳准狠地顺着书包的缝隙掏出半瓶矿泉水。

“喂，那是我喝过的……”

叶凉的话还没说完，朴恩就“咕咚咕咚”把水喝了个精光。喝完他还顺手把盖子拧紧，抬起手腕随手一抛，空瓶就呈抛物线自动掉进了不远处的垃圾桶里。

“Good Shot（精准射击）！”然后朴恩歪了歪头，问道，“你刚想说什么？”

叶凉：“……已经没什么了。”

“哦。”朴恩露出得逞的奸笑，“你收拾完跟我一起过去，刘教练等着我们呢。”

“等着我们？”叶凉的心颤了颤，“等我们干吗……”

难道今天她在他们训练的时候插话，惹得教练不开心了？

朴恩抚了抚小姑娘的碎发：“你不是设计了一套训练方案吗？拿给教练看看。”

他竟然还想着自己在图书馆说过的话。

“不不不，我随便写的，还是不要了。”叶凉连连摆手，她全部的出息都用在了朴恩身上，真到了给外人看的时候却突然露了怯。

朴恩却一把揽上女孩的肩膀：“有我在，你怕什么？”

刘东听到叶凉为短跑队设计了一套训练计划，颇感兴趣地把两人喊到自己的办公室，直接用电脑把文档打印了出来，逐字逐句地翻阅着。

叶凉像一个小学生一样坐在椅子上，脊背挺直，双手紧张到无处安放。

一方面，她万分感激刘东教练对自己成果的重视；另一方面，她也极度担心自己写出来的东西过于纸上谈兵，心里不免打着鼓。

说起来，校际运动会的采访是叶凉首次接触体育竞技之类的活动，此前她一直负责的是与商业经济相关的新闻报道，所以她对体育了解得也并不透彻。

朴恩似乎感受到了小姑娘的紧张，大掌安抚性地捏了捏叶凉的小手，示意她不要太过担心。

刘东反反复复翻看了两遍，这才把计划书放下。

叶凉悄悄咽了咽口水，仔细观察着刘东脸上的表情。

“朴恩，你觉得咱们队接下来一个月怎么训练比较合适？”刘东没急着回答，反而把话题抛给了朴恩。

朴恩轻笑：“我想的，您不都知道吗？”

“臭小子。”刘东脸上的皱纹绽开，摇着头骂了一句，“属你心思最多。”

叶凉满脸茫然，完全不知道这两人在打什么哑谜。

刘东也没卖关子：“用心理学这一套搞体育虽然没试过，但也不是不能尝试。俗话说，没有好方法，只有对方法，要想让大家的成绩在一个月内获得突破本来就是一件难事，所以在这个时候，任何可行的方法都值得试一试。”

意外地获得了刘东的肯定，叶凉的眼睛亮了亮。

“正强化的奖赏和负强化的惩罚这个时间有限，我们可以延缓实验，不过这个利用对方弱点逐一击破的方法倒是立刻可以实施。”说着，刘东的嘴角露出一丝诡异的微笑，“大山跟方安阳这两个兔崽子今年情人节故意在我相亲饭局上捣乱，这次实验我就先从他们两个下手好了。”

叶凉有点意外：什么？

面前这位教练想的好像跟自己开始以为的不一样啊……

随后的一天，刘东分别叫每位队员到办公室轮流谈话，分析了每个人的优劣势，顺便打探了一下其他人的信息，方便后续新的训练方案实施。

在把所有人都私下了解了一遍之后，刘东大体掌握了信息，拟定了一份进阶版的训练方案出来，叶凉看完之后，不由得竖起了大拇指。

原本以为给大山放狗训练已经够损了，没想到人外有人，天外有天，姜果然还是老的辣。

从办公室出来，叶凉还沉浸在计划书的内容中无法自拔："我怎么有种刘教练在趁机报复的感觉？"

朴恩右手插兜，煞有介事地点了点头："不排除这种可能。"

叶凉瞟了一眼身侧的男孩，突然有些了然为何朴恩会变成现在这副样子，感觉他们队里……真没几个"正常人"。

朴恩不知道叶凉心中所想，问道："你直接回宿舍吗？"

"嗯。"

"我送你。"轻风把朴恩的刘海撩起，逆着光，男孩的侧颜棱角分明。

叶凉觉得新鲜："怎么，你终于不赖着让我送你了？"

朴恩抬眉，又是那副玩世不恭的神情："是啊，所以你觉得遗憾吗？"

"谁觉得遗憾！"叶凉气急败坏，还能不能好好聊天了！

朴恩一直陪叶凉走到宿舍楼下，刚巧碰上踩着高跟鞋外出回来的靳娜。

"娜娜！"叶凉撇下朴恩，欢腾着跑过去挎上靳娜的胳膊，"你回来啦。"

一股浓郁的香水味涌入朴恩的鼻腔，男孩不动声色地往旁边站了站，把小姑娘的书包从自己肩头上拿下来，说道："早训一般没什么内容，都是常规训练，你不用起那么早赶过去。下午的训练两点开始，我明天再过来接你。”

叶凉接过书包，吐了吐舌头：“我才不要你接我。”

然后她像轰苍蝇一样对朴恩摆了摆手：“我要跟娜娜上去了，你赶快回去吧。”

小丫头！

朴恩忍住捏叶凉鼻子的冲动：“那我先回去了，你早点休息吧。”说完，他对叶凉的舍友靳娜微微颔首，算是打了招呼。

“他就是你的绯闻男友？”

“啊？嗯……”叶凉点点头，没否认。

“皮囊还算不错，”进了宿舍，靳娜坐在椅子上照着镜子，漫不经心地对叶凉问道，“你不会动心了吧？”

“喀喀喀……”正在大口喝水的叶凉被靳娜的问题呛到，开始剧烈咳嗽。

“我怎么会！”说罢，她想到朴恩的脸，不由得还有些心虚。

靳娜也没注意到叶凉的异样，扯了几张化妆棉开始卸妆：“那就好，你别犯傻就行。”

“犯傻？”叶凉换上睡衣，把小熊靠枕抱在怀里，双腿盘坐虚心求问，“为什么说对朴恩动心是犯傻？”

她顺便多此一举地解释：“我没别的意思，就是有点好奇而已。”

“这些体特生没前途的，练体育的这么多人，最后熬出头的能有几个？”靳娜仔细擦拭着精致的脸，“放着北城大学那么多优质男不要，找个体特生，不是犯傻是什么？”

“可体特生也不见得就比他们差啊……”叶凉下意识地反驳。

“得了吧，脑子要是好使，谁走体育这条路啊？”靳娜的语气里带着浓浓的鄙夷，“现在这个社会，都是靠脑子赚钱的。你也不用和他们靠得太近，未来没什么发展前途，帮不到你的。”

靳娜说完，就拿着洗面奶出去洗脸了，留下叶凉坐在床上哼唧了一声：“才不是呢。”

至少……她觉得朴恩的脑子就很好使。

下午，小周安放好了机器，站在叶凉旁边，随口问道：“听说这次刘教练准备了新的训练方案？”

刘教练准备新训练方案的事，除了叶凉和朴恩就没有其他人知道，朴恩跟小周没有什么私交，叶凉就更没在他面前提过相关信息。

突然被问，叶凉满是诧异：“这么多消息你究竟是从哪儿打听到的……”

小周露出不可多言的神秘微笑，叶凉还想追问，后侧的衣领却被人拎了拎。

“大少爷，你又干吗？”

朴恩阴沉着脸，冷冰冰地扫了小周一眼，后者立刻识趣地闪开，朴恩的脸色这才缓和：“我们快训练了。”

叶凉看了一眼手表：“嗯，然后呢？”

然后就是不想看到你和其他的男人那么亲密，只是现在他仍旧“妾身未明”，贸然说出来只会让小姑娘对自己更加排斥。

舌头舔了舔上牙膛，朴恩粗声粗气地回道：“我渴了！”

“渴了就喝水，你吼什么吼？”叶凉没好气地从包里翻出一瓶未拆封的矿泉水递给男孩。

自从上次朴恩一口气喝了她剩下的半瓶水后，她每次来训练都会顺便给朴恩带上一瓶，以防这人又出什么幺蛾子。

训练时间已到，刘东才伴随着熟悉的哨声，带着满脸的高深莫测姗姗来迟。

“为了更好地提高各位的成绩，在叶凉的帮助下，我详细地分析了每位队员的弱势，准备了一套针对性极强的训练方案。”刘东黝黑的皮肤泛着红润的光，能看得出来他此刻心情极好，“在为大家介绍训练方案之前，先让我们用掌声感谢一下叶凉。”

糊里糊涂的队员先是看了朴恩一眼，又瞅了一眼叶凉，这才配合地鼓起了掌。

叶凉突然被点名，吓得连忙摆手，出自刘东之手的训练计划 2.0 版她可是看过的，极其凶残。

小姑娘赶紧撇清自己："不不不，和我没关系，都是教练您的功劳。"

刘东受用地点点头："以后我们上午就进行常规训练，下午进行特训，晚上进行力量训练，三管齐下，争取一个月后一个都不丢下，大家有没有信心？"

"有信心！"

铿锵的回答再次填满整个训练场，叶凉默默为这群队员祈福，希望等会儿他们不要被吓到。

"大山和方安阳出列。"刘东点名。

两个人不明所以地对视了一眼，站在队伍最前方后，才听到刘东继续说道："大山，起跑慢是你先要攻克的难关，如果在起跑上你能减少 0.1 秒的反应时间，那么你的成绩就能往前迈出一步。

"方安阳，你的问题就是耐力不足，往往跑到八十米的时候速度就开始减慢，导致冲刺无力。

"今天做下试验，用我准备的新方法让大家一起帮助你们攻克难关。"

这番话让两个人都心生期待，毕竟没有人不想提高成绩。

"朴恩，你去把外头的'道具'拿过来。"

还有道具？

几个人抻长了脖子往外头看，连负责摄像的小周都回过头去好奇地张望。

叶凉默默捂住了脸，果然，下一秒就听到连串脏话从大山和方安阳的嘴里爆出来。大山最为夸张，"嗷"了一嗓子跑到训练场的边缘，大声叫道："朴恩，你别靠近我啊，我发起疯来可是连狗都咬！"

另一边的方安阳也好不到哪儿去，怪叫着想抢朴恩另一只手里的移动硬盘和限量版海报："我珍藏的128G移动硬盘为什么会出现在你的手里，还有塞在我柜子里头的萝拉和玛丽亚，你要对它们做什么？"

训练场瞬间鸡飞狗跳，只有教练刘东的脸上闪过一丝阴恻恻的笑容。

大山半弓着身子，哆哆嗦嗦地踩上了起跑线，身后五十米开外的地方，一只哈士奇伸着舌头，蠢萌蠢萌地蹦跶着，迫不及待地挣脱朴恩的束缚，跟大家一起玩耍。

"听我口令——"

刘东手上攥着秒表，按下的瞬间喊道："跑！"

朴恩同时撒手，二哈（哈士奇的网络昵称）欢腾着追着大山跑去，大山嘴里一边嗷嗷地叫唤着，一边铆足了力气冲过终点。直到冲出线外，大山还没敢停下，嘴里哀号着："别追了，让它别追了！"

队员笑得上气不接下气，纷纷跑着帮忙拦狗。

只是二哈以为大家在跟它玩，跑得更高兴了。

场面一度非常失控。

当大山吓得快要冲出训练场的时候，朴恩拍了拍手："Peter（皮特），过来！"

听到指令的二哈小爪子停住，不情愿地慢慢掉头，"呼哧呼哧"伸着舌头，拐到朴恩身边，蹭了蹭男孩的小腿。朴恩挠了挠二哈的脖子，说了句"Good boy（好孩子）"。

叶凉见状，睁大了美眸，难道这只狗是朴恩的？

不仅叶凉这么想，在场的队员见二哈这么听朴恩的话，也都以为狗是朴恩带过来的，凑过来说道："你小子什么时候养了一条哈士奇？还别说，这狗蠢蠢的，跟你站一起还挺反差萌。"

大山见狗被控制住了，直接虚脱地躺在地上，嘴里也不服地嚷嚷着："朴大恩，你这也忒不厚道了，拿你家的小蠢狗欺负我，算什么好汉！"

刘东纪录完成绩，直接走过去踢了宛若死尸的大山一脚：“谁说我家的狗蠢？”

这只狗是刘东的？大山立刻弹跳起来，嬉皮笑脸地说道：“原来 Peter 是刘教练您家的啊，我说这么威风凛凛、仪表堂堂，小身板跑起来跟猎豹似的，还真颇有您当年的风范。”

刘东对大山见风转舵的本领早就免疫了，白了大山一眼，直接对着方安阳说道：“方安阳上跑道。”

“教练，不先说说我的成绩？”

刚才大山可是使出了吃奶的劲儿，已经迫不及待想知道结果了。

“等会儿一块公布成绩，先去那边等着。”刘东嫌弃地驱赶大山，方安阳此时也踩上了起跑器。

原本方安阳还在猜测刘东为什么要找人偷拿自己的硬盘和海报，还没猜到结果，就看见朴恩站在终点处，把自己一张珍藏多年的绝版海报解了封。

“朴恩！”方安阳慌忙想阻止，被刘东喝住，对朴恩说，“你继续。”

朴恩展开海报的手先是顿了一下，然后走过去把在人群中踮着脚准备细致观赏的叶凉牵了过来：“你不许看，儿童不宜”。

“喂！”叶凉欲挣脱，却被朴恩反手扣在自己的身后，利用自己的身子将小姑娘的视线挡得严严实实。

而他的另一只手飞速展开了满是马赛克的海报。

队员们惊叹了一声，连刚刚被追赶的大山都恢复了精神，坐在人群中笑的声音最大，喊道“阳哥真是好身体”。

这还不算完，接着朴恩像变魔术似的又从身后端出了一盆凉水，然后右手举高，刘东配合解释道：“还剩下二十米的时候，我会让朴恩把这张海报扔下去，如果你不能在三秒之内跑过去，海报就会被凉水浸湿。”

方安阳低头一瞧，果然，二十米的跑道上加画了一条线。

方安阳完全崩溃：“不行，教练，这可是我珍藏的萝拉，已经绝版了的！”

“想救你的萝拉，你就跑快点。”刘东不耐烦地挥挥手，吹了声哨子，“预备！”

方安阳眼底带着决绝，看向朴恩的眼神仿佛有熊熊烈火在燃烧，此刻在他的心中，朴恩不再是他的队友，而是绑架他女神的匪徒。

“跑！”

方安阳咬着牙冲出去，当右脚踩在八十米线上的时候，朴恩如恶魔般面色愉悦地扔下了那张轻飘飘的画报。

“啊——”方安阳疯了般大叫，两只前臂剧烈划动着，在海报完全落水的前一刻挽救了女神。

方安阳宝贝地把海报卷好后，他完全崩溃了，怒道：“朴大恩，你真扔啊？你怎么舍得的！”

叶凉虽被朴恩拦在身后，没能看到海报的内容，但从其余人的推测中也能猜到上头是位有名的女优（指女演员）。

朴恩这才松开叶凉的小手，慢条斯理地说：“又不是我媳妇，我有什么舍不得的。”

说话就说话，他一直往她身上瞟干吗？

朴恩暗示性过强的眼神让叶凉的小脸“噌”地升温，从背后用力掐了一下男孩的腰，红着脸跑到小周待的位置继续记录。

闻言，李斌取笑道：“阳仔，你真是非要自己找虐，以为你那点破宝贝谁都稀罕。”

方安阳没好气地反击：“那你以后别来我宿舍求我！”

听不下去的朴恩清着嗓子控场：“差不多行了，少用你们的污言秽语污染我媳妇的耳朵。”

叶凉捂住脸，前几天也不知道谁说自己康复之后就会跟队友澄清两人的关系，现在反而在叶凉的纵容下，越演越逼真。

她已经无力吐槽朴恩，不过好在大家意识到还有女孩子，说话收敛了不少。

刘东记录完方安阳的成绩："好了，现在我来公布结果。"

"大山，11 秒 36，最佳成绩提高 0.11 秒，起跑时的反应速度比往常提高 0.07 秒。方安阳，11 秒 29，最佳成绩提高 0.06 秒，后二十米冲刺比往常提高了整整 0.04 秒。"说完，他摇了摇头，"看来你的女神比我有魅力多了啊。"

方安阳听完刘东的话还算淡定，难为情地挠了挠头，就算有再多的愤怒，一听到自己的成绩提高了 0.06 秒便消失得无影无踪了。

另一边，大山却直接僵在了原地，双手因激动微微有些哆嗦："教练，您说我跑了多少秒？"

"11 秒 36！"朴恩用沾满狗毛的手拍着大山的肩膀，替刘东回答。

反应过来的大山笑得像一只二哈，撒着欢儿跑到拴着狗的柱子边，隔着十米远对刚刚追赶自己的哈士奇又是鞠躬又是道谢："Peter 大人，我真是太感谢你了，我能不能留在校队就靠你了！作为答谢，事成之后我给你买一斤骨头，让你吃个够。"

其他人见怪不怪，只有叶凉满头黑线。

她早就说过他们短跑队没一个正常人。

千奇百怪的训练方式每天下午都在小小的训练场上演，队员们痛并快乐着。前天还被虐得痛哭流涕的队员，隔天在见了其他队友受到伤害的时候，又都开始毫不留情地嘲笑，常规训练造成的劳累竟也都得到了舒缓。

天色渐暗，清月高悬于空，稀疏的星星在夜幕上空点缀，寂静的校园被温柔笼罩。

"刘教练说大家的成绩提高了很多。"

路灯照出氤氲的光，一高一矮两道身影并肩而行，女孩的声音轻柔，却不难听出里头的欢快。

"嗯，多亏了你，大家现在训练的热情空前高涨。"朴恩轻笑着。作为"帮凶"，朴恩在训练中也获得了无穷的乐趣。

叶凉搓了搓手指："那你呢？"

"嗯？"朴恩没听懂小姑娘的话，微微偏过头，明亮而专注的眼眸朝叶凉望去。

叶凉没由来被盯得心跳略微加速，定了定心神才说道："你这么久没参加训练，万一到时候被淘汰了怎么办？"

朴恩的笑意越发浓郁，整个人犹如干枯的花被甘露灌溉，极速绽放。

"你别误会，我不是在关心你。"男孩的表情让叶凉有种小心思被戳穿的惊慌，赶忙搬出一开始应付小周的说辞，"你是为了救我才受伤的，万一……"

"我都懂的。"朴恩打断了叶凉的话。

叶凉："……"

朴恩的表情，不像是真的懂了。

在叶凉无措之际，男孩低头兀自扭了扭已经调养了一个多月的脚踝，然后趁小姑娘不察，一个弯身就把女孩抱在怀里，飞速往前跑。

"朴恩！"叶凉吓得惊呼，双手紧紧拽住男孩的衣衫。

"别出声，你来听耳边风吹过的声音。"

一句话，让叶凉的心塌陷了大半。

叶凉生下来就注定了无法做高速运动，上帝用残破的心脏剥夺了她跑跳的权利，可还好，上帝关上门的同时，又在她的生命里打开了朴恩这扇窗……

过去多少个日夜，小小的叶凉在朴恩的背上体会到了什么是奔跑的速度，了然了什么是风吹过的声音。

当年朴恩的离开，带走了阳光，带走了风声，也带走了她所有的希望。

还好，现在他回来了。

还好，她并未走远。

不过迷幻只是暂时的，想到朴恩脚踝的伤，叶凉突然清醒了过来：

“你快放我下来，你的脚……”

“它好了。”

等朴恩跑够了才把挣扎的女孩放下来，浸了汗的双眼仿佛盛着千万星光。男孩执起叶凉冰凉的右手，把它放在自己的胸口处。

刚刚运动完，朴恩的体温微微升高，叶凉触到他胸口的一刹那被温度灼到，却被男孩按住手无法抽离。

朴恩胸口处的心脏不知是因着久违的奔跑，还是因着面前的姑娘跳得飞快。

“你……你干吗？”叶凉因为紧张微微吞咽着口水。

然后叶凉看到男孩带着满满的认真和诚挚，一字一句地说道:“叶子，我回来了。”

两个月里，狼狈已经过去，朴恩终于鼓起了勇气，对着心尖上的小姑娘说出这句：“我回来了。”

# 第 四 章

## 大赛将至

朴恩脚上的伤就跟他跑步的速度一样，恢复得飞快，隔天就正常参与到常规训练中。

为了迅速帮助朴恩恢复受伤前的水平，刘东特别加强了朴恩的训练强度，并且要求朴恩每天早晚各延长一个小时的训练时间。

凌晨五点半，天还没亮，朴恩的电话就迫不及待地打了过来："我在你宿舍楼下了，下来吧。"

过了一会儿，一抹娇小的身影就踉踉跄跄地从宿舍楼里面跑出来。叶凉眼睛半眯着，眼眶下挂着两块十分明显的黑眼圈。

朴恩顺畅地用自己手里宽大的外套把小姑娘裹起来："我给你买了早饭，你到训练场再吃。"

叶凉打了个长长的哈欠，冷风把小姑娘吹得精神了几分："你自己训练就训练，老叫着我干吗？"

要说朴恩延长训练时间，最直接的"受害者"非叶凉莫属，每天五点就要从床上爬起来饱受朴恩的摧残。

朴恩给小姑娘扣上外套的帽子防风："你可以陪着我啊。"

叶凉哈了一口气："凭什么！我想睡觉，不想陪着你。"

"我现在还没完全康复，在我的成绩没恢复到正常水平之前，你有连带责任。"朴恩扫了小姑娘一眼，"怎么，你还想逃避责任？"

叶凉深深地叹了一口气，觉得自己真是作孽。

训练场的门意外地开着，大山满头大汗，显然已经热身完毕，他的脚腕处捆绑了两个沙袋，正在努力地进行腿部力量练习。

叶凉万万没想到这么早里头竟然还有人，面露惊讶：“大山，你怎么这么早就来训练了？”

大山露出一排洁白的牙齿，嘴里喘着粗气：“我现在成绩太不稳定了，忽快忽慢，就自己加大了训练强度，稳妥点。”

叶凉默默给大山竖了个大拇指，瞥了一眼朴恩，眼神似乎在说：“瞧瞧人家这思想觉悟，您这可好，被教练逼着训练反抗不成，临了还非得拉个垫背的。”

朴恩的两条眉毛却搅在了一起，露出不赞同的目光：“你擅自加大训练强度的事和教练报备过吗？”

“我这也不耽误正常训练，报备什么？”大山的眼神有些闪躲，显然知道自己的行为是违反规定的。

“临近比赛，刘教练已经加大了训练力度，身体负荷有限，你这样反而有可能适得其反。”

朴恩语气严肃，超负荷训练对运动员身体的伤害巨大，并非危言耸听。每位运动员的身体素质不同，一般在设计训练计划时，教练都会根据个人身体情况进行强度调整，其实已经是在目前身体承受极限的边缘徘徊，这也是每次运动员训练都会配备专门的按摩师进行肌肉恢复的原因。

“哪有这么夸张？我又不是天天这么拼命，就是最近时间紧，我才加大力度的。”大山打着哈哈。

“努力训练不是好事吗？你干吗脸这么臭？”叶凉不懂朴恩的意思，“上帝会眷顾努力的人，大山我挺你！”

大山身上的运动服全部被汗水打湿，朴恩想到自己五点多从宿舍出门的时候，大山床位似乎已经空无一人，而昨晚自己已经睡了大山却仍没回来，脸色不禁变得有些难看。事实上，大山这样疯狂训练已经不知多长时间了。

大山看出了朴恩的不悦，拿着毛巾粗鲁地擦了擦滴水的头发，高声对着叶凉说道:“弟妹,我先回去冲个澡,你陪着朴恩继续练吧。”

经过朴恩身边的时候,大山压低了音量对着朴恩说:“兄弟,求求你别告诉刘教练,我是真的……不想离开校队。”

“你现在感觉身体怎么样?”

“没什么感觉。”大山拍了拍自己的胸口,“你甭担心我,我的身体好着呢。”

朴恩没搭话,径自走到椅子边把外衣脱掉,准备训练。大山松了一口气:“这回算哥欠你一个人情,下回有事儿尽管吩咐。”

大山走远了,叶凉堪堪吃完包子,两颊塞得跟一只小松鼠似的,含糊不清地冲着朴恩问道:“为什么大山说欠你一个人情?”

“没什么。”朴恩不欲过多解释,“你吃完了就过来帮我压腿。”

叶凉不愿意挪动屁股,嘴里嘟囔着:“自己练!就你事儿多,训练还得配一个助手。”

原本半坐在垫子上的朴恩闻言,直接躺了回去:“你不愿意帮我?那我不练了。”

“你又闹哪门子的情绪?”叶凉喝了一口豆浆,把嘴里的东西咽干净。

“你对我又不上心,我这么辛苦干吗?” 朴恩做出一副小无赖的样子,“那我就不恢复成绩,让你对我负责一辈子好了。”

叶凉到现在总算知道什么叫一失足成千古恨了,今天的果皆源于昨日种下的孽。

“压压压,我给你压腿还不成吗?”叶凉咬牙切齿地对着某人说道,“到时候你要是不跑个冠军回来,我就把你的双腿卸掉。”

选拔赛当天,操场挤满了前来观看比赛的人,叶凉一看这可不得了,全是女生。

叶凉跟着小周挤进赛场:“不就是一个校队选拔赛吗,怎么弄得跟奥运比赛似的?”

小周把三脚架支起来,调笑道:“你可得小心了,这里头估计一大半的人是冲着你家男人来的。”

“谁谁谁家男人，我警告你别乱讲话，我这铁砂掌可不是白练的。”

小周配合地瑟缩了一下脖子：“女侠竟然还是练家子，在下真是同情朴恩兄。”

“你还说！”叶凉气得跺了跺脚，小脸像河豚一样鼓了起来。

“叶子，小周。”

谭生外面套着半长的风衣，下面是修身的休闲西裤，款款从后方对着两人打招呼。在一群衣着随意的运动员中间，谭生衣冠楚楚，气质温雅，如一股清流涌入竞技场。

“团长，你也来了。”叶凉露出一排小白牙，笑得异常灿烂。

“这个比赛今年学校弄得声势浩大，我刚好有时间过来凑个热闹。”谭生看了一眼只穿了一件单衣的叶凉，不着痕迹地蹙了蹙眉，“你冷不冷？”

小姑娘刚想回答，就听四周突然躁动起来，伴随着女孩子们的尖叫声，一件纯黑色的运动外套从天而降，刚巧盖在了叶凉的脸上。

“你穿好别感冒了，我要去比赛了。”黑暗中听到某人熟悉的声音，“记得在终点等我。”

“我知道了，你真啰唆。”

叶凉一边嘟囔着，一边利落地把男孩宽大的外套从脸上拽下来，丝毫不客气地穿在自己身上，挠了挠头：“对了部长，你刚问什么来着？”

谭生眼底闪过某种别样的情绪，摇了摇头笑道：“没什么。”

新旧运动员加起来共十八位选手，比赛分成了四组，次序和组别都由抽签决定。为了确保公平，尽量减少比赛中的突发情况，总共进行两轮比赛，最后按照个人最好成绩进行排序。

朴恩和大山都抽到了第五组，大山看见序号稍稍吐了一口气：“还好我跟你分到了一组，等等还得靠你帮忙带个节奏。”

体育竞技的魅力就在于遇强则强，往往组内有成绩特别领先的选手，其余的队员在其带领下也会被激发出部分潜力。

“与其要我带节奏，不如自己找准节奏。”朴恩在检录口拉伸着双腿，每个不经意的动作都引来了无数少女的欢呼尖叫。

大山在原地蹦了两下，感觉大腿内侧有些酸痛。大山又不确定地蹬了蹬腿，疼痛感又有所消失，好像刚刚只是错觉。

“怎么了？”朴恩注意到大山不自在的表情。

大山立刻摇了摇头，傻笑着：“没什么，我有点紧张而已。”

“不用紧张，你最近的成绩还不错。”朴恩拍了拍大山的肩膀，调侃了一句，“等会儿你拿出被 Peter 追的速度就可以了。”

大山叹了一口气：“听你这么一说，我突然好想念 Peter……”

如小周所说，在场大部分女生都是冲朴恩来的。叶凉朝环视了一圈，发现大家的注意力以及手里相机的镜头，果然都对准了不远处的那个男人。

招蜂引蝶！

叶凉心里蹿起一股无名火，恶狠狠地蹂躏男人无辜的衣袖。

“今天袁老师给我打电话，说《××商业周刊》寒假需要一名实习生，院里的意思是推荐你去。”

“推荐我，真的要推荐我去吗？”叶凉立刻把刚刚的不愉快抛在脑后，兴奋地确认。

“应该是没错的，前几天和主编吃饭的时候，他还无意中和我问起了你的一些情况。”谭生笑道，“你可是新闻学院的招牌，连续两年 GPA（平均绩点）都是第一，不要这么没自信好吗？”

说起《××商业周刊》，圈内几乎无人不知。它素有金融界的风向标之称，享有极高的社会地位。然而，相应地进入它家杂志社实习的门槛也极高，不仅开放实习生的名额少，对实习生的在校成绩、实习经历、专业素养等各项综合素养的考核也非常苛刻。谭生曾在这家杂志社待过一年，和杂志的主编私交还算不错。

叶凉从没想到自己能获得这么宝贵的资格，用力掐了掐自己的脸蛋，疼的，不是梦，这才有了真实感。

愉悦顺着眼睛溢出来，她说：“谢谢，真的谢谢部长！”

“你谢我做什么，是你的努力为自己创造了机会。不过今晚我们倒是可以小聚一下，就当提前为你庆祝了。”

小周听到两人的对话，也凑过身来附和：“聚餐？我也去。”

“今天恐怕……”叶凉瞧了眼不远处正在热身的朴恩，面露为难。

“明天谭部就要去美国开会了，估计半个多月之后才能回来，今晚刚好给谭部践行。”

“去美国？”叶凉惊讶道。

“嗯，有个为期十五天的国际峰会下周在美国开幕，我被实习公司派过去全程参与报道。”目前谭生实习的地方是某电视台的国际新闻部，还没正式留任，单位就已经对他委以重任，当作栋梁之材看待。

“谭部，你优秀得太犯规了吧。”叶凉真心夸赞。

谭生在新闻学院一直是传奇般的存在，是无数女孩心中的完美王子。

“晚上我请你们去泰悦餐厅吃饭。”

小周在一旁疯狂怂恿：“我还没去过泰悦餐厅呢，叶子赶紧答应，部长难得出回血。”

叶凉推拒不得，最后只得答应了。

谭生刚离开不久，所有的队员已完成了检录，选拔赛也正式拉开帷幕。

“一组队员去赛道准备。”

刘东拿着喇叭催促，作为主教练，他全权负责这次选拔赛的筛选和组织工作。

当队员全数踩上起跑器，刘东才发布指令：“各就各位，预备——”

“砰！”一声枪响，一组的五名队员飞驰离去。

这组选手中有两名是校队队员，观看比赛的叶凉整颗心提到了嗓子眼，捏在手里的笔记本因施力也开始微微变形。

加油，一定要加油。

校队的九个人，千万千万一个都不要被丢下。

秋高气爽，湛蓝的天空飘浮着大朵大朵的白云。

绿荫操场被前来加油助威的人围得水泄不通，原本只是短跑队简单的内部选拔，却硬生生演变成某种大型盛会，声势搞得比学校运动会还要浩大。

观众们的热情在朴恩出现在起跑线的瞬间达到了顶峰，甚至人群开始喊起了应援口号："朴恩朴恩，宇宙最燃！"

明明是选拔赛，如今却好像变成了朴恩的专场秀。

刘东对着人群比了比手势，提醒大家稍微控制情绪，不要干扰比赛。还好大家都是理智粉，现场又恢复了安静。

叶凉如约站在了赛道的终点，隔着一百米的距离与男孩遥遥相望。

此时的朴恩与六岁的男孩重叠，曾经无数次，叶凉都是这样站在乡村的路口，等着小朴恩跑到自己身边牵着她的手回家。

朴恩眼眸微动，叶凉知道男孩也回想起了儿时往事。

风将朴恩宽大的运动服吹起，男孩弓起食指放在唇边轻吻，然后再次指向女孩的方向，不知何时，这个姿势已然成为两人之间沟通的暗号。

朴恩没说话，但叶凉读懂了他心里的声音。

他说："等我。"

信号枪再次鸣起，朴恩几乎立刻弹出，起跑速度明显比身侧的几个人快出了将近半个身位。叶凉并非首次看男孩奔跑的样子，却仍忍不住浑身轻颤，热血沸腾。

男孩与风融为了一体，带着不顾一切的肆意和张狂，如飞驰的猎豹，卷着风扬着土，朝着名为叶凉的"猎物"而来。

其实枪响的那一刻，朴恩就已经与其他几名选手拉开了距离。不是他们太慢，而是朴恩太快了。

加油的人喊到了声音嘶哑，在这场毫无悬念的比赛中，朴恩不负众望，为大家带来了一场几近完美的表演。

而一旁赛道的大山起跑速度也相当出色，前半程几乎确保了小组第二的位置，只是中间部分速度开始迟缓，叶凉分神看了一眼大山，立刻注意到男孩脸上表情不对劲。

朴恩冲线的瞬间，叶凉来不及祝贺："朴恩，你快看大山！"

说时迟那时快，大山也昂头冲线，取得了小组第三的排位。

朴恩迅速跑向大山，一把托住支撑不住快要倒在地上的男孩，神色冷峻："怎么回事？"

耗尽一身力气的大山喘着气，紧盯电子屏幕，忍住大腿肌肉抽搐带来的不适感，对着朴恩摆了摆手："没事，我就是有些累。"

同时参加比赛跑在最前方的朴恩没有看到大山跑步时的表现，可在大山冲线的瞬间，他观察到大山跑步姿势有些拘束，下肢力量显然没有达到最佳。

五组全部比完，十八名选手的一轮成绩按照顺序显示在屏幕上，叶凉还没抬头，就听见四周传来疯狂的尖叫声，随即应援口号再次响彻整个操场："朴恩朴恩，宇宙最燃！"

10 秒 48，朴恩这一跑甚至刷新了此前校际运动会男子百米初赛时由他创下的纪录。

叶凉也睁大了眼睛，不敢相信朴恩在这么短的时间内突破了 10 秒 50，忍不住绽开笑容："朴恩，第一！你是第一！"

"嗯。"朴恩摸了摸叶凉的头顶，随即也望了眼屏幕，"11 秒 50，排位第 7。目前大山的成绩稍微有些危险，不过第一场都算是热身，第二场稳住拿出最好的状态，留在校队问题应该不大。"

为了防止比赛的一些突发状况，出于公平，学校准备了两轮竞赛，最终会采用选手的最佳成绩进行排位。也就是说，虽然目前大山排在第七位还属安全，但第二轮一旦其余十一个人的最佳成绩超越了大山，大山仍旧有可能面临退队。

大山吐了一口浊气：“训练了这么久，还是没能突破 11 秒 50，我还真是废物。”

叶凉也听到了大山丧气的话，眉头皱了皱，之前她认识的大山是一个开朗的少年。于是她忍不住给大山打气：“第七已经非常优秀了，只要第二轮稳住，我相信你一定没问题的。”

朴恩却注意到大山的手一直紧抓着大腿内侧的肌肉，弯下腰一把拽开大山遮挡的手，大山一个不设防，大声冲着朴恩吼道：“你干吗！”

“怪不得冲线速度明显降缓。”朴恩松开牵制大山的手，转而架住大山的胳膊把人往上拔，“你先跟我去校医院冰敷。”

叶凉也跟着倒吸了一口冷气，大山的大腿肌肉出现明显肿胀，皮下甚至可以看见有瘀血堆积，拉伤应该有一段时间了，并且伤势还不轻。

“别管我。”大山的脸憋得通红，声音粗鲁地对着朴恩说，“快撒开，马上要二次检录了。”

朴恩不肯退让：“你知不知道拉伤不是小事？”

“那你知不知道脚腕扭伤也不是小事？！”大山像发狂的困兽，迅速回嘴，他揪着腿部肌肉咬了咬后牙，“朴恩，我们都有各自的坚持。”

朴恩手上的力量一点点减弱，最后放开了手。

大山眼眶发红，低声说了句“谢谢”，撑着微跛的右腿再度走向了检录台。

“他这样真的可以吗？要不要和刘教练汇报一声？”叶凉拉着朴恩的袖子，满脸写着担心。刚刚她已经见到他腿部肌肉的拉伤程度，足以想见此刻他该多么疼。

朴恩默默摇了摇头：“让他去吧。”

朴恩放弃了第二场比赛，想要陪叶凉一起观赛。

教练刘东知道了也没强迫他继续，原因倒不是别的，朴恩跑步的时候现场观众制造的动静太大，刘东担心其余队员受到影响。

观众们随后也收到朴恩放弃二轮比赛的消息，围观的人减少了大半，刚刚还人满为患的操场变得松快了不少。

这也再次证明了朴恩的魅力，弄得叶凉的心情有些复杂。她一边为了朴恩坐拥这么多粉丝感到骄傲，一边心里还隐隐有些涩意。

叶凉拍了拍脸，跟着朴恩直接并排坐在草坪上观看比赛。果然朴恩在身边，叶凉提着的心不自觉放下了大半，不管怎么否认，她内心深处始终最紧张的人只有朴恩是事实。

“你觉得这次校队原班人马全部留下来的概率大吗？”叶凉的手臂环抱双腿，用下巴抵住膝盖，侧着脑袋询问朴恩。

朴恩扫了一眼屏幕上的短跑成绩，轻轻摇了摇头：“不太乐观。”

这次报名的选手诚如刘东所说，来势都异常凶猛。虽然短跑队整体成绩经过这段时间的强化训练已经有了提高，但这次报名的几名选手实力也不容小觑。

“所以大山的情况真的有些危险？”比赛一共取前九名，叶凉以为大山排在第七的位置已经非常稳妥了。

目前短跑队的成员中，排在大山后面的还有方安阳、李斌和张军，分别排在了第九名、第十一名和第十五名的位置。

“嗯。”朴恩微微颔首，“其他人且先不说，但李斌的能力不俗，第一轮应该是保存了实力。而方安阳最近训练的成绩也非常好，托了你的福，他每天为了拯救 128G 移动硬盘拼了命地跑。

“一旦李斌和方安阳第二轮恢复正常水平排入前九位，大山的名额可能就会被挤掉。”

如果大山没有受伤或许还能拼一拼，但此刻现在两人都很清楚大山的状况。

“或许有奇迹出现呢，再说大山腿部拉伤也许没有我们想的那么严重。”叶凉尽可能地保持乐观，“而且即便是李斌和方安阳都跑入前九名，大山还能落个第九呢。”

只是这种可能微乎其微，大家都保留了实力等待着最后一击。朴恩的视线飘到大山的位置上，抿了抿唇没有再说话。

第二轮比赛的哨声吹响，果然如朴恩所说，跑在第二组的李斌发挥了正常的实力，迅速跻身小组第一，而方安阳也一改懒散的状态，获得了同组第二名的成绩。

很快到了第五组，朴恩原本的赛道出现了空缺，第五组里面只剩下了大山一名校队成员。叶凉起身遥望着大山，因为紧张小手紧紧扯着朴恩的手臂。

朴恩神色也略显冷冽，一双鹰隼般的眼睛紧盯着大山，以防有任何状况出现。

“各就各位。”

大山如壮士一般踩上了起跑器。

“预备。”

大山弓着身子，挺起的双腿在抖动着。

“砰！”

枪声响起，大山咬紧牙关，闭着眼往前跑着，右腿肌肉在剧烈打着战儿，风如敲响催命的丧钟般在耳边呼啸，大山的脚步越来越慢，越来越慢。

倒地的瞬间，大山体内的屏蔽系统似乎突然被开启，竟听不到任何外界的声音。他直勾勾地瞧着头顶的天空，看着蓝色幕布上优哉游哉飘着的云彩，还有飞机飞过留下的白色印记，无念无想。

大山躺在摔倒的地方，闭上了双眼，一滴顽皮的眼泪却顺着眼角滴进绿色的塑胶赛道中消失不见。

第二轮大山的成绩无效，最终结果依旧按照他第一轮的成绩进行评定。经过汇总，朴恩仍旧高居榜首，李斌、方安阳紧随其后，而大山则排在了第十名的位置，堪堪没能跻身校队之列。

“撑住。”大山疼到直不起身子，朴恩第一时间跑过去扛住大山，“我先带你去校医院冰敷。”

大山如落败的士兵，耷拉着脑袋完全抬不起来。

“不用了，朴恩。”大山摇了摇头，“都结束了。”

刘东把最后的收尾工作交给其余的体育老师，快步跑过来询问状况：“大山怎么回事？”

大山见到刘东也绷不住了，泪腺像打开的水龙头：“对不起，刘教练，我给你丢人了……”

“你给我丢什么人，你现在哭才是给我丢人呢。”刘东指着大山也问不出什么来，黑着脸问朴恩，“他哪儿不舒服？”

“大腿肌肉内侧拉伤，皮下有些出血，腿部红肿严重。”

“刚受伤的？”

朴恩犹豫了一瞬间才说：“刚刚跑完第一场，我才发现大山腿有伤。”

“你们这帮崽子真是拿自己的职业生涯胡闹。”刘东连火都发不出来，“你赶紧带着他去医院处理一下，看看是否需要转院治疗。”

叶凉也跟着朴恩跑到了医院，在诊疗室外等候的时候，叶凉听到了里面传来男孩压抑的哭声。

“我应该阻止他的。”

朴恩的头靠在墙上，视线盯在蓝色的隔离帘上。

“是因为超负荷训练，肌肉没能及时得到疏解才出现的这个情况。”

“不是的。”叶凉开口想反驳，但对上朴恩哀伤的双眼，却忘记了自己想说的话。

朴恩叹了一口气，揉了揉叶凉的碎发，两个人陷入了安静的等待中。

答应了和谭生、小周晚上的聚餐，叶凉在医务室陪朴恩坐了一会儿，就提前离开赶去赴约了。只是她人是坐在了泰悦餐厅，魂儿却丢在了短跑队。

医生的诊断结果出来了，确实是大山超负荷训练超出肌肉的额定活动范围，事后又没有配套地修复，导致肌肉的弹性和伸展性均无法得到修复。不过万幸大山只是中度拉伤，还没有到撕裂的程度，定期换药，大概休息三周就能康复。然而比身体上的伤痛更让人担心的是大山的情绪，为了留在短跑队，大山的努力大家有目共睹，如今的结果连叶凉这个局外人都难以接受，甚至开始质疑“天道酬勤”是否正确，更何况是当事人。

“叶子，叶子？”

叶凉回过神，就见谭生和小周齐刷刷看着自己，这才反应过来自己方才想得太专注，错过了两人的谈话，于是慌忙道歉：“对不起，我刚刚没听清你们说什么。”

谭生倒是没介意，反而好奇道：“你这么专注在想什么？”

叶凉舔了舔嘴唇，瞧了眼小周才说道：“其实没什么，今天比赛短跑队有一位队员因为受伤，最后的成绩不是很理想，我觉得有些难过。”

小周也是看了那场比赛的，也忍不住跟着感慨了一句：“大山这个月成绩提高了很多，确实很可惜。”

“所以我觉得真的很不公平，凭什么一场比赛就能决定队员的去留？”叶凉说得义愤填膺，“如果没有受伤，大山一定能取得更好的成绩，像学校这样这么草率地筛选队员，不就等于否认队员长期的训练成果，单靠成绩评判一切吗？”

“我倒觉得学校的筛选模式挺合理的，毕竟是体育竞技，赛场就是他们的战斗场，当然会有各种各样的偶发因素存在，但机会永远留给有准备的人，学校需要的是每次都能够以最佳状态去拼搏的队员，而不是遇到比赛总会有突发状况的选手。显然大赛前能否调整自己也是作为运动员需要的素质之一。”谭生试着站在理性客观的角度提出自己的看法，“其实在比赛面前，没有所谓的公平，输了就是输了。身体就是运动员最宝贵的财富，如果运动员连自己的身体都不能保护好，说明他也称不上合格。”

谭生说的话或许是对的，但此刻叶凉听起来却觉得刺耳至极。

大山训练时的大汗淋漓和坚持不住摔倒在地时的绝望，校医院的诊疗室内大山压抑的哭声和在外等候的朴恩眼底浓郁的愧疚，这些心酸苦楚叶凉是亲自跟随着他们共同经历过的，而这些谭生统统没体验过，他又怎么可以把这些事说得如此轻松？

“又不是他想受伤的，如果只有保护好自己身体的运动员才能被称为合格，那这个世界上就没有真正合格的运动员了。”叶凉手里的杯子握紧，“况且不但是运动员，身体也是我们每个人的财富，如果按照你所说合格的人都能保护好身体，那大家都能长生不老了。”

认识叶凉这么久，除了前一次校际运动会对朴恩的采访，谭生还是第一次看见叶凉情绪这么激动。

“我对那位受伤的选手没有恶意。”谭生没有争辩，立刻非常有绅士风度地道歉，“我确实不很了解体育，如果无意冒犯了你的朋友，真的非常抱歉。”

叶凉也意识到自己的尖锐，收了收话语里的棱角：“你没有冒犯，我也只是想澄清其实很多意外是不可控的，世界上也并非只要付出就会有收获。”

话刚说完，叶凉的手机屏幕就亮了。叶凉点开屏幕，上头躺着一条朴恩刚发过来的微信。

朴恩：“新老队员一起去聚餐了，就在泰悦餐厅附近。你那边结束了给我打个电话，我去找你和你一道回学校。”

叶凉：“大山也去聚餐了吗？”

朴恩：“没有，他回寝室了，大概想自己一个人静一静。”

叶凉微微叹了一口气，然后顺便估摸了自己这边大概结束的时间，给朴恩发了信息，也好让男孩提前做好准备。

“是朴恩的消息？”谭生注意到叶凉脸上的表情，猜测着问道。

叶凉点了点头，没有否认。

“你们……在一起了？”问完后，谭生拿起茶杯抿了一口茶，不知在掩饰着什么。

“怎么可能！”叶凉否认的速度太快，反而让人觉得有些刻意。

“再说我们假扮情侣的原因，部长你不是知道吗？”说完，叶凉还瞪了眼小周，“是不是你私下里造我谣了？”

每当这个时候，小周总是罪魁祸首。

小周大喊冤枉，叶凉却像奓毛的猫一样不依不饶，两个人在餐厅里拌着嘴，气氛倒是又热络了起来。

只不过谭生没有参与，低着头一副若有所思的样子。

最初叶凉和朴恩假扮情侣的原因谭生确实知情，只是网络暴力事件都过去这么久了，他们早就没有假扮的必要了吧。

晚饭结束后，叶凉和小周站在餐厅门口，谭生把车开过来，按下车窗对着两人说：“上车吧。”

小周率先钻上了车，剩下叶凉站在原地对着谭生摆手：“不用麻烦部长了，朴恩他们就在附近聚餐，我等会儿跟他一起回去。”

跟叶凉吵了一晚上的小周露出了一丝耐人寻味的笑容，再次把叶凉气得跳脚。谭生反而一愣，却飞速掩饰住情绪：“好，那你路上小心。”

刚巧朴恩从隔壁的饭店出来，头上扣着卫衣的帽子，低着头从车旁边跑过。谭生偏过头，深深睇了眼绽开笑颜对着男孩挥手示意的叶凉，理不清心里的涩意究竟从何而来。

假扮情侣……未免假扮得太认真了些。

大山在队里人缘一直很好，属于没心没肺的“搞笑担当”，一场比赛下来，没想到最后还是被迫离开了校队，大家心里也都沉重不已。这次聚餐，索然无味，大家都没什么胃口。

其实总的来看，这次短跑队的成绩还是相当不错的，九名队员中留下了七名，也算没有丢了面子，至少证明了短跑队实力仍存。

“不知道大山现在心情有没有好些。”叶凉站在朴恩旁边，与男孩并肩往学校走着，“你要不要带点什么东西回去给大山吃？”

叶凉等了好一会儿，也没见朴恩吭声，抬头却刚好对上朴恩晦涩不明的目光。

“你干吗这么看着我？”叶凉被盯得有些发毛。

“除了大山，你就没什么想对我说的？”一整天了，朴恩从小姑娘嘴里听到的最多的名字就是大山，不免有些吃味，“我今天也跑了第一名，可你都对我不闻不问。”

“我哪有对你不闻不问，我不是恭喜你了吗？”叶凉回想了一番自己今天的行为，感觉好像的确是朴恩说的那样，但她忍不住辩解，“你能顺利留在短跑队的事又不是什么新闻，哪里有大山的事来得重要。”

朴恩闻言，危险地眯起了狭长的眼眸：“你说……大山比我更重要？早知道我就不这么费劲地练习了，至少那个时候你对我还能心怀愧疚。”

重点是这个？叶凉这才意识到朴恩这是吃醋了，随手把刚巧飘在自己肩上的落叶摘下来砸在朴恩身上：“幼稚！”

“嗯，我就是幼稚。”朴恩还煞有介事地点了点头，得寸进尺地问道，“我很会斤斤计较的，所以你最好慎重回答我，我跟大山对你来说谁更重要？”

哪有逼人回答这种问题的，再说了，他跟大山哪有半点儿可比性。叶凉鼓了鼓腮，连说了三个“不知道”。

朴恩一把搂住叶凉的脖子，手在叶凉身上胡乱戳着，嘴里威胁着：“你说不说？”

怕痒的叶凉立刻一边笑一边用力挣扎，嘴硬着就是不肯说出男孩想听到的答案。两个半大的孩子闹成了一团，整条街都沾染了嬉闹的声音。

两人一路互相调侃着到了学校，叶凉还是拉着朴恩拐弯到了附近的夜市，顺路挑了一家外卖打包让朴恩给大山带回去。

夜市人来人往，挤满了学生，朴恩怕人群撞到叶凉，自然地把小姑娘挡在内侧。

等饭的间隙，他双手插兜，故作随意地问道："你干吗这么在意大山？"

"难道你不在意？"叶凉微微仰头，在月光的照射下，男孩的面容清冷如玉，这光风霁月、面如冠玉的样子与白日赛道上的炽热相去甚远。

叶凉拢了拢衣襟，继续说道："你有没有发现，大山是除了我之外，你第一个这么在乎的朋友？"

意料之外的回答让朴恩罕见语塞，一时无法找到合适的表情。

朴恩骨子里其实是有些自卑孤僻的，小时候父母离异，对朴恩的影响非常大，让他一度不愿意接触人群。六岁的朴恩跟着母亲到了曲溪，也遇见了同样孤独的叶凉，两个小孩一拍即合，明明是小屁孩，却处出了几分惺惺相惜的味道。

朴恩在曲溪的那几年，除了叶凉，就再也没有交过其他的朋友。

五年，其实不只是叶凉，连朴恩的变化都非常明显。还记得校际运动会上，在跑道上闪过的那一抹柠檬黄，如燃烧的火焰带着青春的决绝，在她面前飞驰。而在采访时，朴恩故意的挑衅和张扬的自信，都让她觉得熟悉又陌生。

叶凉不清楚究竟是短跑改变了朴恩，还是和他朝夕相处的这帮可爱的队友改变了朴恩，总之，叶凉喜欢这样的朴恩，更有人味的朴恩。

"其实，我也很希望你能敞开心扉，交到更多的朋友。"老板打包好了饭菜，叶凉接过的瞬间小声补充了一句，"至少现在的你就很好，比以前还要好。"

女孩的话被朴恩捕捉到，嘴角得意得越扬越高："你的意思是喜欢我咯？"

“你究竟是从我说的哪句话里得出了这个结论？”才说这人变化大，他立刻就脸皮厚了起来。

“你说我比以前还要好。”朴恩挑眉，“以前你就喜欢我，现在我比以前还要好，那不就意味着你比以前更喜欢我？”

这件事还能这么算？

“朴恩，你有没有想过，你对我的执着只是因为……”叶凉有些难以启齿，最后终于说出，“只是因为我是你唯一的朋友。”

朴恩耳垂上的银环在月光的照射下散发出清冷的光，男孩伸手摸了摸耳骨上的冰凉：“朋友？

“叶子，你应该知道，从八岁开始，我就没再把你单纯地当成是我的朋友了。”

叶凉不知道该回些什么，闪躲着他的视线，说了一句：“那你真够早熟的。”然后她一溜烟地跑回了寝室，把他撂在了外头。

北城一向四季分明，秋季方到，就已将两旁行道树的叶子沾黄，月光泻下，将满地的梧桐叶照亮，路面仿佛铺上了一层金毯。

叶凉在宿舍的阳台上往下看了一会儿，确认送他回来的男孩踏着清冷月色离开了，这才慢悠悠地坐回位子上，托着腮，双目无神地对着白墙发呆。

朴恩这个家伙真有搅乱别人一池春水的本事。

靳娜敷着面膜躺在床上，听见下头唉声叹气的声音，瞧过去：“今天听说院里决议推选你去《××商业周刊》实习，你怎么还愁眉苦脸的？”

“你也知道了，谭部告诉你的？”叶凉稍稍诧异，她也是今天才听谭生说的这件事，具体名单还没公布，没想到连靳娜都知道了。

“不是，我听见袁老师他们说的。新闻院哪里有什么秘密，《××商业周刊》这块肉多少人虎视眈眈地盯着呢。机会不错，你好好把握。”

叶凉嘟着嘴：“跟那个没关系。”

她又不能说自己是在烦恼跟朴恩的关系，于是只能含糊地说：“是因为短跑队的事啦……"

靳娜一听，立刻翻了一个白眼："我都跟你说了，不要跟他们走得太近，你怎么反倒越来越上心了呢。"

"你不要把精力放在那上头，过几天纪录片素材提取完了该撤就撤，不要纠缠不清。"靳娜瞧不上这些练体育的特长生，长长的指甲在栏杆上敲了两下，突然想起来，"对了，下周'北城互联网经济大会'开幕，很多商业大佬都会参加。我找朋友要到了两张工作证，打算混个脸熟，你要不要一起去？"

"下周？"叶凉偏头思索着，"周几啊，我不知道那天短跑队有没有什么活动。"

"什么活动能比这个更重要？你知道这个入场机会有多难得吗！"靳娜也是恨铁不成钢，觉得叶凉傻得厉害，一锤定音，"你跟我一起去吧，总比留在体育队被这帮人耽误了好。"

靳娜也算同龄人中为数不多目标明确的人，她也一向会经营人脉，论这点，叶凉跟她的确相差甚远。叶凉也知道她是为了自己好，便乖乖地点头应了下来。

那头朴恩也拎着打包的饭菜回了寝室，里头只有方安阳坐在凳子上打游戏。

"大山还没回来？"朴恩把手里的袋子放在书桌上，发现大山的桌子收拾得整整齐齐。

"嗯，我回来的时候他的床就是空的。"

这段时间，大山回来得一直比较晚，方安阳还不知道大山私自加训的事，还以为最近大山在忙其他的事，所以他也没放在心上。

朴恩的眉头却耸了起来，比赛已经结束，大山的腿还受着伤，这么晚了能跑去哪儿？

时间一分一秒过去，宿舍门都已经被锁起来了，大山还是没回来，这下几个人不淡定了。

方安阳反复按着手机给大山拨打电话，响了几声挂断了："还是无法接通。”

“山子不会想不开出什么意外吧？”李斌也聚在朴恩的宿舍，神色紧张。

“不会吧，就是一场比赛。”方安阳烦躁地拍了拍桌子，“山仔的承受能力不至于这么差啊。”

输了这场比赛的确没什么，可对大山来说，这场比赛的失败却意味着他将告别短跑队。

朴恩想到大山在训练场用近乎哀求的语气让他保守加训的秘密，说“我真的不想离开”。他太清楚当自己费尽心机想要达成某个目标，最后却落得满手空空的那种失落和绝望。他吐了一口浊气，拿起外套就往外走：“我出去找找。”

“这么晚了你去哪儿找？”方安阳拽住朴恩，“已经闭宿了你出不去，被发现是要被通报批评的。”

李斌抄起外套，也从椅子上站起来：“朴恩，我跟你一起去。”

“真是疯了。”方安阳骂了一句脏话，也套上衣服，推着两个人往外走，“去去去，我跟你们一起去。”

宿舍大门已经锁了，三个小伙子顺着窗户接二连三地跳下来，很快消失在黑夜中。

白天生机勃勃的校园到了晚上连个人影都看不见，掉落了大半的树叶在地面投射出影影绰绰的倒影，就像一个秃毛怪张牙舞爪地潜伏在地底。

“真黑！”方安阳裹紧了身上的运动服，拖着步子走在朴恩身后，“你们说这世界上有没有鬼？”

朴恩根本懒得搭理方安阳愚蠢的疑问，李斌扫了眼胆小如鼠的方安阳：“方少害怕了？”

“滚滚滚，我怕什么？”方安阳嘴上说着，人却不肯离开朴恩，像一个小媳妇似的紧贴着。

李斌乐了：“不怕的话，你老跟在人家朴恩屁股后头干什么？”

方安阳才不说是因为他觉得朴恩火力旺，阳气重，脏东西都不敢靠近。他陡然提高音量，掩饰住自己的心虚："朴恩长得高，能给我避避风。"

还嘴硬。李斌没跟他争辩，三个人直奔训练场，结果里面空无一人。

"我就觉得山仔不会来训练场，多触景伤情啊。"方安阳在后头唠叨着，"要不咱们去网吧找找，没准他去开黑了。"

"你什么时候看见过大山打游戏？"方安阳身上这股子嘚瑟劲儿跟大山还真有几分神似。

李斌挖了挖耳朵，对着朴恩说："我们直接去找刘教练吧。"

该找的地方几个人都找遍了，找了一宿，眼看着天都要亮了，大山的电话始终接不通，留在宿舍的人告诉他们大山还没回去，纸包不住火，事到如今只能找刘东帮忙。

凌晨四点，刘东开着车匆匆赶到学校，劈头盖脸就是一顿骂："真是不让我省心，就凭你们能找到个锤子！真出了什么事，你们能兜住吗？"

刘东开着车，又带着几个人在校园兜了一圈，确认大山不在学校之后才说道："你们继续打电话联系大山，如果今天白天还找不到我就上报学校。"

大概又过了一个多小时，朴恩收到了一条大山的短信，上头说自己心里很乱，昨晚买了车票回家，让他们不用担心。

再打过去，大山就不接电话了，气得刘东吹胡子瞪眼："他真是能耐了，昨天退队今天就不认我这个教练了！"

方安阳也跟着气呼呼地胡乱抱怨："我给山仔打了这么多通电话都不通，结果到头来短信竟还发到朴恩手机上了，我觉得自己受到了伤害！"

大山的事儿不好解决，事情上报学校，大山未经请假私自回家肯定是要被处分的，毕竟是自己带出来的孩子，刘东还真舍不得。

可刘东身为老师，学生丢了他也不能装聋作哑。思索了很久，刘东还是决定亲自去一趟大山家，把人逮回来。

“教练，我申请跟您一起去。”朴恩沙哑着嗓子，往前拦住刘东，他整夜没睡，眼里布满了血丝。

大山受伤，朴恩心里一直背着沉重的枷锁，他明明知道过度训练可能出现的危害，可他一时心软，就没有及时阻止大山。今天在医院等待大山包扎的时候，他不止一次想，如果当时他态度强硬地制止这件事，或许意外就不会发生。

刘东用双掌搓了搓脸，一夜之间好像老了几岁，说了句“我知道了”。

话音刚落，朴恩的手机再次响了起来。谁会在不到六点的时候打电话过来，几个人当然都以为是刚刚发过短信报平安的大山，齐刷刷地盯着朴恩。

在众目睽睽之下，朴恩接起电话，那头传来了娇俏的声音，带着清晨的清脆：“朴恩，你到底什么时候过来接我？我都在楼下等你五分钟了！”

不得不说，人身上果然存在“奴性”这个东西，才一个月，叶凉就已经习惯了每天五点起床陪着朴恩训练了。

大山的事让朴恩的神经绷了一个晚上，小姑娘卷着舌头的抱怨让朴恩心里蓦地感觉有些潮湿。他张了张嘴，竟发觉自己的喉头带了些涩意，哽得有些说不出话来。

“朴恩，你该不会还在床上睡觉吧？”朴恩长久的沉默让叶凉立刻爹毛了，“你是不是以为自己跑了个第一就膨胀了，恢复到正常水平就可以松懈了？人家博尔特都没你这么嚣张！我警告你，五分钟之内立刻出现在我的宿舍楼下，否则我以后再也不陪你训练了！”

后半句话几乎是吼出来的，一直到电话挂断，叶凉的小胸脯还气得一鼓一鼓的。

大冬天害得她都不能睡个懒觉，凭什么这个罪魁祸首安安稳稳地在宿舍里躺着？

叶凉看着表，暗自咬牙切齿地倒计时，如果五分钟到了朴恩还不来，他就真的死定了。

刘东的办公室出奇安静，听筒里的声音无比清晰地传到了每个人的耳朵里。当叶凉连珠炮似的说出一连串话，最后痛快地挂断电话的时候，方安阳实在没忍住笑了一声，有种异常解气的感觉。

刘东手握虚拳，放在嘴边咳了咳："叶子的思想觉悟还是非常高的，你们都该向她学习。"

"教练……"朴恩坐不住了。

"行了，我听见了，你赶紧去吧。一会儿你把小丫头也带过来，她在弄纪录片，可以跟我们一起商量商量解决方法。"

叶凉鬼主意多，也讨人喜欢，再加上跟朴恩这层关系，刘东从没把小姑娘当成外人。

朴恩看了一眼手机，草草地点了个头就往外头跑。

方安阳抬起屁股，往下瞅了眼一溜烟就没影儿的朴恩，感叹了一句："真不愧是学短跑的，瞧瞧这速度，叶凉给的时间还是太宽松了！"

大山原籍是西北边陲的一个小山村，刘东浏览新闻的时候好像看到过这个县，是被列为扶贫重点的贫困县之一。档案卡父母一项，大山只写了父亲一个人，母亲那一栏留下了空白。而网站上也写着大山是贫困学生，自己申请了助学贷款。

刘东叹了一口气，眼角的鱼尾纹更深了一些。大山在校队训练两年，他身为主教练确实不曾想到要主动了解大山的家庭情况，如今出了这种事，他也有推卸不掉的责任。

"刘教练，我想跟您一起去。"叶凉在得知大山的情况后，也主动请缨希望随教练一起去找大山。

"不可以。"刘东还没回应，朴恩倒是直接拒绝了。

“你凭什么不同意？”叶凉万万没想到会是朴恩给自己拖后腿，在桌子底下用小脚恶狠狠地踹了朴恩一脚。

“那边交通不方便，路上就要折腾大半天，你的身体受不住。”

大山曾经和他提起过家乡，据说是一个风景秀美的地方。可村子里还未通车，每次大山都是先坐火车到市里，再坐几个小时的大巴颠簸着回家，路线非常绕。

“不劳你担心，我的身体好着呢。”叶凉瞪了朴恩一眼，然后板起脸转向了刘东，“刘教练，其实这两天，我自己身为一名新闻中心的记者也思考了很多。

“从接手拍摄短跑队纪录片的编导任务以来，我每天都和大家一起生活，陪伴着大家一起训练，体特生们生活的枯燥和训练的辛苦我也深有感悟。但是最近我也听到了很多不同的声音，在他们看来，体育作为竞技，只有成绩才是硬道理。可体育的魅力是否真的只局限于此，运动员的价值真的只有取得成绩这么简单吗？

“身为纪录片素材的挖掘者，我真的很希望能够扭转大家对体育的偏见，让他们能看到我们队员为了追求梦想究竟付出了多少。那些失败的运动员不是 loser（失败者），他们同样胸怀理想，也同样努力，他们也同样值得尊重。我也希望告诉所有的人，一名合格甚至优秀的运动员不单单是靠成绩评定的，只要是为了自己的体育梦不断挑战，在失望中寻找希望的体育从业者，都足以得到优秀的评价。”

叶凉的语气有些激动，说完后平复了一下心情，才轻声对刘东说：“而且大山是我的朋友，我真的很不愿意看到他从此沮丧失意。刘教练，您就同意让我跟你们一起去吧。”

上了年纪，刘东也容易被触动。

年轻的时候，刘东也是一名短跑运动员，彼时一百一十米栏风头正旺，中国飞人刘翔刮起了田径赛场上的一道飓风，屡屡打破世界纪录，用实力为中国在赛道上开辟了一片新的疆土，证明了我们亚洲人的身体不比任何人差，其他国家的选手能做到的，我们中国人也同样能做到。

人们往往更容易被时代的英雄人物鼓舞，历史也总会记住对世界产生重大改变的人。刘东也曾满怀热血，埋头苦练希望成为像刘翔那样为国争光的人。

可世界上哪有这么多的刘翔，在赛道上，他仍旧是那个无论如何练习都只能惨遭淘汰的运动员。

而后刘翔伤痛退赛，网友对刘翔的谩骂，他到今天还记忆犹新。看吧，这就是大家对体育的态度，诚如叶凉所说，成绩决定了一切。

没多久，刘东也从G队退了下来，流过的汗水和眼泪仿佛都成了值得铭记的昨天，可记住的只有自己。

似乎想到了曾经的那段岁月，刘东的眼角也有些湿润。如果叶凉真的能够通过这部纪录片传递出一点正能量，剖开体育运动员真正的生活，让大家感受到活生生的人，而非冷冰冰的成绩，那么体育的魅力会被放大无限倍。

最后刘东点头同意了："叶子也跟着一起去吧。"

大局已定，朴恩也就没费劲阻止了，只是瞧着叶凉的时候，眼眸里带着忧虑和担心。

等叶凉见到靳娜才想起来自己之前应了下周要参加北城互联网经济大会的事，时间刚好与他们去找大山重叠，叶凉解释的时候靳娜完全无法理解。

"你知不知道这个大会有多少大腕来？这是一个多难得的机会？"靳娜深吸一口气，"而你现在说，你要跟他们一起去那个鸟不拉屎的地方找人，不去参加这个会议。"

叶凉咬着下嘴唇，显然已经做好了决定。

靳娜嫌弃地摇了摇头，说了一句："叶子，我越来越搞不懂你了。"

夜渐渐沉了下来，叶凉蜷着身子缩在被子里，胡思乱想着。

她又怎么会不知道从事商业采访会比现在自己做的事看起来更

“风光”，赚的钱也会更多？可现在拍摄短跑队的纪录片是她的工作，她有责任把这个工作做到最好。

出发当天，叶凉柠檬黄的双肩包被塞得鼓鼓囊囊，手里还拎了一个小巧的行李箱，脸上满是期待，像极了小时候等待秋游的孩子。

“你怎么这么开心？”见叶凉笑得灿烂，朴恩也被感染了，心情轻快了起来。

“要你管！”叶凉恶狠狠地瞪了一眼朴恩，自食其力地拉着手里的行李箱，哼哧哼哧往外走，显然还在生朴恩的气。

朴恩半路上把小姑娘手里的小箱子抢过来：“别生气了，我这不是让你来了。”

“什么你让我来的？请你注意措辞，我是通过极力自荐，刘教练才同意让我来的！”叶凉简直要被朴恩颠倒黑白的能力气得跳脚，“你这个只会给我拖后腿的卑鄙小人，把箱子还给我，从今天起，我要跟你划清界限。”

“我是担心你晕车……”

“假好心！”叶凉见行李箱抢不过来，索性甩手就让朴恩拎着，反正她刚好乐得轻松。

一大早，朴恩就碰了一鼻子灰，直到上了高铁，小姑娘的气还没消。

朴恩跟叶凉坐的是连坐，列车平稳行驶，朴恩仍旧厚着脸皮，不屈不挠地跟小姑娘说着话。

朴恩一连抛出了好几个问题，叶凉都爱搭不理，直到朴恩注意到叶凉怀里紧紧抱着的小书包，伸手戳了戳：“这里面装了什么？”

叶凉听到朴恩的问话，终于有了反应。

叶凉慢慢拉开拉链，显摆着把里面的东西拿了出来，朴恩见了里头的东西，眉头蹙起：“字帖？”

提到字帖，叶凉的情绪立刻好转了起来，宝贝似的把字帖摊开，也不看朴恩，自顾自地拿起了笔临摹。

朴恩抻着脖子往那边看，叶凉嫌弃地往怀里搂了搂本子：“你别乱看，这可是限量版的，看坏了你赔得起吗？”

“限量版？”朴恩表情古怪。

叶凉忍不住炫耀自家偶像，献宝似的翻到首页，指了指：“看见了吗？这上边还有书法家易聊的亲笔签名呢，我当时抢了很久才买到的。”

见朴恩面无表情，毫无共鸣感的叶凉嫌弃地撇撇嘴：“哼，我就知道跟你说你也不懂。”

朴恩冷哼一声，直接抢过小姑娘的笔，翻到空白页低头欲下笔。叶凉急了：“喂，你干吗……”

朴恩不理会叶凉，直接下笔，在纸上端端正正地用瘦金体写出“叶凉”两个字，笔锋遒劲，风姿绰约，虽不及易聊，但也可窥见功力。

这下轮到叶凉惊讶了，拿起本子瞪大了双眼，什么冷战全部抛到了脑后：“你什么时候练的瘦金体？”

朴恩翘着嘴角，一副得意的样子。

男孩越是不说，叶凉就越好奇，在逼问之下，朴恩才有些别扭地道出实情：“你不是喜欢写字好看的男生吗？”

上学的时候，朴恩成绩差，写出的字像狗爬的，因为这个没少挨老师批评。叶凉则恰恰相反，自会写字开始，字就一笔一画写得清雅隽秀，工整至极。初中，优等生叶凉放了学时常会帮差生朴恩补习功课，看见语文课本上男孩潦草至极的笔记，也不禁蹙紧了眉头，嫌弃道：“朴恩，你的字写得也太丑了，我同桌王梓旭写字比你好多了。”

王梓旭不仅是两人的同学，更是年年位居榜首的学霸级人物。

听罢，朴恩立即表示了不屑，并且为了磨灭王梓旭在叶凉心中的好印象，出言抨击道：“写字好有什么了不起，看他那副弱不禁风的样子，跑步肯定连一百米都坚持不下来。”

“不会啊，我觉得写字好看的男生超有魅力。”

女孩不经意的一句话，朴恩却牢记在心，与叶凉分开的这几年“闷头修炼”。

叶凉怎么都无法想到在美国生活了五年的朴恩，中文书写水平竟然得到了极大的提高：“可……这可是瘦金体，你怎么会练这种字体？”

初学者学小楷学得比较多。

朴恩摸了摸鼻子，坦白道：“易聊是我表哥。”

这下叶凉是真的被吓到了，说话都变得有些不利索，眼里仿佛有光：“你……你说什么？易聊是你表哥，我怎么从来都不知道？”

“我妈那边的亲戚，小时候来往不多。”

叶凉这下不淡定了，易聊可是她唯一的偶像，她再看向朴恩的脸多了些谄媚：“那你能再给我要一幅他的书法吗？我想裱在墙上。”

裱在墙上？休想！朴恩抿了抿唇：“现在我们已经没联系了。”

“哦。”一听这话，叶凉眸中的光也跟着消失了，神色恹恹地扭着身子继续临摹。

朴恩戳了戳姑娘的胳膊，提议道：“不如我写一幅字给你吧。”

“呵呵，你别碰我，我还没原谅你呢。”

朴恩无语：女人真是善变。

# 第五章

## 恰逢人间

下了高铁，三个人又坐上了刘东事先联系好的巴士。

后半程是土路，叶凉晕车晕得厉害，朴恩从黑色背包里取出了晕车药和一些蜜饯拿给叶凉，让小姑娘靠在自己的肩头闭目养神。

叶凉面色苍白，浑身脱力的模样让朴恩的脸也好看不到哪里去，当初他就应该尽力阻止叶凉跟着跑这一趟的，也免得叶凉现在受了这番委屈。

车子颠簸了一个半小时，终于在村子口停下。叶凉下车靠在树旁吐得昏天黑地，胆汁都差点被呕了出来。朴恩寸步不离地守在女孩身边，手臂横揽住女孩的腰线，以防虚软的叶凉跌坐在地上。

空气中弥漫着呕吐物的味道，叶凉看着地上那一摊东西，红着眼说道：“味道太大了，你去那边等等我。”

朴恩把手里的矿泉水瓶拧开：“你吐过之后好点了吗？”

叶凉用清水漱了漱口，嘴里的味道稍稍隐去，才点了点头：“好多了。”

小姑娘的声音比在车上听起来好了很多，朴恩这才松了一口气，把叶凉扶到一边，让女孩休息片刻，自己找了两抔土把叶凉弄脏的地方清理干净。

“刘教练，接下来咱们怎么走？”

下车的地儿前不着村，后不着店，四周不是黄土就是连成片的庄稼，场景跟刘东想象的完全不一样。

把嘴里叼着的烟踩灭，刘东率先迈出步子："先找个村子打听着走吧，我也不知道。"

大山这个家伙，还真是不让人省心。

朴恩半蹲下身子，背对着身子虚弱的叶凉："上来。"

叶凉不明所以，小声说道："你要干吗？"

朴恩直接握住小姑娘的手臂，叶凉的两只胳膊被迫搭上朴恩的肩。他微微施力，把女孩托在自己的背上，双肘勾缠住叶凉的后膝："走了。"

叶凉终于反应过来朴恩的意图，但她没朴恩这么厚的脸皮，生怕被教练看见取笑："你放我下来，我自己能走。"

朴恩充耳不闻。

叶凉在后面蠕动身子，在朴恩耳边抱怨："朴恩，你能不能注意点影响？"

软糯的声音如同小猫儿爪子轻柔地挠在朴恩的心上，男孩耳根红得几欲滴血。原本只是担心叶凉体力不济，现在被女孩谨慎地提出抗议，倒真像做了什么见不得人的勾当。

"朴恩，你背着叶凉快点走，等天黑了咱们就更不好找人问了。"刘东见两个人还没跟上来，粗着声音催促。

叶凉的脸"腾"地红了，也不挣扎了，老老实实地把脑袋缩在朴恩的身后。

见刚还跟自己闹腾的小丫头只是被教练看了一眼，就瞬间偃旗息鼓，朴恩扯出了一抹坏笑："被发现咯。"

叶凉从后头使劲儿敲了朴恩一下，朴恩报复性地使劲儿颠了颠自己背后的姑娘："抱紧我，我要加速了。"

说完，还不等叶凉反应，朴恩抬脚就朝着刘东的方向跑去。

毫无心理准备的叶凉受到惯性作用，整个身子陡然与朴恩的背部紧贴，这才发现经过时间的淬炼，曾经瘦弱男孩的肩背已经变得如此宽阔硬朗。

叶凉原本搭在朴恩肩膀上的手犹豫了一瞬间，缓缓伸出双臂环绕住男孩的脖颈，整个人以更加舒适的依赖姿态，无缝隙地趴在朴恩身上。

朴恩踏步往前走，叶凉在背后低声嘱咐着："你慢点，小心脚下的碎石……"

狭窄山间小路的前方是一轮西陲的夕阳，余晖洒在朴恩深深浅浅的脚印上，也洒在了这一对仍旧青春年少的男女身上。

山里头的路虽然平坦，但起起伏伏走起来也颇为吃力。

叶凉担心朴恩身体吃不消，想着自己歇歇就从背上下来，可身子实在禁不住折腾，脑袋晕晕乎乎的，不知不觉趴就在朴恩背后睡了过去。

走了一阵，村子里终于冒出了几个村民，几人仿佛瞧见曙光般，刘东立刻上前询问。一提大山的名字，这人立刻指了指不远处。村子里的人少，原本互相就认识，再加上大山争气，成了村子里唯一的大学生，考上的还是鼎鼎有名的北城大学，简直是整个村的荣耀。

那年，县里头还来了领导慰问，得知大山家条件困难，就连当初去北城大学报到的车票也是乡政府补贴的。

红砖砌的一层高的房子没有任何装饰，门口破破烂烂地堆满了秸秆，刘东用力叩了叩大门，里面传来踢踢踏踏的声音，很久才出来了一个和大山长得三分相似的男人，刘东猜测这个人应该就是山爸。

因常年在地里干活，山爸黑瘦黑瘦的，脸上带着岁月刻画的印迹，看上去比真实年龄要长几岁。此时山爸坐在一辆破旧的二手轮椅上，对着来人一脸迷茫。

互相还没自我介绍，大山就背着一个竹篓从远处走来，瞧见自己门口站着熟悉的人，他惊慌地撒丫子跑过来："刘教练，朴恩跟叶子，你们怎么来了？"

大山眼神飘忽，满脸写着做错事的惶恐和局促。

刘东瞪了大山一眼，跟山爸自我介绍了一番，山爸一听是学校的领导，立刻转着轮椅把人往屋里请。

“到底怎么回事？”大山的心怦怦跳得厉害，自己原本是偷跑过来的，可他怎么都想不到刘东会直接追到家里来。

刘东他们从资料上知道大山家条件差是一回事，亲眼看见又是另一回事。

叶凉朝周围环视了一圈，大山家基本可以用家徒四壁来形容。水泥墙面上贴满了大大小小大山跑步获奖的证书，进门有几把小板凳，还有一张膝盖那么高的小桌子，木头桌子上摆着的电视机应该还是 20 世纪 80 年代的老款。叶凉家条件也相当糟糕，但此刻跟大山家相比，显然是小巫见大巫。

大山惶恐不安地站在一边，这个气氛下也不敢随意说话，心里是怕极了教练说出自己比赛失利，擅自离队回家的事。

山爸瞧了眼儿子胆战心惊的样子，也意识到有些不对劲，立刻面容严肃起来：“领导，山子在学校是不是犯了什么错被开除了？”

原本山爸就觉得山子这个时间回来很奇怪，如今学校的人找上门来自然就往最坏的地方想。

“没有。”大山立刻抢白，也不敢看刘东的表情，张口就说道，“是教练准了我的假我才回来的。”

在随后的聊天中，三个人这才搞清了状况。比赛结束那天，情绪低落的大山刚从校医院出来，就接到隔壁邻居的电话，说山爸去田里干农活的时候从台子上摔下来，说什么都不肯上医院。大山家条件不好，山爸那点微薄的收入全部攒着给儿子将来娶媳妇用，根本舍不得治病。

大山顾不得那么多，脑袋一热就直奔火车站买票回家了。直到天际泛白，他才反应过来自己到底做了什么傻事，借了一个充电器，开机给朴恩发了一条短信，浑身却被浓郁的负面情绪包裹着，索性破罐子破摔，直接关了手机，躲回了家顺便照顾父亲。

刘东大概了解了来龙去脉，脸上的表情晦涩不明。但他到底还是帮大山保守了秘密，没有对山爸说出实情，只简单地顺着大山的话把谎圆了下去，算是给足了大山面子。

家里条件不好，山爸也不能让客人们留宿，他特意联系村长在招待所给刘东他们订了两间房，让大山带人过去。

大山拿上手电筒，刚走出门，刘东跟在后头抬起就是一脚，毫无防备的大山直接扑倒在了地上，吓得叶凉险些尖叫出来。

朴恩安慰地拍了拍叶凉的肩膀："你不用怕，大山是该好好挨顿揍。"

刘东喘着粗气，忍住上去再揍两拳的冲动，骂道："这一脚是替对你寄予厚望的父亲踹的，你知不知道私自离队被学校发现，是可以直接让你收拾铺盖滚蛋的？

"退队的消息还没公布呢，你是不是就认为我管不了你了，嗯？

"我告诉你，就算你不在短跑队，只要你是北城大学体育系的学生，你就得听我的话！"

语闭，刘东如同燃烧的火球，绕过大山率先往前走，大山用袖子擦了擦涌出来的眼泪，忍着痛从地上爬起来，踉跄着往前走了几步，下嘴唇都被咬出了血珠，却全程没有吭一声。

到达招待所，几个人连夜赶路已经极其疲惫了，不管怎么说确认大山平安了，两天来提着的心也总算放了下来。条件有限，刘东跟朴恩住一间标间，而叶凉身为女生，享受了独自一间房的 VIP（贵宾）待遇。

朴恩拉着小巧的箱子把叶凉送进了房间。叶凉把背包放在桌子上，扭头就看见朴恩大大咧咧地躺在自己的床上，整个人一副舒适惬意的样子。

"脏死了！"叶凉鼓着腮走过去，踢了踢朴恩耷拉在床沿的双脚，满是嫌弃，"要睡回你自己房间睡。"

"累，我走不动了。"

朴恩这句话倒是真没撒谎，这几天朴恩为了大山的事儿，连眼都没能闭上。昨天为了找大山熬了夜，隔天他就收拾东西跟着刘东买火车票来了村里。路上，他一直照顾身体不适的叶凉，刚还背着小姑娘走了这么久的路，铁打的身子都受不住。

跟着朴恩他们来的确是叶凉的主意，但现在看见朴恩这么辛苦又有些后悔。如果她没来，兴许朴恩路上还能休息休息。

“你快回去睡觉吧，别折腾了。”

话音刚落，叶凉的手腕就被一只大掌捉住，整个人被迫躺在床上与朴恩肩并肩。叶凉慌忙想爬起来，身子却被男孩双手双脚牵制了。

“朴恩！”叶凉的脸像抹了胭脂，颊间绯红，暴怒地低吼。

“听不到，我听不到……”朴恩的头往枕头里埋了埋，孩子气地嘟囔了一句，“我已经睡着了。”

这么大个人，叶凉搬又搬不动，轰又轰不走，没过一会儿，叶凉就听到耳边传来男孩均匀的呼吸声，他应该是真的累极了。

最后，她还是让他留下了，还被他牵制在身下的她动弹不得，无语地噘了噘嘴，但到底没舍得把男孩叫醒。

叶凉偏过头，顺着灯光瞧着男孩蒲扇似的长睫毛，朴恩还是最初的模样。

星移斗转，窗外已是繁星密布。岁月仿佛裹上了保鲜膜，与两人相依而眠的年幼时光并行流转。

昨晚睡得早，朴恩醒的时候叶凉还在睡。他睁开眼，看到的就是心心念念之人的侧颜，他头顶的呆毛微微晃动，有些分不清是梦境还是现实。

大抵是朴恩的眼神过于炽热，叶凉感受到了，就在朴恩大脑还没完全恢复运转之际，叶凉揉着眼睛醒了过来。

叶凉稍微动了动身子，浑身酸痛。

“你要抱我到什么时候？重死了！”醒来的第一句不是温馨的问候，一夜没喝水，叶凉的嗓子有些沙哑，她正铆足了劲儿往下掰朴恩的胳膊。

朴恩这才注意到自己像一只树懒一样抱着叶凉。

记忆回笼，昨晚他把叶凉拉上床原本想小憩一会儿，没想到闭上眼就睡着了。

“你应该把我叫醒的。”想也知道叶凉一定睡得不舒服。

叶凉才不承认是自己舍不得，鼓着腮坐起身子：“你像一只死猪一样，吼都吼不醒。”扭了扭僵硬的脖子，踹了朴恩一脚，“你醒了就起来洗漱。”

正说着，房间的门被人从外头敲了敲，朴恩还没走到门口，刘东就直接走了进来。

朴恩：怎么回事？

刘东已经换上了运动服，精神抖擞的样子跟昨天形成了鲜明的对比。见朴恩一脸蒙，刘东于是开口解释：“门没锁，不然你以为我会放心叶子跟你凑合一晚上啊。”

说着，他满脸嫌弃：“要不是叶子心疼你，我早就把你拽走了，还让你踏踏实实睡到现在？”

刘东一句话戳破了叶凉方才的谎言，朴恩瞧向叶凉的眸子添了些温度。叶凉不自然地扭过头，问道：“刘教练，您怎么醒得这么早？”

“对对对，我有好消息告诉你们。”

刘东脸上挂着兴奋，浑浊的双眼透着罕见的明亮：“刚刚我接到体育系王主任的电话，说咱们校队选拔赛的时候省体育局领导也去观战了，结束的时候拿走了朴恩的资料，有意愿让朴恩进省队。”

“省队？”与刘东激动的状态不同，朴恩的表情实在谈不上开心。

“王主任说今天那边来了确切的消息，把你划进六月份国内锦标赛的省冬季集训名单里了。”刘东还以为是朴恩不了解里头的形式，于是多说了一句，“说是进省队栽培，可基本上集训结束，锦标赛也就要开始了，取得名次的好苗子都会被 G 队直接挑走。”

“所以朴恩有可能进 G 队吗？”

刘东也不敢保证，但是说：“朴恩是我目前遇到的最有天分的短跑选手，校队资源有限，其实有些阻碍他的发展，如果能有这样的机会，我觉得他应该能取得更亮眼的成绩。”

叶凉满腔的热血也被刘东两三句话点燃，甚至眼前已经浮现出朴恩身披国旗，站在最高领奖台的场景。

只是朴恩接下来的问话却显得万分不合时宜：“刘教练，我可以不去吗？”

现场的气氛有些被冻住，不单是刘东，连叶凉都露出了不可思议的眼神。

刘东还怀疑自己的耳朵出了问题，可朴恩脸上认真的表情分明代表着他说的都是真的。

“理由。”

刘东甚至觉得自己最近犯太岁，否则这一个两个的都这么不省心。

朴恩睇了一眼叶凉：“我不想离开学校。”

“这事儿已经定了，没得商量。”刘东使劲儿往外呼出一口气，“我迟早得被这帮崽子们气死！”

叶凉夹在中间有些尴尬，她也不懂为何朴恩要放弃这么好的机会，难道练习短跑不正是希望有朝一日能站在最高级别的赛场上为国争光吗？

“大家起得这么早啊。”大山见房间门开着，无视诡异的气氛，笑容满面地走进来。

看来过了一夜，大山已经稍稍调整好了自己的状态，恢复了平日没心没肺的样子。

此刻，大山手里头拎着满满当当的袋子，全部放在小小的桌子上：“我从家里带了早餐，我们这儿的特色，快来一起尝尝。”

叶凉：看来用早餐讨好人这件事不是朴恩一个人的行为，怕是整个短跑队的优良传统。

刘东脸还黑着脸，瞧见大山更是添堵："气都被你们气饱了，还吃？我真是带了一群祖宗。"

"买票，明天回北城，你们回去全部给我跑圈。"说完，刘东背着手转身走出了房间。

"刘教练怎么还生气啊？"大山愁眉苦脸，"我被踹得现在屁股还肿着呢，就这力度教练还没解气？要不我再凑过去让刘教练打两下得了。"

叶凉"扑哧"笑了出来，瞪了一眼同样沉着脸的某人，对大山说："跟你没关系，教练在生朴恩的气呢。"

这趟几人虽然来得匆忙，但多出了一天时间可以让他们在村子里好好逛逛。

刘东现在看见这两个家伙气不顺，跑去跟山爸聊天了。大山作为东道主，带着朴恩跟叶凉在周围逛逛。

"我们这边虽然穷，但是风景还是不错的。"大山笑容朴实，提到家乡脸上不免挂着骄傲。

昨天，叶凉身体不舒服，也没四处好好瞧瞧。今日恢复了精神，她才切实感受到大山家乡的俊美。四周重峦叠嶂，山脉绵延一直到了天边，早晨雾气还没完全散去，积聚在半山腰上使人有种置身仙境的缥缈感。

山间的空气新鲜至极，深吸几口，仿佛从头到脚都得到了净化。如大山所说，这里处处都是风景。

三个人随意找了一块石板坐下，大山指着不远处的一处梯田："你看见那块地了吗？那边都是我爸种的，等会儿我带你们下地摘点蔬菜中午炒着吃，都是有机蔬菜，可新鲜了。"

不远处，有几个孩子背着竹篓，蹦蹦跳跳往上山的土路上走，叶凉随口问道："这些孩子们去干吗？"

"去上学啊。"大山遥指着邻边的一座山，"我们这边只有一所小学，所有的孩子都要走到那里去上课。"

叶凉不禁有些感慨，这要走多远的路啊。

“那他们为什么要背着竹篓？”

“孩子们上下学路上可以摘点野蘑菇，挖点野菜或者果子放进竹篓带回家。”

叶凉瞧着笑得满脸灿烂的大山，滋生出了太多的敬意，要知道从这里考出去并非易事，可大山做到了。

赛道上奔跑的少年与想象中年幼时背着竹篓上学的大山重合，叶凉吸了一口气，觉得自己这一趟来得值，因为这才是她想在纪录片里展现的运动员们的全部真实。

“我听说了，刘教练说你不想去省队。”

朴恩也望着远方的山峦，整个人恢复了往常的清冷，眉眼融于山色间。

“其实我真的很羡慕你，能在这一行走这么远。有时候天分这个东西真的求不来，有的人天生就是吃这一碗饭的料，有的人怎么努力都不行。”大山靠在身后的土堆上，捡起了一块小石头砸向远方，“你不要放弃，至少带着我们这帮人的希望往前冲一冲。”

“自己的事儿自己做。”朴恩终于开口，睨了一眼嘴角带着笑可眼神里写着哀伤的大男孩，“用不着我帮你冲。”

大山摇摇头：“我不打算继续跑了。”

叶凉张开嘴巴：“为什么，就因为离开了短跑队？”

“不，是我终于要向现实妥协了。”大山摊了摊手，“我的家庭情况你们也看见了，运动员虽然现在有国家补贴，但到底我不能补贴家用。其实这么想想也挺好，出了短跑队我就能有更多的时间去打打零工，帮我爸减轻点经济压力。”

大山的成绩提高得一直很慢，而顶尖运动员凤毛麟角，能走多远其实早就能预知结果。而拼尽全力在选拔赛的这一跑，只是让大山进一步看清了现实，父亲的受伤终于成为压倒骆驼的最后一根稻草，让大山萌生退意。

比失败更让人沮丧的，是从根本上否定自己。

大山的话勾动了叶凉心底的哀伤，她也不清楚当梦想注定会落空，自己是否还有坚持下去的必要。也不知道一边是生活的压力，一边是梦想的重量，天平两端自己又该如何取舍。

“啧。”朴恩却丝毫没受到任何触动，反而冷嘲道，“放弃短跑究竟是向生活妥协，还是你逃避现实的借口？”

大山仿佛遭到了当头棒喝，他偏头看向朴恩，可朴恩完全没有安慰他的意思，而是继续说道：“如果不是体育，你连跑出这座大山的机会都没有。”

梦想碰壁的时候，我们往往会忘记此刻的失望恰恰源于当初的希望。

不过朴恩没兴趣当什么知心大哥，拉着叶凉的小胳膊站起来：“湿气太重了，叶子身体受不住寒，等有太阳的时候再出来吧。”

叶凉还在咀嚼着朴恩方才的话，突然觉得几年不见，朴恩变成了一个智者。

快走到招待所的时候，叶凉开口问道：“那你呢？

“你不想让大山放弃梦想，那你为什么不愿意去省队参加训练呢？”

朴恩闻言，目视叶凉的双眸，眼神变得深邃：“因为短跑不是我想要的。”

既然短跑不是朴恩想要的，那他当时为什么还要去美国练习短跑？

这个问题直到几个人回到北城，叶凉还是没能问到答案。

日子再次如上了发条般转了起来，大山离队出走的事好像是一个漫不经心的小插曲，再也没人提起。

没几日，省队就来了消息，全省一共抽出了七名运动员进行冬季集训，除了朴恩，几乎都是省队自己的选手，这对一名体特生来说，应该是莫大的荣耀。可朴恩仍旧表情平平，按部就班地跟着校队训练，平静得就像名单上的人不是他似的。

明明被省队挑走是一件喜事儿，可因为朴恩的态度，刘东急得满嘴是泡，他还是第一次看见这么不要好的运动员。

早训结束后，刘东惯常把朴恩留下，苦口婆心地跟他讲这趟集训对他未来人生的重要性，偏偏他就是不为所动。

再次成功把刘东气走后，朴恩才把叶凉的书包背在肩膀上："我送你去上课。"

典型的皇上不急太监急。

叶凉已经习惯了这对师徒三天两头上演这样的戏码，走在朴恩身边随口问道："大山最近在忙什么？回来后好像一直没见到他。"

"你这么关心他做什么？"朴恩的眉头皱得能夹死一只苍蝇。

"那我关心关心你？"叶凉横了朴恩一眼，"你说说，为什么你明明不喜欢短跑，还硬要去美国找你爸训练？

"其实我对你究竟为什么排斥去省队训练的原因也挺感兴趣的。"

朴恩："……"

朴恩："算了，还是说说大山吧。"

从家乡回来后，大山就离开了校队，体育系当然也要训练，可和在校队比，实在算不上什么。大山找了一个手机促销的兼职，这几天早出晚归，都在商场卖手机。

叶凉知道很多大学生都在做兼职，可运动员由于职业的特殊性，往往没有多余的精力赚取外快。况且如今正是提高成绩的黄金年龄，在这个阶段搞这些无疑是在消费职业发展的时间。

叶凉不免可惜："难道他真的想放弃短跑？"

"学校只会对校队选手进行相应补贴，普通体育系大学生的生活费都是自己承担。" 朴恩没代替大山本人下结论，而是陈述了学校的政策。

"怪不得。"叶凉叹了一口气，神色恹恹。

原来大山当时如此执着地留在校队，还有这层原因。也对，连基本生活都保障不了，何谈梦想？

朴恩揪了揪叶凉伤心的脸颊，半认真半调笑道：“你这样我真的要吃醋了，放着自己男朋友不关心，老担心别的男人干吗？”

果然，这句话成功地转移了叶凉的注意力，她刚还低落得像一只受伤的小猫儿，瞬间就像被人踩了猫尾巴似的从平地蹿起：“谁……谁是我男朋友？朴恩，你这个人说话要注意分寸，要负责任的。”

“好吧，我暂时的确还不是。”朴恩顺从地点头，“所以你打算什么时候和我复合，为我正名？”

有几天没感受到朴恩的厚脸皮，冷不丁这男人的厚脸皮神功重出江湖，叶凉还有点不适应：“你把话说清楚，什么叫复合？我们什么时候在一起过？”

“这么说你以前都是在玩弄我的感情？”

玩弄感情？这顶帽子扣得太大了。朴恩的表情太过认真，叶凉简直要怀疑自己是不是失忆了。

“我什么时候……那样了。”玩弄两个字叶凉说都说不出口，憋了半天憋了这句话出来。

朴恩不慌张，摸了摸自己的耳骨：“这个难道不是你送我的？”

叶凉瞧见眼熟的耳骨环，蓦地有些心虚：“是……”

“当时你还强迫我扎耳洞，说我戴上这个我就是你的人，有没有这回事？”

“有是有，”叶凉明显被问得底气不足，慌忙找借口，“可那时候我们还小。”

“年纪小说话做事就能不负责任了？”朴恩拽紧了书包带，像受到了天大的委屈，“你那天还亲……”

话没说完，叶凉冲过来立刻把男孩的嘴捂上，整张脸红得像煮熟的大虾：“不许说！”

干燥的手掌突然有一股热气传来，有点像羽毛滑过掌心的感觉。

叶凉一愣，抬眸就看见朴恩的眼角弯弯，眸子里闪过一丝狡黠。意识到什么的叶凉飞速收回手掌，胡乱把手掌在衣服上粗鲁地蹭着："朴恩，你是猫吗？干吗舔人？"

叶凉就像受惊的鸟，又焦又躁地胡乱扑腾了两下翅膀，留下一句"恶心死了，我才不要理你"之后小步跑开了。

朴恩双手插兜，站得笔直，没有任何往前追的意思。果然心里头倒数了五秒，小姑娘又气呼呼地冲了回来："书包给我！"

朴恩这才露出一排洁白的牙齿："别生气了，你送我礼物，要把我定下来的事我不提了还不行吗？"

还说还说。叶凉咬碎了牙，一把抢回自己的书包，顺带踹了朴恩一脚。

其实，事情的经过还要追溯到初二那年，当时学校开始严查早恋，叶凉跟朴恩走得一直比较近，莫名也被划进了严打队伍里。

叶凉成绩好，但朴恩却是出了名的差生。老师对好学生总是会有偏爱的，找叶凉单独谈话的时候，拐弯抹角都是对朴恩的贬低，希望叶凉"择善交友"。叶凉当时正值叛逆期，就见不得有人说发小朴恩的不是，虽当着老师的面诺诺称是，出了门就龇牙咧嘴，拉着朴恩到了首饰店，拿出自己攒的奖学金，嚷嚷着要买一枚戒指给他，学着大人结婚的样子要把老师的指控"坐实"。

受到经济限制，叶凉最后挑了一个最小的"戒指"，也就是如今朴恩耳朵上戴的耳骨环。

当天，朴恩还被叶凉逼着到了美容院打下平生唯一的耳洞，当针穿过耳骨的刹那，比朴恩还紧张的小姑娘噘起红红的小嘴儿，径自亲了上去，做完坏事儿慌忙解释："电视上说受伤的话，这样亲亲就不疼了。"

然后她轻轻摸了摸男孩有瘀血的耳朵，问得满眼温柔："现在你还疼吗？"

"疼。"朴恩忍着剧痛点了点头，从小就有心机的朴恩得寸进尺地说道，“可能还得亲一下才能好。”

不过说起来，除了当时那个吻，两人好像也确实没有正式确立关系。因为随后叶凉的父亲就出了事儿，朴恩也离开了曲溪，远赴美国。

两人一别，就到了现在。

上完课，叶凉就直奔新闻中心办公室，把前几日在村子里用手机拍摄的视频传给了小周，求着小周帮她剪个片子。

“只剪大山的？”小周以为自己出现了幻听，“你确定自己刚才说的不是朴恩？”

“剪朴恩的干吗？”

“那你剪大山的干吗？”

“就是有用。”叶凉顺便传给小周一个文档，“我写了本子，你等等就按照这个剧情流程剪辑。”

小周点开文档，从头到尾看了一遍，写的剧情极其老套，可以概括成一句话：山里的娃千辛万苦才考上大学追梦的心酸历程。只不过追的是体育梦，而且最后这娃还没落得个好结局，被无情踢出了校队。

小周拍拍手：“你写得不错，打算让大山凭这个参选《感动中国》？”

“用不着感动中国，能感动校领导就行。”

叶凉拉了一张椅子坐在小周旁边：“我想把这个片子给体育系王主任看，让他再给大山一次进校队的机会。”

“有志气！”小周竖了竖大拇指，把视频导进电脑，“我帮你剪，到时候碰壁被骂了记得别过来找我哭就行。”

叶凉吹胡子瞪眼，小周一边放音频一边摇头：“你用脑子想想就知道你这条路行不通，校领导要是能被一段视频打动，那体育比赛改成视频制作大赛得了。”

“我总得努力一下，大山又不是因为成绩差被刷下去的，是因为受伤……”

“别理想主义了，现在这个社会没人吃这套。”

视频还没给到校领导手上，叶凉先被小周泼了一盆凉水。

当叶凉拿着新鲜出炉的视频短片和训练时期大山的成绩走势折线图找到王主任的时候，果然应了小周那句话，这个社会没人吃这套。

“大山这个孩子训练确实刻苦，之前老刘也找我说过这个问题，但规则就是规则，没有人有权力篡改既定的规则。今天我看他刻苦同意他进入了，那事先设定规则又有什么意义？公平不是只针对一个人的，大山比赛受伤导致成绩不理想，你说这个筛选机制有问题不公平，可要是我让大山进了校队，对那些同样参赛的孩子是更大的不公平。”

“可是校队设立的意义到底是什么，难道不是帮助体育选手实现梦想吗？大山的家庭条件真的很差，现在他在外面兼职，就等于被迫放弃了体育梦想……”

“身为体育从业者，我明白你的意思，体育精神的外延确实很大，我也明白你给我看这个片子想传递的道理。”王主任打断小姑娘的话，“但学校不止大山一个学生有困难，随手翻翻学生名册，大山这样的学生能找出很多。”

也就是说，大山并不值得同情。

叶凉从办公室出来，眼睛酸酸胀胀的。她沉重地哈了一口气，虽然来之前她就知道很有可能不会成功，但听到王主任那番话，她的身体里还是被注入了浓浓的无力感。

成人的世界有一套既定的准则，那就是没有人再会同情弱者。

叶凉情绪不佳，电脑里反复放着小周剪辑好的视频，画面定格在训练时大山满脸汗水、对着镜头咧着嘴笑的画面上。年轻的面孔满是希望和生机，不大的眼睛里闪烁的是足以点燃冬天的光芒。

可她方才偷偷跑到朴恩说的促销卖场去看了，大山穿着橘色的马甲，在一群人堆里发着传单，仍旧憨笑着，可眼底的光却消失不见了。

叶凉烦躁地搓了搓脸，下意识拿起手机想给朴恩打电话，可按了拨号键，又觉得找他也无用。她犹豫的空当，手机倒是先一步响了起来，上头显示的是袁老师。

一晃期末快来了，叶凉估摸着应该是实习的安排下来了。

秋叶散尽，北城陷入萧条的季节，阳光穿过光秃秃的树枝把行人的影子拆碎，叶凉裹紧大衣往袁老师的办公室赶。

“叶子来了，坐吧。”办公室里只有袁老师一个人，见叶凉来了，袁老师稍微整理了一下桌面，然后问道，“现在短跑队那边的拍摄进行得怎么样，应该在收尾阶段了吧？”

“素材已经整理得差不多了，我把文稿发给了小周，之后他那边会负责带团队剪辑出来。”

“你们办事我还是放心的。”袁老师了解完情况，也没浪费时间，直接切入正题，从抽屉里拿出了一本《××体育周刊》的样刊递给叶凉，里头还夹杂着一份合同。

“院里每年都会推荐表现优异的学生去实习，你事先有所了解我就不赘述了。我们评估你这段时间一直在校队做采访，与《××体育周刊》切合度也比较高，所以院系特别为你争取了《××体育周刊》的实习机会，你考虑一下。”

体育周刊？叶凉蒙了，之前明明说的是商业周刊。

虽然它们同属行业顶尖杂志，可领域却相去甚远，从直接的经济报酬来看，商刊的含金量比体刊要高出一些。

不过消息是谭生告诉她的，虽然后来靳娜说听到袁老师他们讨论，可毕竟没有通知到她本人。此时她也不可能傻傻地问出口，恍惚地接过合同，暗自思索着最近自己是不是哪里犯了错，才被抹去了名额，不然往年院系确实是按照绩点排名来确定去商刊实习的学生的。

叶凉恍惚地接过材料，说了句“谢谢老师”就出了办公室。一直到外头，她还有些摸不清状况，难道她真的是哪里做得不好？

“叶子。”

叶凉出了门听见有人叫她，回头就看见谭生穿着黑色大衣站在身后，略微吃惊：“谭部，你从美国回来了？”

谭生点了点头，见叶凉手里拿着资料，眉头拧了拧：“刚袁老师找你了？”

“对。”叶凉把杂志往怀里拢了拢，挡住上头的名字，笑得有些尴尬。

谭生之前在《×× 商业周刊》待过一段时间，也听说了临时换人的决定，也怪他提前跟小姑娘说了这件事，害得叶凉空欢喜一场。

“其实这件事……”

“啊呀，部长没事的，我不难过，我就说自己也不优秀，怎么会有这种好事落在我头上，我都没当真的。”

谭生脸上的愧疚被心思敏感的叶凉捕捉，她最怕的就是看见别人用这样的眼神看着自己。

“不是你不优秀，学校开始定的人确实是你，之后出了些状况，临时换了人。”谭生欲言又止，最后还是没把真相告诉叶凉，而是说道，“我这几天再给那边的主编打个电话，争取多开放一个名额，如果还有其他不错的实习机会，我也会帮你留意。”

“不用了谭部，《×× 体育周刊》确实比较适合我，都是学校给的机会，我会好好珍惜的。”

叶凉眯起来的笑眼让谭生不知说什么才好，干巴巴地说了一句：“加油，有什么要帮忙的，你随时告诉我。”

到了晚上，叶凉才知道谭生当时吞吐没有明说的原因是什么。院系公布的新闻实习推举同学名单中，排在第一位的就是靳娜，而去处恰恰是叶凉没去成的《×× 商业周刊》。

论学习能力，叶凉是以省状元的身份进入学校的，进入大学之后年年绩点排第一；论专业能力，叶凉是校记者团的最佳记者，写的稿子屡次被电视台选中报道。

名单一出来，自然有很多同学私下里为叶凉鸣不平。这个圈子很小，很多事根本无须叶凉亲自求证，事情的发展过程就会飘进她的耳朵里。

传言靳娜在“北城互联网经济大会”跟《××商业周刊》最大的广告投资商搭上了线，是投资商的领导亲自打招呼把靳娜安插进了杂志社。商刊每年的实习名额是固定的，叶凉的名额也因此被挤掉了。

“北城互联网经济大会”叶凉知道，当初靳娜还给自己留了一张工作证，可自己去了大山的家乡，遗憾地错过了会议。不过事后靳娜没跟自己提起过认识广告商的事，事实上现在实习的名单已经出来，靳娜都没和自己解释一句。

想到之前靳娜还恭喜自己入选《××商业周刊》实习名单，叶凉就觉得讽刺至极。

晚上，叶凉跟刘东请了假，她难得没有参加校队的晚训，一个人从便利店买了两瓶啤酒，坐在空荡荡的操场上望着月亮。

这个世界多奇怪啊：大山因为“实力”不足被拒之校队门外，王主任告诉叶凉规矩不能破；而叶凉却因为“关系户”被商刊拒之门外，规矩此时又成了摆设。

叶凉拉开了一罐啤酒，咕咚咕咚喝了两口，一股难以言说的奇怪味道流进嗓子眼，瞬间俏丽的五官就皱在了一起。

马尿味，超级难喝，叶凉的心情更丧了。

叶凉嫌弃地把啤酒罐子放在一边，平躺在草坪上，头顶的弦月被一团雾气笼罩着，轻微雾霾把天上的星星都藏了起来。整个天空泛着浑浊的黑，除了混沌，空无一物。

连大自然都非要跟叶凉作对，真是没一件顺心事。

想着，小姑娘又喝了几口被自己嫌弃的啤酒。

空腹喝酒原本就容易上头，更何况叶凉从没有喝酒的经验，虽不至于醉，但也觉得微醺。

奇异的是，叶凉竟非常享受自己此刻的这种状态。

一罐啤酒刚喝完，刺耳的电话铃声就打破了叶凉独酌的安静，手机贴到耳边，传来朴恩沉着的声音：“你在哪儿？”

“操场。”叶凉一边回答，一边揪着草皮往前头扔。

“你在操场干吗？”

“看星星。”

朴恩手边的动作有些停顿，没时间来训练场，却有时间看星星？

不等朴恩发问，小姑娘突然压低音量，对着音筒神秘地说道：“朴恩，我告诉你一个秘密。”

朴恩那头传来刘东的集合指令，朴恩听而不闻，好脾气地回问：“什么秘密？”

“其实今天……没有星星！”

朴恩：“……”

“你说好不好笑，我来看星星，却发现天空没有星星呢！”

叶凉笑得太过夸张，眼泪都从眼角跑了出来。

朴恩沉默了几秒：“你乖乖在操场等我。”

当叶凉揪着草皮数到一百的时候，朴恩从远方跑了过来。

“你真的来了，你不是应该在训练吗？”

朴恩瞧着叶凉整个人像被踩扁的口香糖一样粘在地上，太阳穴迅速跳了两下。

眼尖地瞧见搁在一旁的易拉罐，朴恩蹲下身子晃了晃，挑眉：“都是你喝的？”

“不是我！”叶凉飞快否认。

叶凉顿了一下，突然伸长了舌头：“是鬼喝的，你怕不怕？”说完，她又咯咯咯地笑了起来。

朴恩：“……”

天气寒凉，像叶凉这样穿着羽绒服躺在草地上的人还真不多。

原本她免疫力就差，还非要这么作。

朴恩的表情好不到哪里去，板着脸，打横把像烂泥一样的小姑娘从地上抠起来，用围巾把叶凉的脖子裹紧，不小心碰到叶凉冰冷的脸颊，脸色更臭了。

“朴恩，你这样好丑。”叶凉冰棍似的手直接拍上朴恩的脸颊，顺势拼命揉搓。

朴恩把两罐啤酒直接扔到垃圾箱，虽然脸色难看，但拉着小姑娘的手还是极尽温柔。

“你要带我去哪儿？”叶凉被拽得踉踉跄跄，这么久了这还是朴恩第一次这么“造次”。

操场附近有一家小的茶餐厅，环境比较清幽，晚上有很多学生拿着电脑来这里进行小组讨论。朴恩直接带着叶凉进了餐厅，给小姑娘点了一杯热饮和一碗意面：“现在你可以说了，发生了什么？”

原本没觉得是顶天委屈的事儿，结果被朴恩这么一问，也不知是喝酒上头还是怎么的，嘴一撇，叶凉眼眶里的泪珠子就啪嗒掉了下来。

朴恩可慌了，也不故作冷傲了，赶紧抽出几张纸问：“怎么了？”

叶凉吸了吸鼻子，断断续续地把今天从找王主任到找袁老师的过程说了一通，中间眼泪就跟断了线的珠子似的流个不停。

朴恩拿着卫生纸捏住叶凉的鼻子：“用力擤。”

说完，叶凉也不忸怩，顺着朴恩的手就重重地把鼻涕擤了出来。

朴恩把纸团扔掉：“你为什么想帮大山？”

叶凉鼻子红红的：“我不想看他这么堕落下去，运动员的时间太宝贵了，如果是因为其他的就算了，因为钱我觉得太不值得。”

朴恩眼眸晃动，低头敛下了情绪：“可是钱能让他活下去，梦想不能。”

“可大山如果留在校队接受国家补贴就可以了。”

“校队不是保护贫困家庭孩子更好地生活下去的避风港。”

叶凉的睫毛上沾着水珠："难道大山不是你的朋友？你怎么会说出这句话？"

小姑娘还在劲头上，不是讲道理的好时机。朴恩没有继续纠缠这个话题，而是说道："如果你想促成大山的事，我会帮忙。"

叶凉惊讶，还没问出口他要怎么帮忙，就听到朴恩继续说道："我帮你把大山的事情解决，可是叶子，我还是希望你能明白。你难过靳娜背叛了你，她费尽心思通过旁门左道抢占了你的名额，抛开道德上的批判，她又有什么错？她也是想实现自己的梦想罢了。而你也同样拿着各种各样的东西去找主任，请求他网开一面，再给大山开放一个名额，这和靳娜做的本质上是一样的，只不过那个当事人不是你，而是换成了大山，可事实上这并不能让你显得更高尚。

"叶子，很多事不是你以为好就是好的，每个人都有权利选择不同的生活形式，有的是跟随生活随波逐流，有的是为了梦想背水一战，但这终究是他们自己的人生。"

"你是，大山是，靳娜是。"最后朴恩停顿了片刻，"我也是。"

# 第 六 章

## 归家之途

凛冬已至，秃头的树杈在寒风中摇曳，满地枯草横生，风吹在脸上跟冰刀似的，割得皮肤生疼。叶凉从考场出来，背着双肩包疾步往图书馆的方向走。

自从那天和朴恩聊过之后，叶凉已经一个星期没有去短跑队了。她负责的部分已经结束，剩下的拍摄小周一个人就可以收尾，加上期末考试增加了学习任务，她也难抽出时间陪伴队员训练。

可只有叶凉知道，这些全部是她为了躲避朴恩的借口。不可否认，朴恩把这一切看得太透彻了，那天男孩直白的话戳伤了她脆弱敏感的心。

不仅是朴恩，叶凉到现在也没想到该以什么样的态度和靳娜相处。靳娜仍旧好像什么都没发生的样子，她约叶凉吃饭逛街，叶凉都是以复习为由推拒，每天躲在图书馆像一只缩头乌龟。

难道想帮助大山归队，她真的做错了吗？

手机振了振，是小周给她发来了一条微信。

“复习间隙为你插播一条消息，大山今天归队了。”

叶凉看见信息“腾”地站起来，周围学习的人被叶凉的动作吓了一跳。叶凉赶紧放缓动作，弯着腰跑了出去，走到没人的过道拨通了小周的电话。

“你说大山归队了？”

“我就知道你憋不住得给我打电话。”那边的小周笑得轻快。

“到底怎么回事，之前王主任不是还说规矩不能改吗？”

“是朴恩接受了去省里训练的通知，自愿退出校队。朴恩离开，自然就有名额空了出来，排名第十的大山就被补录了。”

那天朴恩说他有办法帮她把大山的事解决掉，竟然是主动退队。

叶凉心里五味杂陈，挂掉电话后，她继续复习，可书上的字跳跃着，她怎么都看不进去。

即便是朴恩要参加省里的冬季集训，也没必要退出校队，叶凉不傻，学校允许朴恩退出，一定是因为朴恩答应了领导什么条件。

叶凉胡乱把东西塞进书包里，披上外套就冲去刘东的办公室：“刘教练，听说朴恩退队了？”

“对，他没跟你说？”刘东一直以为叶凉与朴恩是情侣，这件事两人应该是商量过的。

“为什么，学校怎么会允许他退队？”

“这小子想把自己的名额让给大山，跟学校保证这次锦标赛能拿一块牌子回来。”刘东喜气洋洋，“不愧是我带出来的孩子，有志气！”

锦标赛获奖，即便没被选入G队，也会被省队招走，自然不用回校队了。

叶凉却开心不起来，她还记得当时朴恩说的那句“短跑不是我想要的”。

短跑不是他想要的，他也没想过要在这条路上一直走下去，可现在他为了她的意愿，以自己的前途作为条件交换了大山的名额。

朴恩说得对，很多事的确不是她以为是好的就真是好的。她口口声声说是为了大山，可如今却是用朴恩的妥协成就了她的期望。

现在她满意了？不，现在她整个人快要被自责吞没了。

叶凉颤抖着手拨通了朴恩的电话，那边“嘟嘟”响了好几声才被接通。

“叶子。”尾 音扬起，对方显然没想过叶凉会主动联系自己。

“朴恩，我真的很讨厌你，你知不知道？”叶凉说话时带着浓浓的鼻音。

“你在哪儿？我去找你。”

“你先听我说！”叶凉喝住朴恩要说的话，“谁让你自作主张为了我帮大山加入短跑队的？又是谁让你自作聪明把自己作为条件去交换的？你这么做我允许了吗？我同意了吗？如果小周没告诉我，你是不是还想瞒我一辈子？

“你永远都是这样自私，不考虑别人的感受。五年前你说走就走，把我一个人扔在曲溪，连一句再见都没说，你知不知道我在你家楼下站了整整一天一夜，最后刘阿姨跑出来抱着我，求我面对现实。

“现在你说回来就回来，连一句解释的话都没有，擅自闯入我的生活，逼着我再次接受你。你有秘密，你跟我说你不喜欢朴叔叔，却跟着他去了美国；你跟我说短跑不是你想要的却成了特长生；现在你又跑回来说喜欢我，朴恩，谁允许你喜欢我了？你的喜欢真的很让人害怕你知不知道？我也是人，我也怕一次又一次地受伤，我也怕你浑身藏着不能告诉我的秘密。”

叶凉抱着膝盖，蹲在训练场门口泣不成声。

一双黑色跑鞋出现在叶凉眼前，朴恩拿着电话，嘴里喘着粗气，蹲下身抱住小姑娘：“对不起，叶子，对不起。”

该发的火发了，该生的气生了，只是最后到底没能撬开朴恩比蚌壳还严实的嘴。

大山得知朴恩跟叶凉为了帮自己留在校队跑前跑后，恢复训练后请两人吃了一顿火锅，席间哭得稀里哗啦的。

朴恩参加省队集训已成定局，叶凉就是再埋怨朴恩自作主张都无济于事，只是她仍旧不懂朴恩开始为什么这么排斥离开。

冬季集训时间定在了年后，朴恩还能回家过个年。两人买了票，准备一同回曲溪过年。

曲溪是南城下头的一个县，从南到北要坐五个小时的高铁。列车的玻璃格子仿佛高级相框，框住了外头高耸的楼宇和连片的麦田。

“刘阿姨之前说你很久没联系过她了。”叶凉口中的刘阿姨是朴恩的妈妈。

听到这句话，朴恩露出一抹苦笑：“嗯，她不接我电话。”

“活该。”叶凉忍不住咬牙，“谁让你抛弃刘阿姨投靠‘敌军’的。”

“敌军”是两个小朋友小时候给朴恩父亲朴世初起的诨号，因为刘锦时常会对着两个孩子把前夫朴世初描述成抛妻弃子的大坏蛋。每次刘锦喊朴恩接电话，叶凉都会跑过去问“友军敌军？”只要朴恩说“敌军”，那就意味着是他爸爸来电。

其实，朴世初也是一名田径运动员，只不过那个时候国家训练条件有限，对田径项目的重视程度也不够，像朴世初这批老运动员为了寻求突破，都是自己掏钱去国外学习先进训练技术的。做丈夫的成天不回家在外头训练就算了，连一分钱都没往家寄过，家庭的所有开支都落在刘锦一个人的肩膀上，任哪个妻子都无法忍受。

刘锦无法理解丈夫对体育的狂热，一心希望朴世初能放弃体育，回家找一个工作上班，可刚巧这时国家体育局提出了国内田径人才赴美训练的计划，为期两年。朴世初不想放弃机会，希望刘锦能多给他两年的时间。

朴恩已经六岁，眼看着孩子一天天长大，刘锦终于忍无可忍，提出了离婚。与朴世初分开后，刘锦卖了在城市里的房子，带着朴恩到了曲溪，从此再也没跟朴世初联系过。

刘锦曾经有多爱前夫朴世初，如今就有多恨他。但相对于他，刘锦也同样恨毁掉他们婚姻的体育。可想而知，在这个情况下，朴恩当年突然决定要去美国找自己的父亲练体育，刘锦该有多愤怒。

也怪不得刘锦咬牙拒绝跟这个儿子联系。

已经过去的事儿，叶凉也不想再提，喝了一口饮料，随意问道：

“那你这次回来，刘阿姨有没有说什么？”

“她还不知道我回来了。”

“喀喀喀……”万万没想到会是这个回答，没做好思想准备的叶凉被喝下去的饮料呛得狂咳不止，脸憋得通红。

朴恩赶忙过去拍小姑娘的后背，叶凉又咳了几声，才堪堪稳住：“你说刘阿姨不知道你回来了？”

“我还没想好怎么跟她说。”

叶凉面色古怪，提醒道：“可我们还有两个小时就到站了。”

“我知道。”朴恩倒了一杯水给叶凉，“所以我今晚先不回家住。”

“那你准备住在哪里？”奇怪，叶凉不记得朴恩在老家还有其他的亲戚。

“到时候你就知道了。”

两个小时后，当叶凉的妈妈林秀站在门口把朴恩迎进门的时候，叶凉的表情实在可以称得上精彩。朴恩说的住的地方竟然就是她家？所以朴恩没联系自己的亲妈，而是联系了她妈？

当着林秀的面，叶凉不好问得太大声，等林秀进了厨房，她才咬牙切齿地问道：“你从没跟我提过你要住我家。”

“嗯，”朴恩咧了咧嘴，“现在你是不是很惊喜？”

惊喜？真是见鬼的惊喜！

叶凉家的摆设与五年前朴恩走的时候没有太大变化，电视四四方方的，还是十年前的老款。暗黄色的电视柜上头摆着一家三口的照片，小小的叶凉挤在父母中间，笑起来还能看出缺了一颗门牙。黑色的沙发套被洗得脱了色，坐上去中间都已经微微塌陷了，林秀还是没舍得丢。

林秀在厨房里准备着饭菜，叶凉跟进去语带抱怨：“妈，您怎么事先没跟我说朴恩要住咱们家啊？”

林秀瞥了女儿一眼：“你天天跟小恩待在一块，提前跟我说了吗？”

叶凉被亲妈噎得一句话都说不出来。

“去去去，你出去跟小恩看电视，别耽误我做饭。”林秀往外赶着叶凉，顺带把一盘切好的水果递给女儿，“拿去给小恩吃。”

叶凉：究竟发生了什么？这个套路好像不太对啊。

真不知道朴恩给她妈灌了什么迷魂汤，叶凉端着水果盘从厨房钻出来，“哐当”一声放在茶几上，没好气地对着那人说道，“我妈让你吃水果。”

“这次回来真的麻烦阿姨了。”朴恩怡然地走到厨房，跟着卷了卷袖子，“有什么要我帮忙的吗？”

林秀眼角的鱼尾纹都笑到堆起来了，朴恩的客气让她很是受用：“没有没有，这儿烟味重，你快出去吃水果。”

坐在沙发上的叶凉听到亲妈跟朴恩的对话，徒手捏起一块切好的苹果放进嘴里，“吭哧吭哧”嚼了两口，心里默默吐槽了一句：马屁精。

朴恩小时候跟现在一样属于话不多的类型，甚至比现在还要阴沉一些。

说来也奇怪，跟谁都讲不了几句话的朴恩偏偏就对叶凉一家特别热情，看见林秀小嘴儿更是讨巧得很，儿子的表现让刘锦也颇为吃惊。

直到某天，刘锦看见自家儿子玩着玩着，突然“吧唧”在人家叶凉脸蛋儿上亲了一口，这才恍悟，合着这小子是打着提前讨好丈母娘的算盘。不过不得不说，朴恩也算用对了方法，至少让朴恩当女婿，林秀是举双手赞成的。

南方没暖气，即便冬天的温度没有北方那么低，但房间里还是阴冷潮湿。吃了饭，林秀就跟亲儿子回来了似的，给朴恩住的房间铺好了电热毯：“床单、被罩、枕套都是新换的，电热毯已经给你打开了，你睡的时候直接钻进去暖和。”

朴恩连连点头，叶凉噘着小嘴儿不是滋味：“妈，那我房间的电热毯你弄好了吗？”

林秀瞪了一眼闺女："都多大的人了还得我照顾，你的电热毯在柜子里，自己弄去。"

叶凉：我怕是林秀捡来的吧。

林秀可没顾忌闺女的小情绪："我去洗澡睡觉了，你们也早点休息吧。"

语毕，她直接干净利落地退场，叶凉这才恶狠狠地瞪了眼忍笑的男孩："我感觉你才是我妈亲生的。"

已经太久没有过这种舒适心情的朴恩拉着叶凉坐在暖和的床上："一个女婿半个儿，你这么说似乎也没错。"

叶凉面无表情，她发现自己越来越能适应朴恩比盆还大的脸了。

回到家就像回到了世外桃源，北城的纷纷扰扰都暂时落下了帷幕。叶凉躺在自己小小的床上，睁眼对着天花板斑驳的墙皮发呆，翻来覆去睡不着。

兜兜转转，曾经自己发誓再也不理的男孩竟回到了自己家，还躺在距离她一墙之隔的床上。分开五年，如今她闭上眼，仿佛就像做了一场梦一样，梦醒了，朴恩又回来了。

这么想着，左侧的墙就传来"咚咚"的敲击声。

老房子隔音不好，墙体较薄，这个方位不用猜就知道是谁做的好事。

叶凉重重地翻了个身，没搭理隔壁无聊的人。

"咚咚咚。"

停顿了几秒，那边又开始新一轮的墙体袭击，密度和强度显然是上次的两倍。

有完没完了！叶凉忍不住张开五指，"啪"地拍回去，结果没控制好力度，整只手掌结结实实贴到了墙面上，疼得姑娘龇牙咧嘴。

果然，叶凉的愤怒让隔壁作乱的男孩停了下来。静谧的夜里，叶凉的耳朵突然竖起来，听到隔壁传来窸窸窣窣的声音。来不及猜想，自己房间的门就被人从外头打开了一条小缝，一个脑袋挤了进来："你睡了吗？”

明知故问。

叶凉赶紧用被子把脸蒙上，闷声说了一句：“我已经睡着了。”

刚回答完，叶凉就明显感到单人床的一侧微微下陷，小姑娘也不装睡了，气急败坏地扯下被子低吼：“朴恩，我没邀请你进来！”

“对，你没邀请，是我自己进来的。”朴恩厚着脸皮点头，无赖的样子气得叶凉牙痒痒。

说着，他握住叶凉的手：“刚刚拍得疼吗？”

叶凉惊愕了一瞬间，抬眸望着坐在自己身侧的大男孩，他的身上只穿着单薄的睡衣，头发横七竖八地翘着，眉眼与离开时有八分相似，只是又精致了太多。

此刻，朴恩低着头专注地看着叶凉的手掌，长长的睫毛垂下，在眼底盖出了一小片阴影，认真的模样仿佛在研究什么稀世珍宝。

入了夜，天气更凉了几分，没一会儿朴恩身上的热气就全数散去，凉意顺着男人的手尖传来，叶凉忍不住打了个激灵，慌乱收回手催促着：“你赶紧回去睡觉。”

“我睡不着，想跟你聊聊。”

橘色的灯光打下，将朴恩的侧颜雕刻得更加棱角分明。那双深棕色的眼眸里似有千万碎星，望向叶凉的眼神专注，仿佛周遭的事物都不存在，世界只剩下了叶凉一个人。

叶凉像是被烫到了般，转移了视线，默默跟着男孩一起坐起身来，往里头挪了挪，不情愿地说了一句：“里头有电热毯，你往里面坐坐。”

朴恩挪了进去，冰凉的双腿立刻得到温暖。望着小姑娘良久，他才嗓子干涩地问道：“我妈过得还好吗？”

听到问话，叶凉的手指紧紧抠着床单，低声回了一句：“挺好的。”

朴恩离开的第二年，刘锦再婚了，对象是刘锦的小学同学孙健。朴恩也知道孙健的存在，对方老实厚道，有一副热心肠，朴恩以前就不反对母亲跟他在一起。而同年，刘锦生了一个儿子，小名叫安安。

母亲再婚生子是朴恩不敢回家的主要原因，他很怕，怕再回去那个家就没了他的位置。

朴恩自己也不知道突然问叶凉这个问题，究竟是想听到什么答案。他弯了弯嘴角，干瘪地说了一句：“那就好。”

“谢谢你这么多年替我照顾我妈。”语闭，朴恩摸了摸叶凉毛茸茸的头顶，“时间不早了，赶快睡觉吧。”

朴恩眼底充斥着的悲伤让叶凉心头一痛，她下意识地唤住要离开的男孩：“朴恩。”

“嗯？”

“其实阿姨她……也很想你。”

朴恩弯了弯嘴角：“我知道。”

隔天一早，叶凉再睁开眼，天色已是大亮。昨晚迷迷糊糊不知什么时候才睡着，结果梦里反反复复重现的都是朴恩哀伤的眼神，让叶凉整夜都没能睡得安稳。她敲了敲混沌的头，在床上坐了一会儿，才打着哈欠爬起来，穿上拖鞋慢吞吞地走出了房间。

客厅空荡荡的，桌子上摆着林秀临上班前为两个孩子准备的早点。而朴恩一个人站在窗子边，也没动早餐，只是冲着窗外发呆，不知在想些什么。

叶凉顺着窗户瞧过去，隔壁红色小洋楼二层的露台堆满了各式花草，落地窗被白色的纱质窗帘挡上，干净整洁的小院子栽种了一棵长得葱郁的树，树根处倚着一辆儿童学步车。

听到身后传来的声音，朴恩扭过头发现叶凉站在不远处。刘海乖巧地盖住额头，朴恩压了压眼睑，神色如常地对着小姑娘说道：“醒了？阿姨准备了早餐，你先去洗漱，我帮你热一下。”

说着，他拿起桌子上的早餐往厨房走去，叶凉动了动脚，把男孩拦住。

两个人自小就是邻居，叶凉客厅里的窗户刚对着朴恩家的房子。当时，刘锦孙健领了证，长一辈儿的人都觉得二婚传出去不好听，刘锦是要脸面的人，自然没有大操大办。再婚后，刘锦不肯搬走，孙健也没强迫她，拎着箱子直接跟着住了进来。

前些年，大家生活条件都比较差，朴恩记忆里头的家就是红砖外头糊了一层水泥皮，后来孙健做生意赚了些小钱，这才把原来的房子翻修了一番，外头贴了瓷砖，如今弄得有模有样。

叶凉自是知道朴恩心里在想些什么，担心得拧起眉头，往前迈了一步，拉住朴恩的袖子，伴着心底的喟叹说了一句：“不管外头怎么变，里头始终是你的家。朴恩，回去吧。”

其实叶凉更想说的是：朴恩，不要怕，那里仍旧有像我一样等待你的人。

一顿早餐，各怀心事的两个人吃得索然无味。

朴恩收拾碗筷的间隙，外头突然传来了突兀的叫喊声，打破了一室寂静：“叶子姐姐，安安来啦！”

安安怎么会知道自己回来了？

叶凉心一慌，下意识朝厨房望去。朴恩慢条斯理地刷着手里的盘子，头发垂下遮住眉毛，平静得仿佛没听到门口的声音。

外头的安安还在卖力地用小奶音叫着“叶子姐姐”，叶凉神色慌张，不知该如何是好。

“你不去开门吗？”

既然朴恩发话了，叶凉也就不再犹豫，刚把门锁扭开，一个小团子就像小炮弹冲进叶凉怀里：“叶子姐姐，安安想死你了。”

被安安小大人似的话逗笑了，叶凉对着孩子胖嘟嘟的脸蛋亲了一口：“姐姐也想你了，安安是自己来的吗？”

安安大力点头，小细胳膊曲起来展示肌肉：“安安长大了，能自己来找姐姐。”

他年纪小小，倒是会讨女孩欢心。

朴恩听着外头的对话，冷笑一声，弯腰把洗干净的碗筷放进柜子里，擦了擦手走出厨房。

不承想，朴恩刚迈出腿来，安安“啊”地喊了一嗓子，整个人亢奋起来，像一条小毛毛虫在叶凉怀里扭来扭去，挣扎着想要跳下去。

两个大人都被孩子突如其来的吼叫吓了一跳，叶凉手一松，安安就溜下去，两条莲藕似的小胳膊高高举起，像一只猴儿似的踮着小脚，企图往朴恩身上蹦。

无奈身高有限，安安见蹦不上去，索性退而求其次，一把抱住朴恩的大腿，肉嘟嘟的小脸贴在朴恩精壮的小腿上：“哥哥，你终于来看安安了！”

朴恩的两道眉死死拧起，他薅着安安衣服的领子，把粘在自己身上的牛皮糖拔了起来，高高吊在半空中，面无表情地打量着面前这个“素不相识”的小豆丁。

偏偏安安小家伙还以为朴恩在跟自己玩，在空中笑得眼睛都不见了。

几分钟后，朴恩把小家伙放在地上，也窥不出什么表情，不发一语地扭头打算回房间。

叶凉的心沉了沉，伸手就想拉住他，结果安安的反应比叶凉还快，飞身就紧紧地抱住了他的大腿，两颗葡萄粒儿似的大眼珠眨巴眨巴着：“哥哥，安安还想被举高高。”

朴恩：……

老旧的沙发上，安安趴在朴恩的腿上专注地看动画片，而人形靠枕身子绷得僵直，黑沉沉的脸堪比烤煳的锅底。

活到这么大，朴恩就没见过比安安还黏人的孩子。

从安安见到朴恩开始，小家伙就跟长在他身上的蘑菇似的，怎么甩都甩不掉。他从小性子冷淡，虽说是同母异父，可这性格也差得忒远了。

朴恩表示自己完全不能接受。

不过依着叶凉看，他们兄弟倒是相似得很。仔细想想，朴恩回国后整天粘着自己的那股劲儿，跟安安比起来，简直是有过之而无不及。不过这话叶凉不敢跟朴恩说，显然他现在已经在暴走的边缘。

朴恩那边处于低气压，安安又天真懵懂，中间总得有个暖场的人。叶凉才不相信安安是自己来的，准是刘锦知道儿子回来，自己想见又拉不下脸来，这才派安安打头阵的。

叶凉坐在小朋友的身边，语气轻柔地问道："安安，你怎么知道他是你哥哥的？"

听到叶凉跟自己说话，安安这才把注意力从动画片上移走，睁着亮晶晶的眼睛回答："因为哥哥跟照片上的人长得一样。"

这几年，刘锦狠下心一直没联系过儿子，安安已经四岁大了，朴恩还是头一回见着。朴恩猜测是自己留在家里的那些儿时照片被安安看了去，所以安安这才认出了自己。

"那你知道之前哥哥去哪儿了吗？"

"美国！"安安回答得清透脆亮，"妈妈说哥哥学跑步去了。"

提到这儿，安安再次兴奋起来，把叶凉的手机搁在一边，麻利地跳下沙发，站在电视和茶几之间的空场。当朴恩猜测这个小东西要干什么蠢事时，只见安安突然蹲在地上，然后屁股撅起，咻地往前跑。

朴恩这才弄懂小孩儿在学自己跑步。

结果安安才跑了两下，就停下脚步，装模作样地把食指贴在自己的嘴唇上亲了亲，短粗的小手指指向朴恩。

孩子小，没注意到自己学完整套动作后朴恩脸上的震惊，美滋滋地炫耀："哥哥每次跑步都会像这样。"

这次不用叶凉说话，朴恩沙哑着嗓子直接问道："你这都是从哪儿学到的？"

"这里。"安安指了指电视机，"妈妈抱着安安一起看。"

朴恩吸了一口气，掩饰自己内心的波涛汹涌。他一直以为自己被刘锦放弃了，他甚至记得当他说出要跟父亲去美国的时候，刘锦眼底的愤怒和决绝。原来这么多年，母亲还是在关心着他。

朴恩的心像被暖流熨烫般，心里的那股酸涩也褪去了不少。朴恩又抬眸瞧了安安一眼，小家伙上身穿着正红色的羽绒服，下头是蓝色牛仔裤，一双小脚还没自己巴掌大。男孩不胖，只是脸颊肉嘟嘟的，带着还未消退的婴儿肥，两个黑眼珠像玻璃弹珠般晶亮，脸蛋粉雕玉琢，跑来跑去活像一个移动的糯米团子。

朴恩呼出了一口气，不得不承认妈妈把他教育得很好，至少……比自己好。

下午，外头阳光不错，难得冬天能碰到这么晴朗的天气，叶凉当即就拉着朴恩出去晒太阳，顺便看看阔别五年的曲溪。

与北方乡下的光景不同，叶凉的家乡曲溪四处透露着江南水乡的小巧秀丽。鹅卵石铺成的乡间小路窄窄的，一侧是波光粼粼的河水，一侧是鳞次栉比的房屋。

叶凉牵着安安肉乎乎的小手，走在朴恩身侧，漫无目的地逛着。

孩子好动，跟着叶凉的节奏走了一会儿，就耐不住撒开了手，撒着欢儿开始往前头跑。

“哥哥，你看我跑得快不快？”

朴恩：“……”

叶凉不满地戳了戳朴恩的胳膊，朴恩才漫不经心地附和了一声。备受鼓舞的安安跑得更加欢腾：“看安安还能跑得更快！”

“安安慢点，不要跑远咯。”叶凉的嘱咐消散在巷子里，冬日的阳光冲破云层折射下来，温暖了整条街道。

临近年关，街头巷尾的小商贩儿也多了起来，四处都是卖糖人、干果、春联与福字的。安安到底是一个孩子，见到这些，眼珠子就转不动了。他眼巴巴地瞅着，倒也不张嘴说要。

叶凉牵着安安走到小摊前，让安安挑几块糖，安安开心得嘴巴都要咧到后脑勺了，立刻用小手翻找自己喜欢的口味。

“少给他买糖。”朴恩站在叶凉后头，说的话听起来冷飕飕的。

安安自然也听到了，默默把手里的糖果放回去，又在里头慎重地挑出了一颗，仰头对着叶凉说："叶子姐姐，安安挑好了。"

叶凉："……"

最后，叶凉跟安安解释这袋糖大家可以一起吃，不是都买给他吃的，小家伙才放心地多挑了几颗自己觉得好吃的糖出来。

回去的路上，安安的手腕上系了一包糖，右边脸颊被嘴里的糖撑得鼓出了一块儿，眯着眼睛，走起路来一蹦一跳的。

叶凉仍旧慢悠悠地走在朴恩身边，扭过头说道："你知道你今天特别像谁吗？"

朴恩："谁？"

叶凉："特别像欺负灰姑娘的恶毒姐姐。"

朴恩："……"

河边有两三个妇人说笑着洗衣，偶尔有挑着担子走过，准备去街上卖水果的农伯，突然一群孩子追逐着跑过，将嬉闹的余韵留下。朴恩沉默了片刻才说道："我只是有些不适应。"

"我知道。"叶凉耸耸肩，"但事实并没你想的那么糟糕，安安挺可爱的不是吗？"

朴恩的眼神悠悠地飘到了远方，眼底闪过一丝复杂。男孩这副样子也不禁让叶凉有些紧张，抿了抿唇，等待着男孩的回答。

"所以，"朴恩拉回视线，直视着叶凉的双眼，问得异常认真，"你是喜欢他多一点，还是喜欢我多一点？"

叶凉意想不到他会这么问：怎么回事？

朴恩："你觉得我小时候比较可爱，还是他比较可爱？"

叶凉："……"

朴恩："你认真想好了回答我，这对我来说非常重要。"

叶凉默默在心里翻了个白眼：我还真是信了你的邪。

回到家，叶凉就发现家门没锁，一脸奇怪地推门进去，结果刚落脚，整个人就石化般僵在门口，嘴巴张了张，一时间失了语。朴恩紧跟在后头，见状抬头瞧过去，高大的身躯跟着晃了晃，手搭在鞋架上微微用力，心脏也跟着剧烈跳动起来。

最正常的还属安安，顺着缝隙瞥见沙发上的人，“嗖”地跑了出去，用小奶音脆生生地喊道：“妈妈！”

刘锦早就从林秀那边得到了朴恩要回来的消息，只是没想到这孩子这么倔，都过了这么多年了硬是不来找她。昨晚，她气得整宿没睡，强忍着把人从叶凉家拽出来的冲动到了今天早上。

过来找人总得有个由头，安安刚睡醒，就被刘锦收拾收拾打包丢了过来。这一上午，刘锦都坐立难安。直到吃过午饭，待不住的刘锦才直接找上了门。

“你跟着叶子姐去哪儿玩了？”刘锦就像没看见朴恩似的，自顾自地对着冲过来的安安问话。

“买糖糖。”小家伙说着，张开嘴“啊”了一声，让妈妈看嘴里的糖。

“又让你叶子姐乱花钱。”刘锦训斥着。

安安的苹果脸上漾出两个小窝，靠在妈妈肩膀上偷笑。

“叶子、朴恩，你们也进来。”刘锦的现任丈夫孙健站起来，招呼着傻站在门口的两个孩子。

叶凉如梦初醒，赶忙招呼着：“刘姨、孙叔，你们来了。”

“叶子乖，真懂事。”刘锦也不抬头，脸紧绷着，说出来的话却夹枪夹棒，带着冷嘲热讽，“就是跟某些孩子不一样，出了趟国，回来后连人都不会叫了。”

朴恩仍旧像一棵青松似的站在门口，指甲在手心抠出几瓣弯弯的月牙。叶凉跟着着急，在后头使劲儿捅朴恩的腰，男孩才压低音量叫了声“妈”。

五年，一个字，耗尽了朴恩所有的力气。

刘锦背对着门口，听到朴恩的话，陡然提高了音量：“别乱叫，这儿可没你妈。”

朴恩看不见母亲的脸，却能瞧见夹杂着银丝的长发。

朴恩深吸了一口气，迟缓着步子弯腰抱住了刘锦，声音低沉有力：“妈，我回来了。”

刘锦的眼泪瞬间夺眶而出，视线变得模糊。

五年不见，儿子已经长得高高大大，刘锦再也忍不住，用力打着朴恩：“你这个不孝子，白眼狼，还知道回来，还知道回来！”

朴恩紧紧搂着刘锦，受着母亲的拍打，五年离别造成的隔阂却在责骂声中消散。

小不点安安见到妈妈的样子，嘴一噘，眼泪跟不要钱似的扑簌簌往下掉：“不打哥哥，妈妈不打哥哥……”

安安哭得委屈至极，连嘴里含着的糖掉了下来都不自知。

孙健想把儿子抱走，留给母子俩独处的空间，谁知安安死活不从，小胳膊小腿连打带踹地挣扎，落了地，就跟吸铁石似的往刘锦和朴恩身上粘，也伸出莲藕般短促的小胳膊，紧紧跟他们抱在一起，跟着号啕大哭。

刘锦被安安这么一搅和，倒是哭不出来了，擦了擦脸上的眼泪，这才想着要好好看看大儿子。

走的时候还不到自己下巴的男孩现如今已经比当初高出了一个头，瘦弱的身子骨现在摸起来都是硬邦邦的肌肉，儿子打小长得就好看，如今长开更是整个人亮眼得跟明星似的。

想到自己错过了朴恩五年的成长，刘锦就气得恨不得再打朴恩几下才解气，但到底没舍得再下手，随手抹了抹眼泪，哑着嗓子说：“刚打得疼不疼？”

朴恩默默摇了摇头，说了一句：“不疼。”还是跟闷葫芦似的。

刘锦虚叹了一口气，想说的话太多，见了面反而有些失言。

而旁边的安安见妈妈和哥哥都不哭了，也跟着安静了下来。被泪水冲刷过的眼仁黑亮，吧唧了两下嘴巴，在大家不设防之际，他“哇”的一声又哭了，这次来势比方才更加强烈，小嘴儿还不闲着：“糖糖没了，嘴里的糖糖没了……”

叶凉赶紧冲过去，从袋子里又拿了一块糖出来，低声哄着孩子。

刘锦起身抽了两张纸擤了擤鼻涕，对着朴恩没好气地说："几年不回来，你连家门都不认识，这还没娶媳妇呢，就开始不着家了。"

无辜躺着中枪的叶凉："……"

朴恩当晚搬回了自己家，安安牵着朴恩的手走得轻快，朴恩的脚步却不免有些踌躇。

几年前粉刷过后房子焕然一新，就如早晨所看到的那样，里头也干净整洁，装饰独具匠心。只是这一切仿佛和朴恩隔得好远，面前这座陌生又熟悉的建筑让他内心升出自己并非归人而是过客的悲凉与孤寂。

"哥哥，你的房间安安没有乱动哦。"

进门前，安安弯腰把自己的小鞋子踢开然后又摆好，还来不及穿拖鞋，就直接光着脚丫迫不及待地把朴恩拉上楼。

朴恩之前的房间就在二层，如今虽然房子重新调整过，但他的房间刘锦还是原封不动地保存着。朴恩握住门锁的手有些颤抖，安安站在一边，像浑身长满了跳蚤，忍不住催促："哥哥，快开门呀。"

推开门的瞬间，朴恩还以为自己扭动了哆啦 A 梦的任意门，瞬间穿越回了五年前自己离开的午后。

房间墙壁上短跑名将博尔特的海报还没揭下，桌子上整齐地罗列着一排初中教材读物，单人床上还摆放着叶凉八岁时送给自己的生日礼物，粉嫩嫩的小抱枕。

这里的每个物品都代表着曾经，而母亲竟然把它们保存得妥帖，似乎他从不曾离去。

安安的小脸上满是期待，跟在朴恩屁股后头，发现哥哥似乎没发现自己精心准备的礼物，有点着急，疯狂暗示："哥哥，桌子桌子。"

小不点的声音把朴恩拉回现实中，低头按照安安的提示，注意到桌子上平放着一张纸。朴恩捏起纸，瞧见上头五颜六色，一眼就能分辨出是小朋友亲手画的。

上头一大一小两个人，大的明显是他，穿着一身红色的运动服似乎在跑步，小的紧跟在身后，画上的嘴巴一笔咧到后脑勺。而两个人中间是一个大大的爱心，右上角还有一块极其抽象的金色奖牌。

朴恩盯着画看了很久，五年不分昼夜地训练似乎已成为遥远的过去。这里的温暖让他找到了失去已久的归属，良久，他才对上安安满怀期待的双眼，摇了摇头："画得丑死了。"

安安立刻耷拉下脑袋，这副沮丧的样子倒是让朴恩真觉得自己像极了叶凉说的欺负灰姑娘的恶毒姐姐。

于是他勾了勾嘴角，添了一句："但我很喜欢，谢谢安安。"

趁着还没过年，林秀带着叶凉准备去墓地给叶凉她爸扫墓。

这天天刚蒙蒙亮，外头凉风习习，晨露成霜。叶凉裹紧厚实的羽绒服，手里拎着一个黑色的塑料袋，挽着叶母在街边等公交车。

时间还太早，整条街空无一人，低矮的平房门口挂着排排灯笼，在雾气蒙蒙的空气中发出卓谲的红光。

母女俩正瑟瑟发抖时，后头突然传来短促的汽鸣声，循声望去，车窗外探出半个脑袋的不是朴恩是谁。

"阿姨，叶子，上车，我载你们去。"

叶凉一愣，倒是没推辞，跟着母亲一起坐上了车。

车内开着暖气，被冻到几乎失去知觉的双腿也终于得到了舒缓，叶凉搓了搓僵硬的腿，歪头瞧向驾驶位上的男孩，脸上写满了愕然："你怎么来了？"

朴恩抿了抿唇，重新发动引擎，这才沉声说了一句："我也想去看看叔叔。"

叶凉闻言没有吭声，而独自坐在后头的叶母低头揩了揩眼角，沙哑着嗓子说了一句："好孩子。"

叶凉的爸爸是一名货车司机，彼时叶凉做两次心脏手术家里已经是债高台筑，叶爸爸为了早日还清欠款，超负荷接了很多私活儿，然而长途送货虽然薪资高，却是一个危险的行当，尤其忌讳疲劳驾驶。每次叶爸出行，林秀都是千叮咛万嘱咐，没想到还是出了事。

接到货车侧翻，驾驶员叶爸当场毙命的消息时，叶家的天塌了。

然而生活没有给母女俩喘息的时间，债主们大闹葬礼，连叶父走了都没给他留下最后的安宁。亲戚们怕受牵连，早就跟叶母断了联系，一夕间母女失去的不仅是丈夫、父亲，还有所有的亲人。都说春节是举家团圆的节日，可对相依为命的母女俩来说，真正的亲人已和他们阴阳两隔，再难相见。

车厢内安静了下来，只有手机导航发出的路线提示。车窗上结了一层薄薄的雾，叶凉用手轻轻在上头来回写着字，疲惫的林秀倚在靠背上睡着了。

车开上高速，朴恩抽空看了一眼导航上头的时间，轻声对副驾驶座上的小姑娘说道："还要一个小时才到，你也眯一会儿吧。"

叶凉放在玻璃窗上乱涂乱画的手指顿了一下，舔了舔干涩的唇："你什么时候考的驾照？"

"前几年就考了，回国直接换的证。"

叶凉"嗯"了一声，接着又是新一轮的沉默。只是叶凉的问题，却将两人的回忆拉到了十年前的雨夜。

小时候，叶凉实在是身子弱，稍不注意就会发烧。那次算是叶凉病得最严重的一次，夜里体温直飙四十度，小姑娘躺在床上面色坨红，精神恍惚。这可把叶母吓坏了，担心女儿这么一直烧下去会出问题，赶紧换上衣服就去敲隔壁家的门。原本医院距离她家不远，平时走路十几分钟就能到，偏偏这天叶父运货跑车不在家，又赶上倾盆大雨，叶母一个人根本抱不动女儿，不得已才找刘锦帮忙。

结果不承想，朴恩的反应比两个大人还激烈，一听叶凉发烧的消息，闷头就往外冲，速度快到两位妈妈追都追不上。男孩心细，把女孩用雨衣从头到尾包得严严实实，也不知哪里来的蛮力，一把背上小姑娘就往医院跑，原本十几分钟的路硬是被男孩缩短了一半。

等叶母和刘锦赶到的时候，朴恩已经安顿好了叶凉，而朴恩因为太过匆忙，穿的拖鞋全部掉了也全然不知。

叶凉还记得自己看到男孩血迹斑斑的双脚，哭得上气不接下气，男孩摸着叶凉的额头，不停地说自己不疼。

“你长大了学开车吧，这样以后你就不用再背着我跑了。”

当时叶凉还觉得学车对他们两个来说是一件很遥远的事，可没想到眨眼间朴恩就坐在了驾驶座上，将车开得迅速而平稳。

安葬叶父的地方朴恩跟着来过很多次，大多数是像这样陪着叶凉跟林秀来祭拜。当初丁点大的小姑娘抱着刚砌好的石碑，哭到晕厥的场景还历历在目，如今再次来到这里，朴恩竟有恍如隔世的感觉。

朴恩利落地跪在地上，对着石碑结结实实磕了三个响头，对着照片上仍旧年轻的叶父说道：“叶叔叔，我回来了。”

七个字，叫一旁站着的林秀泪水流得湍急。

这倒是出乎叶凉的意料，父亲已经去世这么多年，母亲的情绪已经鲜少如此激动。叶凉走上前想安慰母亲，却叫林秀止住了步子：“我没事，就是想你爸了。一会儿你们上完香先回车里等着我，我跟你爸单独说一会儿话。”

埋在云层中的太阳逐渐升起，冲破云霄挂在天上。外头的温度比刚出来时高出了很多， 但阴冷的风还是阵阵袭来，叶凉的两只耳朵冻得通红。

朴恩和小姑娘先往回走，给林秀留下和丈夫独处的空间。

“你没带暖手宝？”

“没有，我不冷。”

嘴唇都冻得紫红紫红的，还说自己不冷。

朴恩叹了一口气，拉开自己羽绒服的拉链，往前快走了两步，从后头扶住女孩的肩膀，直接把小姑娘扣紧在自己怀里。

叶凉个子小，被朴恩这么一弄，整个人全数被纳入了男孩宽松的羽绒服中，两个人现在相当于合穿着一件衣服。

从男孩身上传来的清新皂香飘入叶凉的鼻腔里，突如其来的亲昵姿势让叶凉的心脏快要跳出胸腔，急急地挣脱，却发现自己被男孩完全锁在衣服里头。

“你站好，我抱你上车，不然你这么冻着会感冒的。”说着，朴恩的双臂隔着羽绒服环住叶凉的后背，把怀中的小姑娘抱了起来。

“朴恩！”没想到朴恩竟然真的能把自己这么抱起来，叶凉又羞又惊，偏偏整个身子都在朴恩的羽绒服里，动弹不得，只能重复道，“我真的不冷。”

朴恩也不理会叶凉，默默加快脚速。

叶凉有些恼：“你用不着这样，你不在的这五年我年年冬天都是这么过来的，过得也挺好。”

语毕，朴恩的脚步明显顿了一下，嘴唇抿成一条直线，久到叶凉以为朴恩不会回应自己时才开口：“我回来了，就不会再让你继续这么过。”

不会让你一个人面对凛冽的寒风，不会让你一个人独扛生活的压力，不会让你一个人再在空荡的房间里暗自垂泪……

叶凉抬眸，男孩的下巴刚毅而棱角分明，明明还稚嫩得像一个孩子，却总说些老气横秋的话。

叶凉心乱如麻。

往年春节，刘锦都是带着安安跟着孙健一起去婆家。而今年朴恩才回来，跟孙健家人也不熟，怕孩子尴尬，两口子索性就留在了曲溪，踏踏实实地跟朴恩一起过个节。

而林秀跟叶凉也无处可去，刘锦就找林秀合计，不如两家人凑在一块，人多刚好热闹热闹。

一开始林秀推辞，大年三十哪有去别人家过的道理。但刘锦一锤定音：“什么别人家，等两个孩子将来结婚，不都是一家人。”

林秀想了想，觉得刘锦说得有道理，于是应了下来。

等到回家把刘锦的话转述给女儿听的时候，叶凉无语凝噎。什么早晚都是一家人？她跟朴恩八字都没一撇，偏偏所有人都确定了他们是情侣。

有一种忧伤，叫被全世界误解。

说起来这还是叶父离开后，叶凉跟林秀正儿八经过的第一个春节。往年家里就她们两人，总是少了些氛围，在家煮太多饭菜吃也吃不完，索性就简单凑合凑合，晚上充其量再加一盘饺子，一天就算这么过去了。

大年三十这天一早，安安就穿着小红衣裳敲响了叶凉家的门，伸手对着叶凉笑嘻嘻地讨红包。身后的朴恩也穿着安安同款大号羽绒服，双手插兜，眉目温柔。

看来他也开始适应有弟弟的生活了。

林秀已经去隔壁了，跟着刘锦在厨房里一边聊天一边炒菜，孙健蹲在客厅整理才安好的小壁炉，叶凉戴着手套跟朴恩站在大门口，伸手指挥男孩贴春联。安安穿着小拖鞋在房间里跑来跑去，一会儿要剪刀，一会儿要胶带，也跟着忙得不亦乐乎。

和谐的氛围一直持续到晚上吃完饺子，春节联欢晚会刚开始播放的时候，朴恩突然接到朴世初打来的电话，刘锦的脸色立刻变得难看起来。

这几年，刘锦虽铁了心没跟朴恩联系，但毕竟是自己从小带到大的儿子，总归舍不得。于是每隔一段时间，她都会跟朴世初要儿子的照片和比赛视频回来反复看，生怕错过儿子的成长。但从心底里，她还是对朴世初有着深深的不谅解。朴恩才回国，她就巴不得他赶紧跟朴世初断了联系。

朴恩这边刚挂断电话，刘锦就板着脸站起来："我有话要问你。"

朴恩一怔，把手机揣进兜里，跟着起身走出了客厅。

安安吵着要买仙女棒，孙健这会儿带着安安出去还没回来，林秀在厨房忙活着收拾吃剩下的碗筷盘碟，叶凉一个人坐在客厅里，总觉得心脏跳得飞快。从朴恩离开就突然涌出来一种不安的感觉，让她有些喘不过气来。做了两次深呼吸，症状也没减缓，最后她索性起身准备到后院透透气。

结果人还没到后院，就听到一旁虚掩着门的房间传来刘锦的问话："欠你爸的钱这几年都还清了吗？"

欠朴叔叔的钱？叶凉神情一滞，手捂在胸口处，鬼使神差地停住了脚步。

"还清了。"

"还清了就好，以后你甭跟他联系。

"当初跟我结婚的时候，他一个钢镚都没往家拿回来过，从小到大养你，他出过一分钱没有？结果他现在赚了点钱，不知道怎么嘚瑟了，当儿子的跟他借五十万还要打欠条，让你练短跑赚钱去还。"

时隔多年，刘锦提到这件事儿还是气得不轻："你也是倔，当初你孙叔要把剩下的钱帮你还了你怎么也不肯。"

"我自己能还上。"朴恩声音低沉，隔着门，叶凉看不到男孩的表情。

"就你主意正！"刘锦叹了一口气，"之后你怎么想的，总不能一直练短跑吧？"

"还不清楚，目前我没什么打算。"朴恩没跟刘锦提自己要参加省队集训的事。

"我就不希望你再走这条路，你看体育把咱们家坑得还不够惨吗？"刘锦吸了一口气，"你也是不听话，我当初就跟朴世初说让你在美国考个大学念完了再回来，人家都是高中在国内上，大学考出去。你这可好，在美国五年上了个初高中，等考大学的时候回来了。

"北城大学是一个好学校不假，可明明你在美国根本不用当什么体育特长生，现在好了，彻底被贴上运动员的标签摘不掉了。

"妈知道你喜欢叶子，你要帮叶子家还债，虽然当时我不愿意，但到底也没往死里拦着你。当年叶子是省里的高考状元，电视台亲自来人在家里采访，你呢？一个练体育的，没个前途。到时候叶子不要你了，我看你怎么办。”

“妈，这些话你别跟叶凉说。”朴恩双眉蹙起，表情不太好看。

“不说不说，我真是生出了一个活雷锋！”刘锦叹了一口气，“你爸再打电话来别接了，听见他的名字我就头疼。”

朴恩沉声应了一句，刘锦这才满意地止住话茬儿。

叶凉捂紧了嘴巴，浑身止不住战栗。突然间所有断了的线全部串联在了一起，为什么朴恩不喜欢体育还执意练短跑，为什么他不想进省队，为什么他对自己说“梦想不能让人活着，但钱能”。

她曾因为朴恩把他自己作为交换，帮大山重回短跑队而大发脾气。殊不知，原来早在五年前，他就已经为了她，把自己“卖”给了朴世初。

想着想着，叶凉原本就不舒服的心脏突然剧烈抽痛，呼吸渐渐急促起来，整张脸憋得发红。纤细的手揪紧胸前的衣襟，她突然无法自控地倒在地上，整个人痛得缩成一团。

外头的剧烈声响让朴恩飞速从房间里面跑出来，低头就看见叶凉倒在地上，脑袋瞬间空白，停止了运作，浑身的血液倒流。从后头跟出来的刘锦也被眼前的一幕吓坏了，一边喊着林秀，一边用手机飞速拨打 120。

“叶子，你哪儿不舒服？”朴恩不敢轻易挪动叶凉的身体，只能通过叶凉的反应猜测。

叶凉表情扭曲，手仍死死捂住心脏的位置。

林秀从厨房跑出来，腿一软差点没站稳，立刻喊道:“心脏，心脏！快找救心丸，救心丸。”

语闭，她抬腿就往门外跑，想回家给女儿找药。

而朴恩听到林秀的话，也急忙跑回房间翻找自己的书包，有的，他一直备有叶凉的救命药。

朴恩拧开瓶子的手发抖，从里头倒出一把药塞进叶凉的嘴里，握住小姑娘的手：“叶子张嘴，乖，吃了药就好了。”

苦涩的药在舌根处蔓延开来，朴恩守在叶凉旁边，不敢离开寸步。过了几分钟，药起了作用，心脏抽痛缓解开来，叶凉用力到青筋暴起的手开始松弛。

刘锦叫的救护车赶到了门口，医护人员把叶凉抬上担架，全程朴恩都不肯松开叶凉冰凉的手，一步跟着迈上了车。

“妈，你在家等着孙叔跟安安，我跟林姨陪着叶子去医院。”

孙健和安安出去买烟花还没回来，刘锦也只能在家等着他们，不安地点了点头：“有事随时保持联系。”

上了车，林秀还没从恐惧中缓过神来，看着女儿苍白到没有丁点儿血色的脸，她用袖子擦了擦脸：“叶子，现在好受点了吗？”

叶凉闭着眼，虚弱地点了点头，薄唇轻抿，看起来仍旧很不舒服。

医生在救护车上对叶凉的身体进行检测：“现在患者心跳基本稳定，具体原因须要去医院做详细检查才能出结果。”

林秀听到医生的话，松了一口气，至少女儿没有生命危险了。她抬头看了一眼朴恩，从怀里掏出了一张纸巾：“小恩，你也擦擦脸吧。”

朴恩一愣，这才发现自己的脸上不知什么时候布满了泪痕。

大年三十当晚，医院里只有几个值班医生坚守在岗位上。

医院楼道里空无一人，两侧墙壁涂着淡蓝色的油漆，四处飘散着消毒水的味道。

检查室内，医生低声询问叶凉方才发病时的症状，朴恩双手交握坐在一旁的凳子上，想到从房里跑出来见到小姑娘倒在地上痛苦的样子，还觉得心有余悸。

“虽然之前做了心脏手术，但她的心脏负荷能力仍比普通人差，心脏突然紧缩应该是患者受到外界刺激，情绪剧烈波动导致的。”医生戴上眼镜，在诊断单上写了几句话，然后撕下来递给叶凉，“家属带着她去做个 CT（电子计算机断层扫描）和心电图，具体是不是心脏出现了新的问题，还得进一步检查才能得出结论。”

“这个情况须要住院吗？”叶凉自从小时候做完手术到现在，已经小十年没发过病了，突然发作，林秀心里头七上八下的。

“不算严重，她吃了药顶过这阵儿就好了，没必要住院。”医生都是见过大世面的，这种昏倒都不算个事儿，“再说大过年的，让孩子待医院做什么？检查完了赶紧回家，等出结果了再过来。”

叶凉被推进诊疗室进行检查，林秀坐在冰冷的板凳上，嘴里叨叨着：“好端端的，她怎么突然发病了呢？”

朴恩的身子靠在墙边，一双眸子晦涩不明。

“林姨。”朴恩犹豫道，“叶子好像知道我当时为了还债去美国的事了。”

林秀闻言，惊愕地抬眸，一双眼布满了血丝，嘴巴动了动，终于没能发出任何声音，低下头双手掩住了脸颊。

检查室的门开了，朴恩飞速上前扶住仍旧虚弱的叶凉。医生推了推眼镜“初七来看结果，取完药就可以回去了。这几天你注意休息，要记得按时吃药。”

林秀匆忙道谢，朴恩跟着出去取药，顺便打电话让孙健开车过来接他们回家。

医院一层的落地窗户视野开阔，能看见乡村的一整片天空。夜色的幕布上时不时有几朵烟花炸裂，银色的光闪过，将黑夜倏地照亮，继而恢复黯淡。

林秀紧挨着女儿坐在凳子上，低头抹了抹眼角的眼泪，终于忍不住开口：“叶子，你跟妈说句话吧。”

女儿从发病到现在，除了回答医生问的话，一句话都没说过。

叶凉两手交握，低着头反复捏着手指，吸了吸鼻子，无声地摇了摇头，眼泪垂直砸在了手心里，顺着肌肤滑落到地上。

“孙叔到门口了，咱们先回家吧。”

语毕，朴恩把叶凉的外套给小姑娘披上，弯腰想打横抱起姑娘，却被叶凉伸手止住了动作。

轻微的手势让朴恩的心被撕裂了一块，语带祈求："有什么账你回去再找我算，现在先听话。我求你。"

叶凉仍旧低着头，朴恩只能看见小姑娘毛茸茸的头顶。原本齐耳的短发已经长到了肩膀，遮住了女孩大半张脸。伸出的手指慢慢收了回去，朴恩一只手穿过女孩的脖颈，一只手拖住女孩的双腿，把人从上头抱了起来。

林秀没想过把朴恩找他爸借钱，以及他去美国短跑还债的事儿瞒女儿一辈子，可叶凉知道真相之后反应这么剧烈，远远超出了林秀的意料。

朴恩把叶凉放在床上，打开房间的空调，又给小姑娘倒了一杯热水，这才坐下来："你想现在聊还是明天？"

叶凉闭着嘴，把自己缩成一团，不肯回答。

朴恩叹了一口气："是不是刚刚我妈说的话你听到了。"

不是疑问句，是陈述。

叶凉这次没有装听不见，微微点了点头，眼眶又开始变红了。

"医生说你现在情绪不能再有剧烈波动，所以不许哭也不许胡思乱想，有什么想知道的就问，我保证这次不骗你了，好不好？"

叶凉不说话，朴恩就颇有耐心地在一旁等待着。时间嘀嗒流过，很久很久之后，叶凉才沙哑着嗓子问道："我家的债都是你还的？"

"是。"这次朴恩没有隐瞒。

当时叶父刚刚去世，追债的人生怕林秀跑路，花钱雇了一帮追债的小混混在叶凉家门口围着，家里的家具都被砸碎了，门口还被泼上了鸡血、油漆，反正电视上演的那套全部活生生地出现在了叶凉家。

亲戚能躲的都躲了，刘锦当时也是自己拉扯着孩子，想帮衬一把却也没经济能力。那天，朴恩从后门溜进叶家陪害怕的叶凉，无意中听到几个小混混讨论，说这家孩子长得秀气，对方实在拿不出钱来就拿孩子来抵得了。

干这行的，哪有什么仁义道德？都是为钱不要命的主儿。这么下去确实不是办法，走投无路的朴恩想到了在美国的朴世初，瞒着刘锦给父亲打了电话。

五十万在当时不是一笔小数目，彼时朴世初已经退役留在了美国执教，东拼西借凑出了这笔巨款。但他只有一个要求，就是让朴恩跟着自己练田径，用比赛获得酬劳还上这笔钱。

不告诉叶凉这件事是朴恩主动要求的，临走的时候，他也没告诉叶凉，他怕看见小姑娘自己就舍不得离开了。

叶凉的双目失去了往日的灵气，从朴恩离开一直到他回来，太多的片段从面前闪过。她怨恨他当年自私离开，甚至还冤枉他是嫌弃自己家天天被讨债才躲去了美国。连刘锦骂他叶凉都认为是他自作自受，现在想来，还真是讽刺。

新年的钟声即将敲响，窗户外头的天空被万千烟火点燃，恍若白日。叶凉偏过头，往外头瞧去，嘴角往上提了提，瞳孔倒映着斑斓的光。

可她说出的话却透满了绝望："朴恩你知道吗，我从没像现在这样恨过自己。"

这个年，叶凉家过得异常安静，叶凉自那天后就沉默了，整天把自己关在屋里，足不出户。林秀想跟女儿聊聊，可叶凉的态度非常消极抗拒，怕惹得女儿难过，几次下来，林秀也不敢再提了。

朴恩倒是每天都来，就陪着叶凉坐在房间里，什么都不做，两人也没什么交流。叶凉好像把自己封闭在了自己的世界里，怎么都不肯出来。

初七那天，叶凉的检查结果出来了，万幸的是她的心脏没有出现其他的问题，暂时无须采取治疗措施，只是须要注意不要心理压力过大，另外须特别注意调控情绪。

日子一天天地过，眼看着快到了朴恩集训的日子，叶凉的状态还是没有得到好转。临行的前一天，朴恩拎着一个袋子到了叶凉的房间，把东西放在地上："叶子，我要回北城训练了。我到时候把训练地址微信发给你，你回去实习也告诉我一声，我能请假就去车站接你。"

朴恩也没指望叶凉能搭理他，几天下来，除了在除夕夜跟他说的那几句话，叶凉已经好几天没开口了。这个节骨眼他怎么能放心离开，但省队催得急，答应了的事也不能反悔。

"袋子是我给你的新年礼物，过年那天没机会给你，今天顺便给你拿过来了。"

朴恩说完，叹了一口气："叶子，是我错了，你别跟自己过不去。"

这时候，叶凉的视线微微转移，飘到朴恩的方向。

才几天，当时精力充沛的小姑娘就眼见着瘦了下来，像一个破布娃娃靠在床上。

叶凉许久未说话，声音也失去了往日的清脆，眼底是纯粹的疑问："你为什么对我这么好？"

朴恩的喉咙像哽住了般，还没回答，叶凉就又接着问道："你喜欢我吗？

"朴恩，我爸是我害死的。如果不是为了救我，我爸就不会连夜运货出车祸。我家也是我拖垮的，如果不是为了给我治病，也不会借那么多钱。现在连你也是受了我的牵连，是我害你失去了五年自由，变成了不知未来的人。

"朴恩，你不要喜欢我了，不值得的。"

话音刚落，叶凉眼前一黑，面前的男孩迅速俯身过来，鲁莽而执拗地贴上了叶凉的唇瓣，阻止叶凉正在说的话。两唇贴合的瞬间，叶凉的眼睛瞪到最大，忘记了任何反应，只是呆呆地坐在原地，看着朴恩长长的睫毛在距离自己不到几厘米的地方微微颤抖。

片刻后，朴恩拉开和女孩的距离，结束了这个不带任何情欲，甚至略显青涩的亲吻。

两头相抵，朴恩抬起头，眸子里闪耀着晶莹的光。

男孩声音喑哑：“你还记得我曾经跟你说的话吗？很多事不是你以为好就是好的，每个人都有权利选择不同的生活形式。

“喜欢你，爱你，照顾你，是我和叔叔阿姨共同的选择，我们愿意为了你放弃现在拥有的一切。”朴恩两只手包裹住叶凉小巧的双手，郑重而又认真地说道，“谁说你不值得，在我看来，没有人比你更值得。”

# 第 七 章

## 重新启程

朴恩离开的当天，半空突然飘起了今年冬天的第一场雪。

临行前，朴恩又来了叶凉家，叮嘱了一遍小姑娘把回北城的日期告诉他，然后叹了一口气，轻吻了女孩的头顶，才带着眷恋坐上了车。

叶凉没有跟着孙健的车送朴恩到车站，而是跪在床边，透过半开的窗子往下凝视，看着漫天的雪花悠悠滑落，然后被朴恩离开的车辆卷走，一同带去了远方。

朴恩走后，叶凉才想起前些日子男孩放在自己房间里的礼物，从地上拎起来放在腿上，从外表看不出里头装了些什么。

叶凉耐着性子，小心翼翼把包装纸撕开，里头静悄悄地躺着一双黑色运动鞋，款式和朴恩过年时穿的那款相同，她猜应该是当时一起买了两双。

拿出鞋子，一张小巧的纸片从里头滑落，叶凉弯腰捡起纸片，看见上头是朴恩用钢笔抄写的一段英文：

Bless the day I found you（感谢上天让我遇到你），

I want to stay around you（我想和你一起厮守），

Now and forever（不管天荒地老），

Let it be me（让我爱着你）。

字迹干净利落，笔锋挺拔。叶凉抱着礼物的手臂微微收紧，她突然有些想念朴恩，疯狂地想念。

天沉了下来，纷飞的雪花夹着小雨从路灯下飘散，湿气侵入鹅卵石铺成的小路上。叶凉伴着房间的那盏台灯，趴在桌子上将朴恩写的那句话工工整整地临摹了数遍。

隔了几天，《××体育周刊》的主编顾汐润联系了叶凉，叶凉回北城的日期也终于敲定了。犹豫再三，叶凉还是没有和朴恩联系，若是曾经，她还可以心无顾忌地跟朴恩相处，可现在，她知道了自己家对朴恩的巨大亏欠，反而心生了芥蒂。

纵然喜欢，她也不敢轻易靠得太近。

北城的冬天比曲溪的来势还要凶猛，凉风拂在脸上，叶凉完全睁不开眼。

读大学以来，叶凉还是第一次这么早回校。她将松散的围巾系紧，搓了搓冻僵的手，不知想到了什么，轻叹了一声，右手用力拖动沉重的行李往地铁站走去。拥挤的列台许久后恢复清净，只有叶凉口中呼出的那团白雾还萦留在空中。

叶凉才顺着人流挤上回程的地铁，对面列车同时开启的车门里跑出了一抹急匆匆的身影。

朴恩步履急促，出了站跑到接站台，屏幕上方挂着的时刻表上，叶凉的车次信息已经消失。朴恩拉住一位身穿制服的工作人员："您好，请问G×××次列车的乘客都离开了吗？"

那人点了点头："应该都出站了。"

还是错过了。

而此刻叶凉漂浮在人挤人的地铁上，被挤得脚不沾地。嘈杂的交流声盖住了叶凉的手机铃声，手机铃声在叶凉兜里响了十几声后，终于恢复了寂静。

学生还未开始返校，往常学生聚集举办各种活动的广场空无一人，宿舍区的食堂商铺也全没开张，安静的校园伴着萧瑟的冬天，寂寥而又空荡。刺骨的寒风凌乱了叶凉的短发，头皮被冻得隐隐作痛，两颊也像被人扇了几个巴掌似的通红，她一个人走在路上，拖着大箱子，显得略微狼狈。

“叶凉。”正低着头逆风走着，身后的声音唤住了叶凉的脚步。

叶凉拿着围巾捂着嘴，眯着眼睛逆过头去，露出惊讶的表情：“大山，你怎么在学校？”

大山下面穿着标志性的运动裤，上面是一件短款的羽绒服，大抵是学体育的都不怕冷，明明他穿得比叶凉少得多，可看起来比叶凉还要淡定。

“我假期没回家，留在北城做兼职。”

“过年也没回去？”

“嗯，”大山挠了挠头，“我想多赚点钱寄给我爸，让他留着看病用。”

“叔叔的腿还没好吗？”叶凉把箱子放在一边儿，双手揣兜，瑟缩着身子跟大山聊天。

“他一时半会儿好不了，前阵子刚做完手术，往里头放了两颗钉子。医生说骨头的事儿就得静养，没其他的治疗方法。”

叶凉抿了抿唇，之前她以为只要大山能解决生活费用的问题，就能继续他的体育梦，所以叶凉才想不遗余力地帮他。可仔细想来，山爸现在受伤不能工作，山爸的治疗费用包括家庭开销都压在了他的肩膀上，这又怎么能是回到短跑队就能解决的。

不仅是大山，连朴恩都是为了帮她还债选择和现实妥协，是朴恩用钱帮她撑出了她成为记者的梦想，用自己的放弃成全了她的未来。

而一无所知的她，曾经竟然还真以为自己满腔热血能拯救别人，现在想想真是可笑。

“那开学之后你怎么办？”短跑队训练时间紧，应该就不会允许大山有这么自由的时间可以支配做兼职了。叶凉甚至觉得是自己做错了，耽误了大山。

“开学之后我就不兼职了，这段时间攒的钱应该够用了。”大山笑得憨厚，“你们帮我争取到了留在校队的机会，我肯定努力练习，不辜负你们的期待，等到时候我夺几个冠军就全回来了。”

一般在大赛上取得名次，都会获得不同额度的奖励。叶凉感觉压在心里的石头有些松动，也弯了弯眼角：“那你要加油啊。”

大山朝四处望了望：“哎，我就感觉刚跟你聊天少了谁，朴恩呢？”

“他去省队参加集训了，我自己回来的。”

大山的眉毛拧在一块儿：“可他昨儿才跟我说要去接你的啊。”

叶凉的脑袋蒙了片刻，慌忙拿出手机，果然上头有一排未接来电。

她慌慌张张地回拨电话，才响了两声就被对方挂断了。

他生气了？

叶凉垮了垮脸，哆嗦着手，再次按下了回拨键。手机刚贴近耳朵，就被人抢了去，一道低沉的声音从头顶传来：“你给谁打电话呢？”

眉毛轻扬，眼底闪着戏谑的不是朴恩是谁？

大山瞧见朴恩，拍了拍受惊的小胸脯：“吓死我了，刚刚叶凉说自己不知道的时候我还以为你欺骗了我，拿着叶凉当幌子请假约会其他妹子了。”

“就你戏多。”朴恩瞥了大山一眼，不耐烦地说，“还不赶紧去上班，小心被扣工资。”

大山看了一眼手机上的时间，爆了句粗口，拔腿就跑：“完了完了。”

而叶凉还傻在原地，小嘴儿因为惊讶微微张着：“你怎么会突然出现？”

朴恩冷哼：“我给某人打了上百通电话，都是故意不接的吗？”

“我在地铁上没听见……”叶凉又愣了愣，“不对，你怎么知道我是今天回来的？”

提到这个，朴恩没好气地说道：“我不是让你把回来的时间发给我，又当耳旁风？叶凉，你是不是不想对我负责任？”

叶凉完全不知朴恩说的什么，也跟着转移了问题的矛盾点：“负什么责任？”

朴恩眸色阴沉，整个人笼罩着怒气，又像受了天大的委屈：“你亲了我不要负责任的吗？”

带着青涩薄荷味道的亲吻倏地被自动提取，那时候叶凉状态实在不佳，蜻蜓点水的一吻没在叶凉记忆里停留太久，此刻被男孩别有用意地提起，性质就完全变了：“什么我亲你，是你趁我不注意……”

叶凉说都说不出口，直接甩了一个结论出来：“流氓！”

“彼此彼此，之前你逼我扎耳洞的时候，你不也没经过我同意亲我了吗？充其量算打平。”

什么打平，这个又不是什么比赛。

叶凉被朴恩的神理论气得鼻涕都流出来了，使劲儿往回吸了吸。

朴恩这才注意到叶凉的脸被冻得通红，赶紧从包里掏出了一顶事先带过来的浅灰色线帽，扣在叶凉的头上，细心地把头发掖进帽子中，搓了搓叶凉僵硬的脸蛋：“下次不许无视我的话了，我说了，既然我回来了，就不会让你再一个人。”

朴恩拖着箱子，把叶凉送回了寝室，跟在后头碎碎念：“现在学校人少，你睡觉的时候把门窗都锁好，以免楼下阿姨监管不力，有闲杂人等溜进来。”

叶凉睨了朴恩一眼：“闲杂人等，你是在说自己吗？”

女生宿舍男生禁入，可朴恩也不知用了什么法子，硬磨着阿姨把他放了进来。

“没良心。”朴恩使劲儿揪了揪叶凉的鼻子，然后环视了一番叶凉的寝室，确认没什么危险漏洞才放心坐下来，“你什么时候去实习？”

“明天。”从春节到现在发生了太多的事，到现在叶凉还没完全缓过神来。可时间过得太快，叶凉现在完全被生活推着走。

“加油，好好工作，等我夺冠的时候，你可以亲自采访我。”

叶凉噘着嘴：“你先获得入选资格再说吧。”

叶凉想到朴恩现在已经退出了短跑队，多问了一句：“如果你没能留在省队，到时候你该怎么办？”

“那我就转行，也去当体育记者，跟你妇唱夫随。”朴恩故意逗她。

没个正经话。

“那你会放弃短跑吗？”

朴恩嘴角的笑意隐去，不答反问：“你呢，你希望我放弃短跑吗？”

怎么问起她来了，她也慎重地想了想：“我不知道，但我觉得没有人比你更适合短跑。”

说完，叶凉想到朴恩原本是不喜欢体育的，又有些后悔，想要再弥补地说什么，刚张嘴朴恩就打断了：“好了，原本你就不聪明，想这么多更笨了。没有万一，到时候你在终点等我。”

朴恩没有和叶凉一起吃晚饭，只坐了一会儿就匆匆离开了。

省队只批准了他三个小时的外出时间，后来叶凉从刘东口中才得知省队集训要请假是多么麻烦。为了这三个小时，朴恩不知道花了多少心思。而这些也不过是为了能和叶凉见个面，多说两句话而已。

隔天一早，叶凉按掉手机闹钟的时候，发现自己屏幕上有 N 条未读消息提醒，发送时间显示两个小时前。根本不用看名字，她就知道对方是谁，她认识的人里头，大概也只有朴恩会这么早起床。

朴恩集训，白天看不了手机，但早晨和晚上只要得空，就绝不会错过和叶凉联系，哪怕小姑娘还没醒，他都要留几句话刷刷存在感。不知是不是叶凉的错觉，自从几年前的真相浮出水面后，朴恩就变得更加小心翼翼，更在乎自己的情绪心情。可明明他才是受了委屈的那个人，明明该手足无措的人是她才对，可现实情况完全调转了过来。

按开手机，果然上头是朴恩一连串的消息：

“早（配上一个小太阳的表情）。

“好困，昨晚舍友打了一夜的呼噜，我都没能睡好。

“知道你也在北城，我好想见你，当初就不应该为了大山那个家伙放弃原则的，不然我现在就还能赖在你身边（配上一个生气的表情）！

“舍友催我去训练了，晚上你要联系我哦（配上一个可怜的表情）。

“我差点忘了，预祝小叶子实习第一天一切顺利！”

一口气读完五条信息，叶凉抓了抓睡成鸡窝的碎发，翻了翻手机日历，距离朴恩集训结束还有二十三天。她叹了一口气，心头想着怎么还要这么久……

晚上露气比较重，叶凉拉开窗帘，才发现宿舍窗户被冻出了一层冰霜。隔着冰霜，窗外的世界变得不真切，影影绰绰只留下了模糊的色彩。叶凉用手抠了抠，指甲缝立刻被冰碴儿填满。指间的触感让叶凉禁不住打了个寒战，这才慢吞吞点开微信，回复了一条“早上好，训练加油”给朴恩，等了等没有收到回复，大概他现在已经没办法看手机了。

负责叶凉实习对接的是《××体育周刊》记者部的主任，顾汐润。名字温婉好听，叶凉猜想顾主任应该是一个温温柔柔、说话轻言细语的领导，直到见了本尊，叶凉才知道自己对顾主任的误解有多大。

顾汐润一看就是有经验的老记者，常年在户外跑新闻。顾主任的皮肤呈健康的蜜色，为了方便，头发直接扎了一个马尾，素面朝天，可难掩亮丽的外貌，一双眸子锐利明亮，仿佛有着看穿人心的本领。干记者这个行当的，没有温暾性子的人，说话办事都要快准狠，脑子反应也得跟得上。给叶凉做部门介绍的时候，顾汐润也是直切重点，一句废话也没有。

《××体育周刊》的工作划分比较细，按照体育类别的不同分成了不同的组别。顾汐润介绍完报社基本情况之后，才对叶凉问道：“你有什么中意的项目组吗？既然你来了这里实习，我们肯定是会尽最大能力配合你的。”

叶凉天生畏惧领导，更别提是气场这么强的领导，她下意识想说“我服从安排”，结果话到嘴巴，突然想到朴恩昨天说的那句“到时候在终点等我”，犹豫了一下还是说道：“我想去田径组。”

“田径组是最辛苦的一个组，基本上没有室内采访。”顾汐润皱了皱眉，“你要不要选个场内的比赛项目？”

小姑娘看起来柔柔弱弱的，顾汐润还真怕她受不住。

叶凉摇了摇头，语带坚定：“我不怕辛苦。”

既然叶凉坚持，顾汐润也没说什么，点了点头：“田径组目前的组长是王慧，我带你去那边报到。”

“谢谢顾主任。”

跟在顾汐润后头的叶凉一直低着头，错过了顾主任转身时嘴角那丝欣慰的笑容。

王慧看起来要比顾汐润柔和得多，大概三十多岁的样子，身体有些发福，脸圆乎乎的，鼻梁上架了一副黑框眼镜，长相并不出众，甚至有些土气。

老远看见顾汐润过来，王慧就站起身子迎了过去，听说来了新的实习生，还有些惊讶：“咱们报社什么时候开始招实习生了？”

“今年。”顾汐润没做过多解释，只交代了一句，“叶凉是北城大学新闻系的学生，你多带带她。”

王慧立刻应了一句，然后送顾汐润出了办公室。

叶凉听到两人的对话也颇感诧异，以前她没有特别放心思在体育新闻上，也是头回听说《××体育周刊》对实习生名额把控这么严格。若真是这样，学校其实对叶凉也算真上了心。学校那边没能把叶凉推荐去《××商业周刊》，但还是为小姑娘联系了差不多级别的实习机会，甚至要进这家比进《××商业周刊》更困难。

王慧给叶凉安排好了座位，然后随意地靠在叶凉办公桌的桌板上问道：“看你长得柔柔弱弱的，怎么会想到跑体育新闻？我认识的学新闻的小姑娘都想做商业财经。”

叶凉也没过多谈自己其实是阴差阳错来这儿实习的，只是说：

“我之前在校队跟过一段时间的田径纪录片拍摄，对这个挺感兴趣的，所以想来试试看。”

王慧闻言笑道：“兴趣可不能当职业，不过实习嘛也无所谓，比赛场上帅哥还是挺多的。北城大学的牌子亮，反正等你毕业，照样可以改行做一名财经记者。”

王慧的话让叶凉听起来非常不舒服，她虽没在表情上显露出来，但也没有吭声，王慧倒是没再继续这茬儿，说道：“你先熟悉熟悉环境，冬天没什么田径比赛项目，咱们相对来说比较清闲，等过阵子回暖了，比赛比较多会忙一些。”

叶凉乖巧地点了点头，王慧这才扭头回到了自己的位置上。

王慧说闲，其实也没有多闲。下午吃过饭，王慧就开始给叶凉交代任务，珠南最近正在进行冬季马拉松大赛，前线的记者传来的新闻稿需要校对刊登，这原本是王慧的工作，可她全部甩给了叶凉。不仅如此，办公室复印扫描的工作也都非常自然地落在了叶凉的头上。

结果整个下午，叶凉忙得脚不沾地，眼看着快到下班的时间，王慧又传来了一份文件：“叶子，你刚校对的部分我看了，没什么问题，你帮忙排下版，然后直接发给顾主任让她审核就可以了。”

说完，王慧还看了一眼手机，语带歉意：“这个要得比较急，你第一天来我就让你加班真的是……”

“没关系的，还差一点就弄完了。”叶凉好脾气地笑了笑，没有戳穿其实这些原本都是她这个组长的工作。

“行，那你加油吧，我赶着去幼儿园接孩子，就先走了。”

办公室的人接连都走光了，说起来也荒唐，加班到最晚的竟然是她这个刚上任一天的实习生。她背着双肩包，疲惫地往外走，刚好赶上电梯悠悠地关上。

“麻烦等一等！”

话音刚落，原本半闭的门又慢悠悠打开，叶凉赶紧跑进去跟里面的人道谢。

她抬眼一看：哟，还是一个小帅哥。

男孩跟叶凉年纪相仿，棉衣松松垮垮地半敞着，有种流行嘻哈的感觉，脖子上挂着红色耳罩式耳机，声音很大，站在旁边的叶凉还能听到里头传来的说唱音乐，叽里咕噜的，叶凉觉得有些吵。

“去几层？”男孩修长的手指停在电梯楼层的按钮上，扭头看了一眼叶凉。

“一层，谢谢。”

电梯缓慢往下走，男孩把耳机重新戴上，电梯恢复了安静。叶凉站在电梯的后头，瞧着男孩的后脑勺，有些欲言又止。

原禹透过电梯里的反光镜，将女孩偷瞄自己的动作尽收眼底。限量版的板鞋在地上敲了两下，“啧”了一声，自己身上致命的魅力，真是想藏都藏不住。

原禹瞧了叶凉一眼，把耳机摘下来，无奈地叹了一口气：“说吧，你想要签名还是合照？”

“啊？”叶凉没想到对方会突然转身，“不不不，我没有。”

联想到男孩的话，叶凉也睁大了眼眸，多问了一句：“您是明星吗？”

“你不知道我是谁？”原禹露出不可思议的表情，仿佛受到了天大的侮辱。

这个样子莫名让叶凉觉得自己罪大恶极，胆战心惊地摇了摇头。

不过原禹自我调整的速度极快，立刻恢复了正常的表情：“你是不是只是单纯地被我的颜值吸引了？”

叶凉：“……”

“叮咚。”一层到了。

叶凉贴着电梯边往外走，临出了电梯才指了指下面，小声说了一句：“您的拉链开了。”

说完，她就一溜烟跑开了。

原禹低头瞧了眼自己大敞四开的裤子拉链，骂了句脏话，赶紧整理了一下仪容仪表，然后挑了挑眉毛，和着音乐节拍唱道：“电梯里我和这个女孩相遇，她成功引起了我的兴趣。我问她是否想要我的签名，可她只注意了我的屁屁，oh，屁屁。”

最后，他觉得自己真是一个即兴音乐小天才，走出电梯，非常傲娇地比了一个“Swag（嘻哈说唱里的专用语，这里指身体姿势）”。

那天之后，叶凉再没遇到过电梯里的小帅哥，在繁忙的工作中，这件事就像一个微不足道的插曲被叶凉抛在了脑后。

晚上八点整，叶凉的电话准时响起。

“下班了吗？”

“嗯，我刚从地铁里出来。”叶凉夹着电话，从沙丁鱼罐头里挤出来，嘴里喘着粗气。

“你别着急出站，先把外套系好，帽子戴好，然后找一副耳机插上跟我讲话，别傻傻地举着手机。”朴恩在那边有条不紊地交代。

“知道知道。”叶凉站在闸机旁，一边翻耳机，一边回应着朴恩。

时间的进度条往后推了半个月，这么长的时间，叶凉竟然从来没有正点下班过，每天都在帮王慧承担着不属于自己的工作任务。反倒是王慧，自从叶凉来了之后，工作量锐减，基本上熬到下班就直接拎包回家。

最近田径比赛的确比较少，可各地发来的稿子却不少，叶凉每天都被拖在办公室做这些改稿的工作，虽说这些的确也是记者应该具备的素质，但叶凉并不想仅仅做这些。她心里不是没有埋怨的，可无奈王慧是领导，她身为刚开始实习的小虾米，又能说得了什么？

冬天天黑得早，朴恩担心小姑娘晚上独自回学校不安全，基本上八点才结束训练就要打电话给叶凉，远程赶来陪着小姑娘下班。

朴恩在那边听到“嘀”的一声，猜测叶凉应该是出了站，这才问道：“你吃饭了吗？”

“还没有，我一会儿买个面包吃吧。”

“天天吃面包胃都要吃垮了，等我训练结束出来，如果看见你被饿瘦了，我会要生气的。”朴恩在那边嘟囔。

时间还不算晚，可天已经沉了下来。叶凉往外哈了一口气，空气中立刻出现了一层白雾，最后幻化消失在了空气中。

“朴恩，你越来越唠叨了。”路灯泛着暖意，叶凉自己都没注意到她眼底的那抹戏谑。

朴恩被噎了一下，声音明显变小了一些：“我只对你唠叨。”

两人再次陷入了沉默，叶凉听到朴恩那端传来男人说话的声音，应该是他的舍友：“朴恩，我洗完了，趁着水热，你现在赶快去洗吧！”

“没眼力见儿，没看见朴恩跟妹子打电话吗？”朴恩没回应，但叶凉很快听到了另一个人的回答。

“别逗了，怎么可能是妹子，我长这么大就没看见过比朴恩更性冷淡的运动员，破纪录都不见他笑一下。”那人似乎并不相信，又喊了一声，“朴恩，跟叔叔阿姨打完电话就出来洗澡吧，老站阳台不冷啊。”

“嘀，怪不得你一把年纪了还没结婚。”同时训练的队友年纪都比朴恩大，大多数都结婚生子了，“你见过谁给父母打电话，像朴恩现在笑得这么荡漾。”

这边，叶凉实在没忍住笑了出来，朴恩耳根翻红，把阳台门“唰”地拉开：“我等会儿洗澡，你们安静点。”

然后他“咚”地把门关上，隔绝了里头的声音。

“冷吗？”叶凉不知道朴恩一直是站在阳台上的。

“不冷，我穿了羽绒服。”朴恩捏着烫手的耳垂，“你到哪儿了？”

“学校旁边的小吃街。”

“乖。”小姑娘显然是把他不让她晚餐吃面包的要求听进去了。

然后朴恩听到叶凉和小吃摊主说话的声音，耐着性子等待着。过了一会儿，叶凉才“喂”了一句，表示自己点完餐了。

那边没声音，叶凉把手机从兜里拿出来看还在通话中，软软地重复了一遍："你听不到我讲话吗？"

"可以听到。"朴恩的声音有些沙哑，想到上次他和小姑娘一起去夜市买东西的事，心里有股浓郁的情绪翻滚流出，异常压抑地说道，"叶子，我想你了……"

闻言，叶凉也不说话了，听筒里只有两人清浅的呼吸声。很久，久到朴恩以为叶凉不会回答时，才听到那边的小姑娘"嗯"了一声，随即说道："我也很想你。"

这是这么久以来，叶凉第一次坦诚地说想他。之后说了什么他记不住了，电话是怎么挂断的他也不知道了，他此刻感觉自己快要炸了，心脏跳动得极快，肾上腺素不断往上狂飙。他一把拉开阳台的门，直接往外头冲，被舍友一把拉住："这么晚你干吗去？"

"跑步！"

语闭，朴恩直奔训练场，疯了似的一圈圈跑起来。

舍友透过宿舍的窗户往下看："真是不服不行，年轻人的身体素质就是好。训练了一天，我现在只想躺在床上睡觉，怪不得朴恩这段时间成绩提高得这么快。"

另一个舍友也凑过去，往下瞧了一眼跑得像小牛犊的朴恩，摇了摇头："这明显是爱情的力量，弄得我也想我媳妇了，我现在打个电话。"然后他拍了拍旁边的人，"'单身狗'还是早点休息吧。"

某单身舍友："……"

这边朴恩不正常，那边叶凉也没好到哪里去。撂下电话，她的脸红得像小番茄，有些忐忑，但心里更多的是终于面对内心的坦然，其实诚实一些也没那么难。

回到宿舍，刚吃完晚饭，沉寂了一段时间的手机又响了起来。电话刚接通，就传来朴恩气喘吁吁的声音："我忘了问你，明天有空吗？"

刚刚太兴奋，朴恩反倒把最重要的事忘了。

"你怎么这么喘？"叶凉蹙了蹙眉，寻思着刚刚他还好好的，然后也不忘回答朴恩的问题，“明天我要实习的。”

“没事，我刚跑了十几圈。”朴恩傻笑着，平复了一下情绪继续说道，“刘东教练明天下午来训练基地给这边的教练送材料，他说你时间方便可以把你一起带进来。”

这样两个人就能多出来一次见面的机会。

朴恩把话说完，有些紧张，叶凉方才的那句“想你”让朴恩有些得意忘形，见叶凉没立刻回应，赶紧说道:“你抽不开时间也没关系，反正还剩下十几天我们集训就结束了，到时候我们再见也可以的。”

“我明天跟领导请几个小时的假，到时候我自己联系刘教练。”实习生出勤管理没有正式员工那么严格，请假应该没有太大的问题。

朴恩的嘴角越咧越大，感觉自己还能再跑七八圈。他压抑喜悦，说了一句：“好，明天我等你。”

隔天刚到办公室，叶凉和王慧去请假：“王姐，下午我有些事想请几个小时的假。”

“请假？你们开学了吗？”

“还没开学，不是因为有课，是我的一些私事。”

王慧“哦”了一声，然后摇了摇头：“你也看见了，最近我们要修改校对的稿子非常多，报社规定你们实习生除了正常上课之外，其余时间都要在公司的，原则上我不能给你准假。”

叶凉万万没想到王慧会拒绝自己请假的要求，一愣：“我真的有非常重要的事，只请几个小时也不行吗？”

“这个你跟我说没用，我们报社的规定就是这样。”说完，王慧就把视线聚焦在电脑上，“这也是我们不愿意招实习生的原因，实习生都是学生，没什么责任心，你说你们三天两头请假，让我们这边的工作怎么开展。”

这顶帽子扣得就太大了，叶凉的脸色瞬间有些难堪，张嘴还想求情，王慧一副拒绝沟通的样子，叶凉鼻子泛酸，委屈得快要哭出来。叶凉指甲抠着手心，还站在王慧旁边，王慧抬头：“我发给你三篇今天的采访稿，你要是能在下午之前校对完就可以走。”

三篇，她怎么可能在这么短的时间内校对完?

“我办完事立刻回来上班，今天一定能改完。”叶凉还想争取机会。

“要是每个职员都像你一样讨价还价，那就没法工作了。工作的环境跟你们学校的环境不一样，对新闻工作者来说，时间就是金钱，叶凉，你得赶紧适应。”王慧点着鼠标，“你有这个时间说服我，不如赶紧去工作。”

这明明是王慧自己的工作!

叶凉握紧拳头忍了又忍，最后垮着肩膀走开了。

中午，刘东打电话问她的上班地址，说来开车接她，她揉了揉眼睛，声音有些哽咽：“刘教练，领导没给我批假，说这边太忙了。今天我就不去了，您也帮我跟朴恩打声招呼，让他先好好训练。”

刘东听出叶凉语气不对，也没继续问，说道：“成，那你先上班，我跟朴恩解释。”

办公室的人都去食堂吃饭了，叶凉为了在下午之前校对完稿子没有出去。挂断电话，叶凉双手捂住脸，心里闷闷的，感觉有些喘不过气来。

走到洗手间，叶凉掬了一把凉水拍了拍脸颊，刚想出去，就听见办公室同事踩着高跟鞋回来的声音。叶凉现在不太想看见王慧，收回了跨出去的脚，躲在洗手间的格子里想冷静片刻。

结果不承想，外头的人直接走了进来。

“咦，叶子没在办公室，不知道她吃饭了没有。”叶凉听出这是办公室一名前辈的声音。

“现在的学生精着呢，还能饿着自己？”叶凉鼓了鼓腮，说这话的显然这是王慧。

“听说她今天请假你没给批？”

“嗯，不能惯她毛病。”王慧倒是理直气壮，“再说了，她走了，我那堆工作交给谁做啊？”

说完，王慧还嗤笑了一声：“我最看不惯这些名校毕业的孩子们了，真自以为多了不起。北城大学的学生，还不是照样得听我使唤。”

前辈笑了笑，没回应王慧的话，洗完手跟王慧一起出去了。

没想到会听到这番对话，叶凉手脚冰凉，身子气到哆嗦。她一直以为王慧只是对她严格了些，却没想到对方原来一直是这样看待自己的。她不懂，她已经这么努力了，为什么还是无法让王慧满意。曾经在电视上看见的职场霸凌活生生还原在自己身上，她只觉得荒唐愤怒，可浑身却充满了无力感。王慧是田径组的领导，她只是实习生，还能怎么办呢？难不成她就结束在这里的实习？

叶凉在洗手间躲了一会儿，最后还是默默地走回了办公室，认命地继续做王慧交给她的工作。

半个多月没见，叶凉知道朴恩非常想见她，她又何尝不想见朴恩。事后她以为朴恩会责备自己，甚至会埋怨她的缺席，可当晚朴恩的电话仍旧准时打来，像什么都没发生一样陪着她走过那段下班的路。

天气也渐渐回暖，路上的行人脱下了厚重的羽绒服，换上了轻薄的大衣。不怕冷的女孩穿上了好看的裙子，春天正在悄悄逼近。

“我明天集训就结束了，到时候我亲自去接你。”朴恩的声音透着欢快，“感觉这段时间自己好像进了监狱，完全没有人身自由，现在有种终于要出狱的感觉。”

“什么出狱……你别乱讲话！”叶凉训了他一句，没拒绝他要接自己的要求，“我下班可能比较晚，到时候我再电话联系你。”

“好。”朴恩情绪高昂，隔着电话叶凉都能感受到朴恩的开心，“明天我要好好看看你有没有变瘦，如果发现你变瘦了我就……”

叶凉扬着嘴角，娇嗔地问道：“发现我变瘦了你要怎么样？”

朴恩哼了一声：“我就努力把你喂回来！”

“幼稚！”嘴上说着，叶凉的眼睛还是透露了期待。一个月不见，她也真的很想他。

挂电话之前，朴恩说道："对了，今天省里综合这段时间我们训练的成绩，把参加锦标赛的名单正式公布出来了。"

叶凉有些紧张："有你吗？"

"你猜。"朴恩卖关子。

朴恩的心思有些难猜，如果换作其他人用这种语气讲话，十有八九就是确定了，可朴恩本身对参加这个比赛兴致索然，没被选拔可能刚好称了他的心意，"不猜，你直接告诉我。"

"没情趣。"如果朴恩在叶凉面前，一定会屈指敲敲小姑娘的额头，"我说过我要让你在终点等着我，连资格都没有你要等着谁去？"

选上了！这句话的意思就是他选上了！

不管朴恩是不是喜欢短跑，但叶凉是真的为他感到开心。她开心又骄傲，这么多专业省队选手一起选拔，最后朴恩真的通过了筛选，凭借自己的实力获得了这个机会："朴恩，你真的很棒。"

小姑娘诚恳的夸赞让朴恩的心跳漏了一拍，一抹暗红浮现："明天你当面再跟我说一次，可以吗？"

叶凉咕哝了一句"看你表现"之后就挂断了电话。

朴恩像望妻石一样望着手机，心里想着小丫头好像越来越会"隔空撩人"了。

当天是各个地区上报参赛人员名单的最后期限，第二天，叶凉所在的报社也从体育局那边收到了参会运动员的信息资料。

赛程和地址已经确定，可王慧一直没主动和自己提当天谁去采访的事。叶凉有些坐不住，主动去找王慧："王姐，锦标赛的采访我可以申请参加吗？"

"你想申请外出采访？"

"对。"叶凉觉得有些莫名其妙，她目前是记者岗的实习生，并非行政岗或后期编辑岗。这段时间以来，她因为赛程较少才接受了杂七杂八的工作，既然天气回暖，赛程增多，自然要恢复本职实习。

“你现在还不够资历，像这种重要赛事，我们一般都是派专门记者去前线。”

晴天霹雳。

叶凉当时之所以来《××体育周刊》进入田径组，就是想亲自看到朴恩在赛场上飞驰的样子。王慧的话就如同一盆冷水兜下，把叶凉浇了个透心凉。

“可我是实习记者，如果这样的赛程我不能参加，请问什么样的比赛能够允许我这个资历的人参加？”

王慧没想到叶凉会突然说出这种话，办公室的人都往这边瞧，她面上有些挂不住：“叶凉，你不要眼高手低，我知道你是名校的学生，有点理论知识，可那和亲自实践是两码事，这么大的比赛容不得任何差池。”

“可您一直不给我实践的机会，怎么知道我不行？”

王慧变了变脸，面上透露着刻薄：“这里也不是你任性的地方，我是你的领导，你要听从我的工作安排。你没什么事就回到座位上，不要再跟我纠缠这个了。”

叶凉咬紧了牙，怕自己无法控制情绪忍不住扑过去，直接扭头走出了办公室。

办公室的楼层较高，大家上下都是用电梯，反而步行梯几乎处于半废弃的状态。叶凉推开尘封的门，躲进两个楼层间的楼梯里，蹲下身子小声吸了吸鼻子。

这不是什么值得掉金豆豆的事儿，但叶凉还是觉得无比委屈。之前她已经放过朴恩一次鸽子了，这次她不想再让朴恩失望。可她该怎么说服王慧呢？她的脑袋嗡嗡作响，这一瞬间她讨厌极了王慧，也讨厌极了让她现在只得留在《××体育周刊》、被迫面对这样领导的靳娜。

情绪泛滥之际，突然听到从楼下传来的脚步声，叶凉没想到公司真的会有人走楼梯，赶紧往里面站了站，给对方让路。

那人两步并作一步往上头蹦跶着，刚经过叶凉，又退了回来，对上叶凉通红的眼睛。那人惊讶道：“电梯女？”

听到称呼，叶凉抬了抬眸，结果对上一张眼熟至极的俊颜，标志性的嘻哈打扮让她的记忆瞬间被调出，也跟着叫道：“拉链男？”

原禹抽了抽嘴角，刚想反驳这个绰号，突然像发现新大陆似的凑过头去：“咦，你哭啦？”

烦人。

情绪不佳的叶凉扭身想离开，却被原禹一只手拉住了，张嘴就唱道：“女人不要装坚强，有事要跟哥哥讲。是谁在这儿欺负你，让我帮你来出气！Hey yoo！”

当原禹自以为非常帅气地 Ending（结束）后，整个世界沉寂了。叶凉望向男孩的目光里带了些同情：人长得的确挺帅，可惜脑子好像不太好。

生怕低智商会传染，叶凉用袖子抹了抹眼睛，贴着墙想走回办公室，结果越唱越上瘾的原禹打着节奏继续道：“你为什么不开心？这样令人好焦心。让我请你吃点心，请你不要再伤心。”

停不下来的原禹像吃了炫迈口香糖，跟在叶凉屁股后头，不知不觉一直走到了办公室门口。叶凉深吸一口气，回头对着这位“嘻哈小王子”说道：“实在不好意思，我要继续上班了，请你不要再跟着我了。”

说完，她立刻刷了工作卡，“砰”地把办公室的门关上了。

巨响把原禹从音乐的世界中拉出来，结果发现那个女孩已经不见了，自己面前是一扇紧闭的大门。

难得遇见能激发出他这么多创作灵感的女孩子，原禹突然有种对方是他的真命天女的感觉，随即又有些可惜，自己竟然忘记要这个姑娘的联系方式了。满脸落寞的原禹刚想敲门，抬头却看见办公室牌子上赫然写着“田径组”三个字，饶有兴味地收回手，嘴边荡漾着愉悦。

他有预感，他们很快会再次见面。

直到下班，叶凉都没能想到说服组长王慧的方法，眼见着办公室的同事相继离开，最后办公室里又只剩下了她自己。她看着电脑里的校订稿，突然觉得无比厌烦，明明组内大家都各有分工，这种校对排版审核工作原本都应该是组长进行的，可现在全部压到了她的身上。想到王慧今天说自己资历不够时的嘴脸，她就很想直接撂挑子走人。

叶凉坐在办公室里喘了半天粗气，手机突然响起来，一看是朴恩，这才慌忙想到今天是他训练的最后一天，男孩说好了今天要接她下班的。

“你那边工作结束了吗？”

“结束了，我马上就能走。”叶凉慌忙关电脑，“你现在哪儿？我直接去找你吧。”

叶凉因为一直加班，所以下班的时间并不确定。原本怕朴恩等太久，两人商量的是叶凉快下班的时候给朴恩打一个电话，再让他过来。

结果朴恩说道：“我就在你楼下，你下来就可以了。”

看了一眼时间，距离她正经下班时间已经过了一个小时。叶凉拎起书包往下跑，不知道朴恩傻傻地等了自己多久。

刚下电梯，叶凉就看见朝思暮想的男孩站在不远处。一个月不见，朴恩好像精瘦了些，侧脸也变得更加坚毅。

看见小姑娘，朴恩冷峻的脸出现裂痕，嘴角轻浅勾起的瞬间，叶凉好像看到了千万花开，饶是已经认识朴恩很多年的叶凉也不禁感叹，朴恩是真的好看，好看到……旁边过往的女生都会驻足观望，小声讨论。

“你跑什么，别摔倒了。”朴恩迎了上去，自然地接过叶凉手里的书包。

“我不是说给你打电话吗？你怎么自己跑来了，是不是等了很久？”

“没有等很久，我想早点见到你。”朴恩盯着叶凉的眼睛，仿佛想将女孩嵌入灵魂深处，却发现，“你哭过了？”

“啊，我没有。”叶凉下意识否认，然后赶紧掩饰地揉了揉眼睛，“大概是这几天没休息好。”

“别揉了，手上有细菌。”朴恩又望了她两眼，目光带了些怀疑，“你不要骗我，受委屈要告诉我听到了吗？”

“知道知道，我没有受委屈。”叶凉担心朴恩会看出端倪，赶紧转移话题，“走吧，晚上我请你吃饭，恭喜你集训结束。”

朴恩也弯着嘴角，附和道：“好啊，到时候我吃得太多你可别哭鼻子。”

两人正往外走着，一个穿着宽松橘色卫衣的男生从门里走出来，脖子上还挂着标志性的红色耳机。生怕这人看见自己，叶凉赶紧往朴恩身后躲了躲，朴恩也顺着瞧了那人一眼，生出一股危机感：“认识的？”

原禹走远了，叶凉才舒了一口气：“不认识。”

朴恩挑眉，显然不信叶凉的话。

叶凉吐了吐舌头，这才说道：“我们今天在楼梯碰见过一次，他在饶舌，听得我脑袋疼。”

“饶舌？”朴恩皱眉，“他是干什么的？”

“不知道，大概……是一个脑子不太好的rapper（嘻哈歌手）？”

过年期间，叶凉意外得知朴恩赴美始末，一度让两人的关系陷入尴尬。没过多久，朴恩就参加了集训封闭了起来，其间，他不是不担心，特别是叶凉回北城连招呼都没和他打，还是林秀私下透露了消息。他的确非常担心小姑娘钻牛角尖。

可不知是朴恩请假亲自去车站接叶凉起了作用，还是小姑娘终于想通了，两人的关系越发亲近了。

大赛将至，运动员进食限制颇多，无法像之前那般随意。叶凉挑选了很多饭店，最后选定了一家口味比较清淡的粤菜。点菜期间，朴恩看不够似的直勾勾盯着叶凉，叶凉被男孩看得脸颊通红：“你老盯着我做什么？”

叶凉粗鲁地把菜单往男孩怀里一推：“我不知道你最近忌口什么，你自己点。”

“不用，你点的我都吃。”朴恩嘴角弯弯，含笑的样子实在耐看，连站在一旁的服务员瞄了几眼朴恩后，都有点害羞，异常羡慕坐在朴恩对面的姑娘。

“你要比赛了，能不能上点心？”叶凉横眉，杏仁眼瞪着面前不着调的男孩。

朴恩噘着嘴，说了一句“听你的”，结果拿过菜单点了几道菜，还是叶凉爱吃的。

外头华灯初上，对面的高楼一盏盏灯光亮起。每日通话的男孩此刻坐在了自己对面，叶凉反而不知道说些什么。

叶凉抿了口面前的茶水，才问道：“之后你的训练是怎么安排的，要回学校吗？”

朴恩摇了摇头：“集训刚结束，省队给我们放了几天假，过两天还是要回省队继续训练的，只是限制不如集训那么严格，可以随时出来。”

叶凉听了有些失落，他还以为朴恩可以像以前那样仍旧每天待在学校呢，这样听起来两人的距离似乎拉远了一些。

似乎看出了叶凉的心思，朴恩竟生出几分愉悦，伸臂捏了捏叶凉的鼻子：“你舍不得我？”

“谁舍不得你！”叶凉一巴掌把朴恩作乱的手拍掉，那点不好的情绪倒是消散了个七七八八。

饭店距离学校不远，晚饭后两人就直接步行回校了。春风一刮，道路两旁的树倒是发了嫩芽，原本光秃秃的树枝点缀上了星星点点的绿意，在黑暗中悄悄生长着。

叶凉不禁感慨时间过得真快，眨眼间，朴恩已经陪她再次走过半年多的时光。校际运动会上的重逢似乎过了很远，叶凉被全网黑的网络暴力事件也已经不再有人提起，反倒是两人是情侣的消息越传越真，真到有时候连叶凉都会迷茫自己和朴恩的关系。

春寒料峭，朴恩把浅灰色的围巾围在叶凉的脖子上，自己双手插兜走在叶凉身边，瞧着月光下姑娘如玉的侧脸。

“你的心情好些了吗？”

“嗯？”叶凉一愣，没想到朴恩突然说出这句话来。反应过来后，她才回想起之前在公司楼下朴恩询问自己是不是哭过的事，原来男孩当时压根就没相信自己说的话。

叶凉垂下眼睑，其实她不是一个能藏得住心事的小姑娘，可这段时间却绝口不提自己在职场遇到的糟心事儿，就怕影响朴恩的情绪。原本朴恩不问还好，一问叶凉心里头那点委屈就蔓延出来，问出的话带着哭腔：“朴恩，假如……假如你比赛那天我不能到现场采访你，你会失望吗？”

一句话就叫朴恩听出了弦外音，他停住脚步，和叶凉闪躲的眼神对上，肯定地回答：“会的。”

朴恩如此坦诚地说出自己会失望，倒是有些出乎叶凉的意料。

“我会失望，所以你要尽力去争取，不要再轻易放弃了。”朴恩意有所指，叶凉猜朴恩还是对之前她没能遵守约定和刘东一起去看他耿耿于怀。

“可我才刚实习没多久，万一领导觉得我资历不够……”叶凉没说这是王慧对她讲的话，只敢以假设的形式问出口。

“如果你不去尝试，那么资历永远不够。叶子，机会不是别人给的，是靠自己争取的。”朴恩拍了拍叶凉的头，“田径锦标赛也是非常一次难得的锻炼自己的机会，就算不是为了我，为了自己你也要抓住。”

入夜，叶凉躺在床上独自想了好久。朴恩说得对，机会不是别人给的，是靠自己争取的。她选择田径部的初衷就是为了这场等待已久的田径锦标赛，她绝不允许自己因为王慧的阻拦就放弃。

隔天，叶凉起得尤其早，习惯让她睁眼的第一时间就查看微信，结果未读信息提醒空荡荡的，这才想到朴恩这几天放假，好不容易能休息休息，自然不会这么早起床。

难得比朴恩起得早，叶凉顺手在朴恩的聊天页面发了一个猪头的表情过去，然后才恹恹地爬起来洗漱。没看见朴恩活力充沛的晨间问候，叶凉非常矫情，还有点低落。

收拾好刚走出大门，就听到后头有人叫自己："小叶子。"

熟悉的音调让叶凉怔了怔，飞速回头，某个穿着一身黑色运动服的男孩站在女生宿舍楼的大树旁，嘴角肆意勾起，右手的早点袋嚣张地晃着。

叶凉早晨的小失落立刻散开，取而代之的是满腔的欣喜和温暖："朴恩，你怎么跑过来了？"

"我送你上班。"朴恩把早点递给叶凉，"顺便亲自监督你吃早餐。"

之前叶凉上班有时候起得晚，早餐都是直接略过，好几次都饿到胃痛。

"那昨天你怎么没跟我说？"叶凉虽然心里高兴，但还是语带埋怨，"你好不容易休息几天，还起这么早。"

"习惯了。"朴恩揉揉叶凉的碎发，这才发现小姑娘的头发又长了些。

往常一个人去上班的路因为旁边多出了一个朴恩也不再孤单，连拥挤的地铁都变得可爱起来。只是朴恩无法欣赏这种可爱，被人群推着上了地铁之后，他伸手抓着地铁上的扶杆，让叶凉抱着自己的腰稳住身子，然后问道："你每天早晨上班都这么挤？"

叶凉看朴恩嫌弃又惶恐的样子，忍住笑："对啊，早晨大家都赶着去上班。"

朴恩低声咒骂了一句："看来还是要买辆车，你考驾照了吗？"

为了实习买辆车？朴恩进了省队后真是膨胀了！

叶凉没忍住扑哧笑了出来："大家都是这么过来的，早高峰堵车也同样严重。"

朴恩脸色不好看，最后憋出来一句："等我们毕业还是回曲溪工作吧，这个地方不适合人类居住。"

朴恩被周围的人挤到神经敏感，那双他异常珍视的和叶凉同款的黑色运动鞋早就不知道被踩了几脚，脸阴沉得像被人泼了墨。叶凉抿着唇，笑了笑应了声"好"，只是很快就被地铁新一拨儿涌入的人群淹没，朴恩遗憾地错过了这句类似许诺的回应。

叶凉到办公室的时候，接到了朴恩发来的微信，先是一张小兔子流泪的动图，然后说道："现在我又要挤地铁回学校了……"

叶凉想到朴恩在地铁上脸色铁青，只要身边人稍稍靠近他一点就如临大敌的表情，挑了一张两个兔子靠在一起蹭来蹭去的表情甩过去，说道："真是小可怜。"

然后她又加了一句："明天你好好休息，我自己来上班就好。"

那边朴恩回得倒是快："不行，我还要送你！我上地铁了，你加油上班吧！"

刚好办公室的前辈们陆陆续续开始打卡，叶凉也放下了手机，打开电脑查看工作邮箱。

天气开始回暖，国内田径比赛也渐渐多了起来。叶凉打开未读邮件，是昨晚顾汐润统一发给大家的上半年国内国际赛程安排表，她请各部门安排好采访和摄影人员。

正对着"田径锦标赛"那一条发呆时，邮箱出现新的邮件提醒，是王慧给自己发的今天的工作任务。叶凉点开，果然又是几个采访素材的压缩包，让她编辑校对。

叶凉深吸了一口气，走到王慧的格子间旁，问道："王姐，现在田径赛事开始回暖了，我是不是也可以进行采访了？"

王慧现在连多余的眼神都不想分给叶凉："我不是跟你说了要听我统一安排吗？如果有适合你的出访任务我会通知你的，你先把现在我交给你的工作安排好，这些下班前要发给顾主任的。"

叶凉在原地看了王慧几秒，女人脸上明晃晃的不耐烦和厌烦让叶凉有些刺痛。她来这里实习已经有一个多月了，在这段时间内，她每天都在帮王慧工作，从没多抱怨过一句，可换来了什么？她知道王慧对名校生有着深深的不屑和敌意，她以为自己可以用勤劳踏实扭转王慧的观念，可如今看来，她做再多也是徒劳，因为王慧从一开始就只把她当成帮自己减轻工作量的存在。

叶凉敛下眼睑，不等王慧催促，自己回到了座位上。像下定决心般，她将王慧发给自己的所有校对、排版文档以及提供素材让她编纂的新闻稿全部打印出来，等全部拿到手才发现不知不觉竟有厚厚一沓。她悉心将这些资料装订妥当放入档案袋，抱着文件的手臂微微收紧，耳边回荡着朴恩的声音："叶子，机会不是别人给的，是靠自己争取的。"

几分钟后，叶凉略显局促地坐在顾汐润对面，舔了舔干涩的唇："顾主任，抱歉冒昧打扰您了。"

"不打扰，你找我有什么事吗？"

顾汐润闻言，放下手边的工作，坐直身子微微前倾，在叶凉说话的时候注视着女孩的双眼，神情专注的样子与叶凉平时和王慧沟通的情形完全不同。叶凉天生有些怕领导，可现在回想起来，每次和顾汐润交流时，女人不管正在做什么，都会礼貌地停下工作，全神贯注地倾听她讲话，原本没觉得这件事有多重要，可经历了一个月的职场，叶凉发现这其实是一种尊重。

叶凉把打印出来的所有文件全部放在桌子上："顾主任，这是我实习一个月做的所有工作。除却平时的跑腿打印，行政事务外，我还担负了王组长所有的稿件校对、排版，稿件撰写工作。"

顾汐润伸手翻开叶凉拿过来的资料，立刻沉下脸来。

叶凉的声音有些发抖，却强迫自己继续说道：“前一段时间，国内田径赛事比较少，加上我初来乍到，对报社工作也并不了解，所以我很感激王组长能够帮助我迅速熟悉融入集体。但最近国内赛程开始增加，我去找王组长申请采访任务时却遭到了拒绝，王组长认为我资历不够，应该优先处理这些后期编辑工作。我承认自己实践能力不足，但最初分配给我的岗位是记者岗，我还是希望报社能够提供我一些亲自上场的机会。”

顾汐润大概将文件翻了个七七八八，心里有了初步的判断，然后才抬起头看了眼叶凉：“你先说说，你想参加哪场田径赛的采访。”

“田径锦标赛。”叶凉不假思索地回答。

既然敢亲自找顾主任“告状”，叶凉其实已经做好了最坏的打算，大不了就是结束实习。事实上，以王慧每天交代给她的任务来看，待在这里实习还不如回学校的新闻中心，待在学校，叶凉能得到的锻炼反而更多。

顾汐润没有立刻回答，而是从抽屉里找到一张表格直接放在叶凉面前。叶凉低头瞧了眼，却愣在了原地：“顾主任，这是……”

田径锦标赛记者报备名单中，叶凉的名字赫然在最后一位。

难道之前王慧是在骗她，其实对方早就把自己的名字报上去了？她对着这张名单万分羞愧，如果是这样，她就真的误会了王组长：“顾主任，我不知道组长瞒着我……”

“你别太激动，”顾汐润用笔敲了敲文件，“你的名字是我加上去的，不是王慧。”

顾汐润见叶凉满是吃惊，眼底闪过一丝戏谑：“之前我听说你找王慧请假，她没批给你？”

叶凉又是一愣，不明白这种小事顾主任怎么会知道。

顾汐润摇了摇头，语带无奈：“我们家大少爷因为这件事已经跟我发过一次脾气了，这次锦标赛你要是再缺席，我怕他直接冲到我家把房顶掀了。”

大少爷？叶凉越听越糊涂，顾汐润挑了挑眉："怎么，朴恩没告诉你，我是她表姐？"

表姐？叶凉完全不知道！

"这孩子还真是闷骚。"顾汐润的嘴角上提，看叶凉就跟看自家弟妹一样亲切，"其实我们《××体育周刊》是不收实习生的，所以当时我们接到学校发过来的简历申请是想婉拒的。结果不知道朴恩这小子怎么得到的消息，打电话来求我录用你，长这么大，我还是第一次听见他求人。"

叶凉瞬间心情变得复杂，她原以为实习是学校对她的补偿安排，却没想到里面还和朴恩有关。原来他们早就听说了靳娜的事，只是出于对叶凉的保护，大家把这件事瞒了下来。叶凉两手紧握，觉得有些荒唐，之前《××商业周刊》靳娜抢了她的名额让她耿耿于怀，结果没想到如今自己的实习竟也是"走后门"得来的。

顾汐润仿佛看透了叶凉的想法，继续说道："开放实习名额是大事，我一个人无法拍板决定。我们开会综合评估了你的课业成绩和实践经验，才同意你加入我们的团队，所以你也不需要有太多的想法。"

换句话说，朴恩只是给叶凉争取到一个机会，最后留下靠的还是她自身的能力。可单单这个机会，就已经足够让很多人羡慕了。

该说的都说完了，叶凉起身对顾汐润恭敬地说道："顾主任，我没其他的事情了。再次感谢顾主任能给我这个机会，我会努力不辜负大家对我的期望。"

顾汐润点点头，然后伸手往下指了指："别急着走，公事谈完了，咱们聊聊私事吧。"

私事？叶凉又坐了回去，搞不清楚顾汐润有什么"私事"要和她聊。

顾汐润从抽屉里翻出几块小饼干，往叶凉面前推了推，然后往自己嘴里丢了一块儿糖："吃点东西再走，弟妹。"

弟妹？叶凉感觉自己的汗毛一根根立了起来，某种不好的预感正在酝酿成型。果然，她抬头就看见了顾汐润眼底闪烁的八卦之光："有件事困扰我很久了，你跟朴恩到底怎么认识的？什么时候在一起的？谁先表的白？这小子谈恋爱的时候难道也是这副欠揍的模样？这小子嘴巴太紧了，撬都撬不开，我跟他表哥可好奇了。"

表哥，易聊吗？难道大书法家也这么八卦？

叶凉抽了抽嘴角，觉得朴恩的亲戚们还真是……都挺活泼的。

找了顾汐润，叶凉也没有多少精神，整个人病恹恹地趴在办公桌上不想动弹。迟来的紧张萦绕着她，她有些担心顾汐润会批评王慧，然后自己再次被王慧视为眼中钉。

叶凉叹了一口气，觉得自己真是命运多舛，偏要遇上王慧这样的领导。结果坐在办公室里忐忑了半天，到了下班，顾汐润都没有找王慧谈话，王慧仍旧开开心心到点打卡回家。

叶凉坐在位置上噘了噘嘴，心里不太舒坦。现在的叶凉其实矛盾得很，一方面害怕顾主任会找王慧算账，另一方面又期待着这件事能有个结果。她烦躁地抓抓头发，胡乱把东西塞进背包里，她决定把这些烦心事儿抛在脑后，先度过美好的周末再说。

男孩仍旧穿着早晨那件黑色运动服，懒洋洋地站在叶凉公司楼下，神情寡淡，却在人来人往中分外出挑。叶凉几乎才下电梯就捕捉到了这抹身影，迈着小碎步，跑过去自然地把沉重的背包交给朴恩："等了很久？"

"我才到。"朴恩身上有股薄荷皂的清香，伸手拍了拍叶凉的头顶，"今天工作得还算顺利吗？"

提到这个，叶凉立刻板起脸，气势汹汹地扭过头："朴恩，你到底瞒着我做了多少事？！"

朴恩不明所以，就听叶凉淡淡地说道："顾汐润……"

朴恩的心"咯噔"了一下，心里暗忖表姐做事果然不靠谱，就知道依着她八卦的性格要把自己出卖个彻底，于是只能老实交代："她是我表姐。”

“哼，当初我找你说靳娜事情的时候，你还假惺惺装作不知道，而且也没告诉我顾主任跟你的关系！”叶凉生气地扭过头，不欲多看朴恩一眼。

朴恩闻言，直呼冤枉，当时他并不知道叶凉名额被顶替的事，只是刚巧碰到了袁老师，听袁老师询问了他几句《××体育周刊》在业内的情况，说想把叶凉推荐过去。朴恩知道《××体育周刊》不招实习生，所以特别给表姐打了电话，亲自拜托她开放实习生名额。

“我当时并不确定她能帮到你，所以没提前和你说。后来我又担心你有想法，就索性没再提了。”

朴恩最怕的还是小姑娘生气，叶凉自尊心很强，当初他去美国也是因为这个没敢告诉叶凉，如今若是得知实习单位的领导和朴恩认识，肯定又会胡思乱想。

“你生气了？”朴恩忐忑地戳了戳身旁小姑娘的脸颊，赶紧道歉，“我错了。”

“你每次犯错道歉都很快。”叶凉气不过，使劲儿敲了敲朴恩的胸膛，“以后你不能再瞒着我，听到了没有？”

朴恩立刻乖巧地点头，竖起三根手指：“我发誓！”

叶凉这才作罢，用手肘戳了戳朴恩的大臂：“顾主任提到的表哥，是不是就是书法家易聊？”

朴恩漫不经心地“嗯”了一声。

“他真是你表哥啊……”叶凉虚握四指，咳了咳，“那你能帮我去要个签名吗？他的书太抢手了，我在网上守了一个小时，没想到还是没能抢到签名版！”

朴恩（难以置信）：“你为了他在网上守了一个小时？”

朴恩（醋意横飞）：“你都没为我做过这种事……”

朴恩（尖酸刻薄）：“我可告诉你，他有女朋友，你不许存不切实际的幻想，你只能看着我，知道了吗？”

“我就是单纯觉得他写字很好看，你干吗呀？你再这样我不理你了！”叶凉气得直跺脚。

“我写字也好看。”朴恩咕哝着，也不敢讲得太大声。

“你就说去不去！”

朴恩缩了缩肩膀，有气无力地说道：“我又没说不去，你急什么急啊……”

一米八的大男孩耷拉着脑袋，站在叶凉旁边，说话间头顶还有一绺呆毛竖起，和平时面对外人的冷酷模样大相径庭。叶凉忍不住踮起脚，扯了扯朴恩的嘴角：“朴恩，你怕是醋精转世。”

朴恩还没做出反应，叶凉就悄悄抓住男孩的手掌：“你回不回去？”

像被电流击中般，朴恩打了个激灵，迅速反手握紧叶凉的手，然后手指塞进小姑娘的指缝，大掌将叶凉小巧的手完全包裹。他偷偷瞥了一眼叶凉的脸，窥见了小姑娘脸色暗红却没嫌弃的表情，嘴角越咧越大：“回去，咱们这就回去。”

叶凉红着耳根，抿着嘴，低声说了一句“傻瓜”。

# 第八章

## 极速朴恩

周日下午，朴恩就要回省队继续训练，休息的几天像是偷来的欢愉时光，过得飞快。往常都是朴恩担当护花使者，这回叶凉总算有机会能当个“护草使者”。

朴恩不想让叶凉跟着自己跑一趟，两个人欢笑而去，最后独自踏上归程的滋味并不好受，朴恩也舍不得叶凉这么辛苦。所以叶凉谎称自己回宿舍，扭头又私自跑回男孩的宿舍楼下继续等着他。

开学后，学生多了起来，和最初叶凉放假回来校园里的萧条景象全然不同。朴恩住的是体育学院的宿舍楼，出出进进的都是高高大大的男孩子，整栋楼似乎都洋溢着青春的荷尔蒙。叶凉长得漂亮，穿着枣红色的小夹克，底下配了一双黑色高筒靴，帅气又甜美，俏生生的，跟一颗小冬枣似的。

三五个男生经过叶凉身边，相互推搡着让同伴往这边瞧，叶凉还能听见其中一个男孩大声说道：“快看，那边有个美女。”叶凉低着头，假装没听到，心情却变得有些雀跃，毕竟没有人不喜欢听到夸赞。

结果这份雀跃只维持了几秒，头一转，就让她瞧见了一抹不怎么令人愉悦的身影。

四目相对，隔着空气都能听到噼里啪啦的声音。

朴恩背着黑色背包从宿舍里走出来，几乎一眼就看见她家小姑娘站在楼梯下方，赶忙跑过去，略带责备道：“你怎么在这儿站着，不是说我自己去就好。我先送你回寝室，那个地方太远，你自己回来我不放心。”

男孩的注意力集中在叶凉的身上，完全没有看见明明距离他更近的那个人。叶凉的脸色稍缓，却还是骄横地说了一句：“哼，不让我陪你，是不是存着让别人陪你的心思？”

朴恩的两道浓眉皱起：“说什么……”

话还没说完，被晾在一边的陈羽珊苍白着脸走了过来，叫了一句：“朴恩。”

朴恩这才注意到还有另外一个人存在。

他拧着眉，但还是礼貌地叫了一句“学姐好”，顺畅地牵起叶凉的右手，温柔地说道：“看什么呢？走了。”

两人刚走几步，陈羽珊从后头拽住朴恩的衣角，然后无措地赶快收回手：“朴恩，我想跟你聊聊。”

“抱歉，我们赶时间。”朴恩没有回头，可声音里透露着不加遮掩的不耐烦。

“我不会耽误你太久的，一分钟就好。”陈羽珊近乎祈求，“我就是有几句话想当面跟你说。”

叶凉还记得自己第一次看见陈羽珊是在去年的校运会上，陈羽珊穿着运动服，跟校队的人站在一起，马尾高高扎在头顶，未施脂粉的肌肤在阳光的照耀下呈现健康的蜜色，意气风发的样子在人群中甚是扎眼。当时的她曾让叶凉真心羡慕，那样的光彩是叶凉这辈子都无法拥有的。

而如今，叶凉偏过头发现女孩高高绑起的头发已经柔顺地披散在了肩上，原本蜜色的脸蛋被粉底遮掩，双眉下压，普通如千万大学生，再没了身后那道炫彩的光。

叶凉不喜欢陈羽珊，但也不免觉得遗憾，原来当梦想失色，一个人竟会这般黯然。如果陈羽珊当时没有喜欢上朴恩，或许就不会找人在网上故意黑自己，那么她可能还是那个怀揣梦想的运动员。

叶凉叹了一口气，瞪了眼旁边的祸水："我在旁边等你，你们先聊吧。"

说完，自己主动让开，往前头快走了几步，留给了朴恩和陈羽珊单独的相处空间。

朴恩对叶凉如此平淡地把自己抛下的行为意见颇深，凉薄的眸子瞥了眼陈羽珊，眼神示意女人赶快讲话。

"我……听说了你通过集训要去参加锦标赛的消息，恭喜你。"

"嗯。"

"我们怎么也是曾经的队友，没必要这么冷淡吧。"陈羽珊双拳虚握，勉强挤出一丝笑，"我可是你之前的师姐。"

朴恩看了一眼蹲在不远处揪着枯草的叶凉，不想让小姑娘等自己太久，索性免去了虚伪的应付："你找我到底有什么事？"

"家里帮我找到了一份工作，我这次回来就是来办理校外实习手续的，这次可能是我们最后一次碰面了。"陈羽珊吸了一口气，"我就是想临走前亲自给你加油，祝你前程似锦，学弟。"

加油的话只是借口，她只是想最后再看一眼这个曾让她心动的男孩。火红色跑道上那惊鸿一瞥似乎已经成了过去，那份被闪电击中般的心动却如何都涂抹不掉，经过了鲁莽和错误，这份暗恋也到了结束的时候。

"谢谢。"朴恩自始至终没有给过陈羽珊一丝希望，残忍而果断。

朴恩转身的瞬间，陈羽珊却突然飞速往前迈了一步，整个人扑进朴恩坚硬的胸膛，把男孩抱了个措手不及。那一刻，陈羽珊在略带寒意的初春闻到了夏日阳光的味道。

她满足了。

朴恩的反应比想象的迅速，推开陈羽珊后，望向她的眼神可以让水都结成冰："请你自重。"

陈羽珊眨了眨酸涩的双眼，像曾经队友互相打气一样声音洪亮："我走了，学弟自己保重。"

语毕，陈羽珊掉头就跑，留下朴恩满身的不自在。

转身，朴恩立刻感觉大脑发麻，蹲在地上的叶凉正盯着他瞧，女孩两颗黑白分明的眼珠倒映着自己惊慌失措的脸。

朴恩舔了舔自己干涩的嘴唇，立刻垮下脸，委屈得像落水的狗：“叶子，我被欺负了……”

叶凉生气了，很气很气。

亏她当时还好心好意留给两人独处的空间，结果掉头陈羽珊就抱住了朴恩，果然人不能有同情心，陈羽珊经过一个学期，还是那个满心都是坏心思的陈羽珊。

高筒靴踩在地上，发出“嗒嗒”的声音，叶凉鼓着脸昂着头，利落地往前走。朴恩疾步追过去，张开双臂瞬间就把小小的叶凉裹在自己怀里。

“你干吗？离我远点！”叶凉没想到朴恩会突然扑过来，慌乱地挣扎着。

“不要，我受欺负了你都不管，该罚。”朴恩像一只癞皮狗，贴在小姑娘身上扒都扒不开。

“你身上臭死了。”叶凉指的是朴恩身上沾着陈羽珊的味道。

朴恩后知后觉，这才发现叶凉这是吃醋了，眼角都泛出了甜意：“刚好你身上香，让我多闻闻。”

“烦人精！”叶凉噘着嘴，那点不愉快都被朴恩的厚脸皮冲散了，反手推搡着朴恩，“还要不要训练了，快走啦。”

周一记者部晨会上，顾汐润亲自公布了全国田径锦标赛的参与记者名单，不出意料，叶凉的名字被添在了最后，而原本赫然在列的王慧却被删掉了。

叶凉上周提前看到了名单，表情还算平静。王慧却藏不住惊讶，直接说道：“顾主任，这个名单似乎有误。”

“我调整了里面的部分记者。”顾汐润直接切断王慧的质疑，“另外王组长会后来我办公室一趟，有些事我需单独和你说。”

叶凉心一紧，猜测顾主任应该是开始着手处理王慧推卸工作责任一事。会议结束，叶凉也不免忐忑，万一王慧把这笔账都算在自己头上，那她的日子就会更不好过了。

快到午休，王慧才从顾汐润的办公室出来，叶凉不动声色地往王慧的办公桌方向看去，对方面无表情，依然如常地做着手里的工作。

难道是自己猜错了？

等到了下午，组内另一位前辈敲了敲叶凉的桌子，语气轻柔地说道："叶子，以后你跟着我实习。"

叶凉这才知道当时顾汐润没有立即找王慧谈话，是找到了其他同事私下了解情况，证实王慧这样将自己的工作分摊给其他人并非首次。再次上班，顾汐润直接免去王慧组长一职，并且扣除了她三个月的绩效奖金算是惩戒。

换了领导，叶凉感觉世界都明媚了起来。新上任的组长康红也是一名经验丰富的记者，即将参加的锦标赛她也会和叶凉一同出席。只是她前期一直在珠南报道马拉松比赛，上周才出差回来，叶凉对她的了解并不多。

"我看了你的简历，还有附带的一些报道。你的基本功很扎实，敏感点捕捉得也很足。"前辈拿着笔记本，上头简单地记录着自己总结出来的叶凉采访的特点，"但你的缺点就是在采访过程中情绪太容易受到对方的影响，你必须学会形成自己的采访节奏。"

叶凉像小鸡啄米般频频点头，她能看得出来，康红和王慧相比，显然用心了很多，自己没有意识到的问题短短时间内就被康红一针见血地指出，她的心里又是感激又是钦佩。

"这周你的主要工作就是观看本次锦标赛所有参赛选手的前期比赛视频，对他们的成绩和个人运动特点进行总结，同时还要了解所有田径项目的规则。先把这些前期准备工作做完，下周我们再一起商量每个人具体负责的项目。"

康红的专业似乎给叶凉吃了一粒定心丸，满腔的热血被再次点燃，工作了近两个月，她首次有了"我是一名体育记者"的感觉。

她此刻万分庆幸自己去找顾汐润反映情况，否则她此刻一定还在重复着过去的生活。

果然，要先有说“不”的勇气，才有可能创造不一样的生活空间。

天公作美，比赛当天艳阳高照，蓝湛湛的天清澈透亮。

之前，叶凉对体育赛事并没有太多的了解，可这一段时间在新任组长康红的帮助下，才了解到这项田径锦标赛目前可以算是规格相当高、规模相当大的赛事了，而这次全国共派出了三十五支代表队，所有项目加起来共一千四百名参赛选手。每一个名额都万分珍贵，可以说是千里挑一，难怪当初刘东得知朴恩获得机会时这么兴奋。

比赛场地设在了北城奥林匹克体育中心，也是曾多次举办过世界级田径大赛的地方。叶凉跟着康红和其他记者摄像提前进入场地，算是切实体会到了国家级体育盛会与此前市里比赛规模的不同。她朝四周环绕一圈，单单是观众席差不多都就有两万个座位，抬头就能看见巨型电子屏幕。绿茵草地上来回奔跑着百余名工作人员，他们在进行最后的场地确认，四面八方都是摄像机，全方位记录着这场盛事。

“你紧张了？”一行人走到各自负责的区域，康红笑着问叶凉。

“有点。”叶凉坦诚地点点头，手脚冰凉。

“你熟悉了环境就好，第一次出任务紧张是正常的。”

观众陆陆续续开始进场，叶凉正和康红闲聊，突然听到侧上方有人叫她：“叶子，叶子！”

顺着声音望过去，直着身子跟她挥手的不是大山是谁？她和康红指了指看台的方向，然后小跑着过去打招呼，这才发现不仅是大山，整个短跑队都到了现场。

叶凉扬着笑脸：“今天你们不训练吗，怎么都过来了？”

“朴恩现在可是我们短跑队之光，作为亲友团，我们当然得亲眼见证奇迹。”大山露着一排小白牙，说话的时候不停挥舞着红色充气应援棒。

应援棒在刘东面前晃来晃去，看得刘东心烦意乱：“就你手上有这些乱七八糟的东西，看比赛又不是看演唱会，乱晃悠什么？”然后他对着叶凉说道，“今天给大家放假了，刚好也可以让这帮崽子学学技术。”

突然四周传来欢呼声，叶凉抬头才发现原本空了大半的观众席逐渐坐满了人。康红对着叶凉打手势，提醒她时间差不多了，小姑娘忙不迭对刘东说道：“开幕式快开始了，教练你们坐，我先过去了。”

各个代表队开始正式入场，一千余名参赛选手同聚在这片绿茵草坪上，无人机缓慢地在上方飞行着，拍摄到的年轻面孔同步显示在巨大的荧幕中。茫茫人海，叶凉几乎立即就发现了异常挺拔的朴恩，那一刻周围的人全部幻化成背景，全世界只剩下朴恩。

男孩穿着和其他运动员相同的运动服，脸上表情寡淡，暗黑色的眸子四处逡巡，如猎豹般在找寻自己的目标。直到两道视线完全交汇，朴恩的神情才逐渐松弛下来，伸出手朝着叶凉的方向挥了挥，眉目也添上了欢喜。

人群在这时骚动起来，叶凉被震天的尖叫声吓了一跳，经康红提醒，才发现大屏幕上出现的是一张分外惹眼的面孔。栗色的头发有些自然卷，一双眼睛像玻璃球镶嵌在脸上，正拼命对着观众挥手，见自己上了荧幕，还对着无人机献上了飞吻。

叶凉定睛一瞧，对方竟是那天她在电梯遇见的拉链男，原禹。

来之前叶凉是做了功课的，已经了然这个伪 rapper 的真实身份是现役 G 队短跑运动员，而且还是目前的头号种子选手。

朴恩似乎注意到了小姑娘的视线从自己身上转移，也跟着抬眸瞧了一眼笑得夸张的人，莫名觉得有些眼熟，但想不起对方是谁。

叶子喜欢这种风骚男？朴恩蹙紧了眉，舌尖在右脸颊顶出了一块小鼓包。

男子 100 米短跑被安排在了当天下午，初赛和决赛都放在了同一天进行，而隔天的 4×100 米接力，朴恩没有报名参加。

中午休息的空当，叶凉收到朴恩的短信，上头竟然是一串宾馆房间号码。叶凉的脸“腾”地泛了红，像做了错事般赶紧把手机扣在腿上，等了几秒又忍不住翻过来再看一次，此时多了一条信息：“午休过来，我有事找你。”

朴恩找她有事？

叶凉揉了揉耳朵，顺带紧张兮兮地瞧了眼坐在一旁吃盒饭的康红，身上像长了虱子般坐立难安。

“怎么了？”康红看出叶凉突然的异样。

“红姐。”叶凉说话有些结巴，“咱们……咱们中午休息多长时间啊？”

“一点半集合。”

叶凉看了一眼时间，大概还有一个小时的空当，舔了舔嘴问道：“我……我现在能四处溜达溜达吗……”

叶凉小心翼翼的模样让康红笑了出来：“当然，集合前回来就行。”

叶凉攥着手机，在运动员下榻的宾馆楼下徘徊，兀自挣扎要不要上去。朴恩最后也没说要叫自己干吗，这要是让认识的人看见小姑娘走到运动员休息的房间，影响多不好啊……

犹豫间，叶凉的手机又振了两下：“我看见你了，快上来。”

朴恩下午有比赛，叶凉担心朴恩有重要的事要和自己说，还是低头钻进了电梯。刚顺着摸到对方的房间，房门就被人从里头打开，伸出的手把叶凉一把拉了进去。

叶凉惊呼一声，随即整个人跌入温暖的胸膛里，清浅的薄荷香萦进鼻腔，这才渐渐松弛了紧绷的身子。毕竟是第一次参加国家级比赛，叶凉以为朴恩紧张了，这才特意把自己叫过来寻求安慰，没推开男孩粗鲁的拥抱，柔声安慰道：“不怕不怕，一场比赛而已，跑不赢也没关系，你不要有压力。”

叶凉的声音软软的，手掌像棉花般轻柔地拍着朴恩的后背，说出的话如清泉般淌入朴恩的血液里。在门口站了一会儿，朴恩才撒开小姑娘，把人带到房间。

“你想跟我说什么？”叶凉坐在沙发上，双眼如盈盈秋水在流转。

原本朴恩因着上午小姑娘的走神微微恼火，这才想着把人逮过来“宣示主权”，结果现在瞧着小姑娘担忧自己的样子，又觉得自己有些小题大做了。

“你是不是紧张了？”叶凉轻声询问。

朴恩也不好承认自己嫉妒，只得点点头：“有一些，所以我想和你说说话。”

叶凉学着平时男孩摸自己的样子，也探过身摸摸朴恩的头：“反正开始也不是你自愿的，输了也没关系。没跑好就回学校上课，我赚钱养你。”

朴恩的心脏被女孩的话击中，看着女孩的目光柔得能滴出水来。叶凉迅速意识到自己的话好像有歧义，想开口解释，却正好对上朴恩如火的眼神，惹得满室暧昧。

“如果我得了冠军，会有奖励吗？”朴恩的声音沾着性感的沙哑，像被糖包裹的罂粟。

当朴恩刻意散发魅力时，叶凉几乎避无可避。小巧的耳朵如着了火，叶凉尴尬地用头发掩了掩：“你想要什么奖励？”

“你答应我一件事。”

难得叶凉在男色中还能保持几分理智，揉着手指：“你说的奖励太宽泛了。”

“不宽泛。”朴恩眸色渐深，晕染着千言万语，“你知道我想让你答应我什么。”

朴恩的暗示已经非常明显，叶凉的大脑空白一片，慌得都不敢抬眸正视朴恩的双眼。叶凉很清楚自己对朴恩的喜欢，先前是因为朴恩曾经的不告而别让她没有安全感，后来心结解开，她反而感觉对男孩愧疚又抱歉。种种复杂的情绪交织，让她下意识地选择逃避。朴恩今天的要求算是把两人的关系摆在了明面上，在薄薄的窗户纸上小心地试探。

叶凉的样子让朴恩误以为女孩不想答应，有些后悔自己的鲁莽，是他太过心急了。

“我刚开玩笑的。”

“好。”

两道声音同时说出来。

“你说什么？”

鼓足勇气答应的话竟然换回了一句“玩笑”，叶凉冷下脸，站起身：“我什么都没说，我要回去了。”

朴恩哪里肯，雀跃地跑过去熊抱住小姑娘，开心得手足无措：“说了，你说了，你说‘好’，我听见了！”

“我也是开玩笑的！”叶凉鼓着脸欲挣脱，朴恩却越抱越紧。

“我不是说那句话是开玩笑的，我是怕你不答应我。”越解释越乱，朴恩最后放弃了解释，耍赖道，“不管，反正你答应我了，你马上就是我女朋友了。”

朴恩的慌乱让叶凉那股火气还是卸了去，哼了一句：“等你真能夺冠再说吧。”

叶凉不清楚这段时间朴恩的训练状况，但她来之前已经事先了解，这次参赛很多人都是现役G队选手，其中原禹更是在去年的锦标赛中取得过第七名的好成绩。虽没有取得奖牌，可对年仅二十出头的小将而言已实属难得，他还有很大的发展潜力。显然朴恩先前的最好成绩在这群人中实在排不上名次，得奖牌已经很难，想得冠军更是难上加难。

“我会竭尽全力。”朴恩缓缓松开怀里的姑娘，摸了摸耳骨上的银环，“你在终点等我。”

下午，叶凉刚到赛场，就听有人在后头叫道：“电梯女！”

一开始，叶凉还没意识到对方是在叫自己，直到一双手拽住叶凉卫衣上的帽子：“叫你呢，没听见啊。”

谁这么没礼貌！叶凉揪回自己的帽子，结果对面的人倒是叫她微微惊讶：“原禹？”

“哟，这回你知道我的名字了？”光看皮囊，原禹在一群晒得跟黑土豆一样的运动员中绝对属于翘楚。

叶凉翻了个白眼，懒得理他，转身想走。结果他屁颠屁颠跟上来：“今天你特意来看我跑步的？到时候我夺冠了，是不是你采访我啊？我们偶遇了三次，是不是该告诉我你的名字了？”

这人今天讲话倒是正常了，只不过还是一样惹人烦。叶凉敷衍道：“你们不要去那边检录吗？你老跟着我干吗？”

“你专门看我比赛，对待我的小粉丝我当然得热情点。”说着，他还对叶凉抛了一个妖艳的媚眼。

“不好意思，他是来看我的。”朴恩在叶凉后头刚进场，就看见自家小姑娘被缠上了，结果走过来看见那人火气更升了一层，对方竟然是上午的风骚男。

“你是哪位？”原禹右手插兜，语带不屑。

朴恩懒得理他，揽着叶凉就往回走。

原禹作为短跑界的小种子，哪里忍得了被人这么无视，甩着小卷毛跑过去，拽住朴恩的胳膊：“我在跟你说话呢。”

朴恩停住脚步，凉薄的视线对上原禹的双眼，面无表情地说道：“松开。”

原禹一愣，下意识松开了手。

朴恩拉着叶凉继续往记者区走，留在原地的原禹这才后知后觉回过味儿来，刚刚他竟然尿了！竟然尿了？

脆弱的少男心被刺痛，原禹像狂躁的小泰迪，跳起脚对着朴恩喊：“你也是短跑的吧，等会儿看我在赛场上怎么虐你！”

朴恩对挑衅置若罔闻，低着头面色不虞：“你怎么认识他的？”

“我跟你提过的，之前的那个 rapper……”

朴恩抽了抽嘴角：“哦，那怪不得。”

朴恩把叶凉送到记者区："我去检录了，你乖乖待着不许看别人，也不许给别人加油，特别是那个小卷毛。"

"我可是记者啊……"叶凉反驳。

"所以到时候你只负责采访我就好了。"朴恩扬了扬眉，"冠军特权。"

自恋。

朴恩刚走，叶凉就听到康红调侃的声音："刚刚这人是你的小男友？"

没想到互动被组长逮个正着，叶凉下意识道歉："对不起。"

"这有什么好道歉的。"康红笑眯着眼，"怪不得当时你申请跟田径组，和你男朋友有关系吧。"

康红平时不是八卦的人，但这么长时间的接触，她个人倒是蛮喜欢叶凉的——踏实还机灵——也一直把她当妹妹看待。

叶凉逃不过，讷讷地点了点头。

"年轻就是好啊。"康红瞧过去，那男孩正站在看台边缘，仰头跟校短跑队的队员打招呼："不过是一张生面孔，他不是省队的吧？"

"嗯，当时朴恩是直接从校队特招去省队参加集训的。"

常年干这行，记者也都成半个行家了。康红扫了一眼朴恩的身材，夸赞了一句："你的眼光不错，他是一颗苗子。"

下午的比赛几乎没有悬念，朴恩在小组赛中取得了第一名，顺利晋级了决赛，而另外一边，原禹也轻松晋级。比起跑进决赛，更让叶凉惊诧的是朴恩的速度，方才朴恩随便一跑，竟取得了 10 秒 12 的成绩，这与之前相比几乎是飞越式的进步。

叶凉的心跳渐渐加速，或许在决赛的赛道上朴恩真的能创造奇迹。

短暂休息过后，筛选出来的八位短跑选手再次聚在一起，原禹和朴恩分居第四第五赛道。冤家碰头，朴恩仍旧是那副清冷的模样，视线一直往叶凉那边飘去，一旁的原禹却像一头躁动的小狮子蹦来蹦去。

“没想到你还有两把刷子，成功挺到决赛了。”原禹蹦跶着热身，小卷毛在风中飘荡，大红色的跑鞋衬着绿茵草地分外显眼，“不过这样也好，我就有机会亲自虐你了！

“等等你在我后头跟紧我，差我太远可就看不到我英俊的身姿了。”

对于这种无脑挑衅，朴恩连回嘴的欲望都没有，直接听而不闻。

原禹见朴恩没搭理自己，也顺着朴恩的视线瞧过去：“你跟这个记者是怎么认识的，你知不知道她叫什么名字？”

这次朴恩终于有了反应，淡淡地看了原禹一眼，薄唇轻启：“关你什么事。”

原禹：“……你很嚣张啊，你知不知道你在用什么态度跟未来的世界冠军说话？”原禹果然再次奓毛，这时荧幕上方的巨型电子屏再次切换到短跑决赛的比赛现场。原禹看见摄像的人往这边走，立刻噤声。他整理了一下自己的发型，再次扬起偶像明星般的笑脸。

解说员开始逐一介绍进入决赛的选手信息，镜头才刚拉到原禹身上，场内就爆发出了雷鸣般的尖叫声，原禹本人也十分享受粉丝的热情，对着镜头又是献吻又是甩头。下一位就是第五赛道的朴恩，如玉的面容刚出现在荧幕上，就引起了看台巨大的骚动，大多数人都不知道这位超高颜值的运动员来自何处。镜头拉过，朴恩只是面无表情地点了点头，结果就听到接近记者台的区域响起了一众女生整齐划一的口号：“朴恩朴恩，宇宙最燃！”

记者台下的叶凉：没想到朴恩的大学亲友团来了这么多人，这些怕都是当初去观看校队比赛的妹子们吧。

刘东抬头看了一眼喊口号的女生们，又瞧了瞧坐在自己身边疯狂挥舞应援棒的大山，觉得世道变了。

指令号响起，各位热身的队员再次踩上起跑器，叶凉的心跟着提了起来，握着话筒的手剧烈颤抖，高倍摄像镜头前每一位选手的状态都被清晰记录。

“砰”的一声枪响，朴恩和身旁的原禹几乎同时冲出去，速度快到模糊。

叶凉目不转睛地盯住那头敏捷的猎豹，迈出的步子稳健而迅速，浑身的肌肉紧绷炸开，少年如一道疾风席卷而去。

大屏幕上的镜头聚焦在朴恩和原禹的身上，两个人咬得非常紧，几乎并驾齐驱。原禹曾多次参加世界级大赛，也是这次夺冠的热门选手。对凭空杀出的黑马，现场观众了解并不多，所有的人都屏息凝视，观赏两人焦灼的比拼。

逼近五十米的时候，朴恩突然发力，奔跑的步伐频率开始增加，双臂摆动的幅度开始加大，没有人注意到事情是如何发生的，眨眼间原禹就被朴恩甩出了一个身位。现场哗然，可朴恩没有减速，比赛仍在继续，后半程似乎成了他的专属秀场。

大局已定。

朴恩闯线的瞬间，在场的千万名观众不约而同地起身，所有人的视线全部聚焦在计时器上。几秒钟过后，朴恩的成绩出来了，9 秒 99，全场因这个数字沸腾了。

要知道放眼全世界，能跑进 10 秒的短跑运动员寥寥无几，而迄今为止，我国跑入 10 秒大关的运动员更是屈指可数。可朴恩做到了，这匹黑马做到了。

叶凉的泪水在显示器呈现数字的瞬间忍不住喷涌出来，就连一旁的康红都拽住了叶凉的手，声音激动到变形：“完美，这一跑太完美了！”

从北城大学自发来观看比赛的学生们再次喊起了应援口号，受到感染，周围的观众也开始跟着一起加入了应援的行列。刘东的眼角也泛着泪光，望着赛道上的朴恩涌出骄傲：看，这是我的学生！

刘东在响彻天空的应援声中，一把抢过大山疯狂挥舞的应援棒，也跟着大家摇动起来。大山正在兴头上，应援棒被劫走刚想抗议，结果瞧见刘教练兴奋的表情又默默闭上了嘴。

而话题中心的朴恩喘着粗气，屈起食指放在唇边，准确地指向叶凉的方向。那一瞬间，叶凉听到了风击中心脏的声音。

省队教练给朴恩抛下了鲜红的五星红旗，朴恩将它披在身上，鲜艳的国旗染红了男孩帅气的脸。按照流程，朴恩绕场小半圈后跑到记者区准备接受采访，男孩才刚靠近，所有的记者蜂拥靠前，叶凉瞬间被挤到后方，艰难地往前伸着话筒。

朴恩不动声色地皱了皱眉，低声跟冲在最前面的记者说了句“抱歉”，然后伸出长臂，在大家诧异的目光中准确握住叶凉的话筒，勾了勾嘴角，解释道：“我女朋友。”

其余记者都心领神会地“哦”了一声，也没再争抢，而是安静地排在叶凉后面，给了小姑娘优先权。叶凉脸颊暗红，这一幕让她回忆起几个月前校际运动会两人重逢的场景。那时的他也是穿越人群，伸手握住了自己的话筒，而这一握，竟到了现在都不曾放开。

短跑天才原禹屈居第二，风中少年朴恩爆冷夺冠，这大概是本届锦标赛最大的看点。比赛还没结束，“短跑冠军朴恩”“锦标赛黑马”“朴恩神仙颜值”等话题相继刷爆微博，而那张蓝天白云下，一名身披五星红旗的少年目光澄澈，伸出食指遥指远方的照片更是引起了大家的疯狂转载，短短几个小时，朴恩的话题就被顶至热搜，男孩彻底红了。

颁奖仪式结束后，结束所有赛事的朴恩换回自己的便服，和省队教练打了招呼就去了记者休息区，丝毫没有自己已经变成焦点的自觉。

叶凉的鼻子哭得红彤彤的，睫毛还沾着未干涸的泪珠。朴恩透过栏杆，伸手揩去小姑娘脸颊上留下的泪痕，然后指了指叶凉身边的空位，礼貌地询问一旁的女人：“请问我可以坐这儿等她吗？保证不影响你们工作。”

朴恩长得又帅又有礼貌，重点是，他还是短跑界冉冉升起的新星，当然得罪不得。康红立刻心领神会地点头：“可以，不过叶子得等到这边工作结束才能离开。”

朴恩以手撑栏杆，长腿一迈，直接翻越过去，靠近叶凉的耳边轻声说道：“以后请多多关照，女朋友。”

热气顺着耳垂冲进叶凉的大脑，还未完全清明的神经立刻再次变得混沌不堪，朴恩眯着眼，拍了拍小姑娘的头，抽离了身子：“好好工作，我等你下班。”

绿茵草地上的比赛仍在继续，没时间在骄傲里深陷太久，很快，叶凉再次投入其余比赛项目中，和其他选手共享荣誉悲伤。其间，中国男子田径队总教练冯勇走到记者席把朴恩单独叫走，直到下午的比赛接近尾声的时候，朴恩才姗姗而归。

比赛全部结束的时候，朴恩正坐在记者席上打电话，他几乎没怎么说话，偶尔简短地回应两句表示自己在听，可嘴角轻轻上扬，能看出心情还不错。

“今天的通讯稿我回去写就可以了，你跟朴恩先走，今晚好好庆祝庆祝。”康红考虑到朴恩夺冠，也没有难为叶凉加班，直接催促两人离开。

叶凉哪里好意思，才想摇头就听康红继续说道：“锦标赛得开三天呢，你不用跟我客气，明天我就不放你走了。”

“谢谢红姐。”叶凉今天确实没有加班的心思，想到朴恩冲线的瞬间就满心激动与欢喜。她迅速和康红交接完手里的素材，却发现朴恩竟还在打电话，不禁有些好奇电话那端的人是谁。

抬眸见小姑娘跑到自己身边，朴恩开口询问道：“你这边的工作都结束了？”

叶凉无声地点点头，怕打扰朴恩通话。

结果朴恩直接把手机拿下来递给叶凉，满脸嫌弃：“那换你接，听得我耳朵疼。”

让自己接？叶凉傻愣着把手机贴在耳朵上，刚“喂”了一声，就听到电话那边响起清脆稚嫩的声音："叶子姐姐，我是安安！"

兴奋的小奶声让叶凉弯了弯眼角，他怕是从电视上看到了朴恩夺冠的转播，迫不及待地打电话过来。

叶凉坐在位置上陪安安说着话，朴恩不安分地抓起叶凉的手专心把玩。过程中，叶凉几次红着脸抽回手指，半路还是会被男人逮住重新放回膝盖上。

挂断电话，叶凉才转过身来，气呼呼地把手缩回口袋，对着男孩娇嗔了一句："流氓！"

"嗯。"朴恩竟然还承认了，不过最后还补了一句，"不过我只对我女朋友一个人耍流氓。"

叶凉的美眸撑得极大，顿时对朴恩的厚脸皮无言以对。

朴恩见叶凉这副表情，当即紧张起来："说好的我跑冠军你就答应做我女朋友的，你现在不会是想赖账吧？"

叶凉抿了抿嘴唇，小声嘟囔了一句："我又没说我要赖账……"

朴恩的嘴角越咧越大，整个人散发着无比耀眼的金光。走出赛场的时候，朴恩肆无忌惮地牵着叶凉细嫩的小手，对前来打招呼的人都颔首示意，骄傲得仿佛要跟全世界宣布两人的关系。

竟然就这么稀里糊涂地变成了朴恩的女朋友，叶凉感觉自己好像被旁边这个男孩套路了。

刘东租了一辆大巴，拉着短跑队队员一起过来看朴恩比赛，回去的时候，朴恩和叶凉也顺路搭车回去。在门口等待会合的时候，他们意外看见了同样站在门口和队友等车的原禹。

原禹的情绪并不高昂，充满挫败感的小卷毛软塌塌地趴着，丝毫没有中午看见他时张牙舞爪的劲头。在场的都是短跑选手，跟朴恩也有了同台竞技的交情，遇见了不免打个招呼。

"还没来得及说恭喜，你今天表现很出色。"其他几名队员大大方方地走过来跟朴恩讲话，一场比赛下来，更多的是尊敬，毕竟对手比他们强太多。

朴恩站在原地，和一行人寒暄，只有原禹双手插兜，像一个耍脾气的小孩孤零零地站在原地，头颅高昂着。此时，大家都换上了私服，与朴恩偏好黑白灰不同，原禹上半身穿着超大号的姜黄色外套，下半身是直筒破洞牛仔裤，整个人又潮又嘻哈。

谁能想到短跑前头号种子原禹私底下竟然是一个紧追潮流的嘻哈叛逆小青年。

思想如脱缰的野马驰骋着，叶凉眼前突然一黑，一只大手阻隔了她的视线。叶凉耳朵一热，一股热气袭来：“看什么呢？你刚跟我在一块就想红杏出墙了？”

这人说话怎么不分场合！

叶凉烧红了脸，气急败坏地把朴恩的手掌掰开，这才发现周围只剩他们两个人，刚和朴恩说话的队友已经离开了。

“你害羞啦？”朴恩突然低头指着叶凉的双眼。叶凉一惊，连往后退了两步，却被朴恩眼明手快地再次拉入怀里。

不仅是脸颊，连脖颈都沾上了粉红，叶凉说：“我才没红杏出墙。”

朴恩的笑意漾出眼角：“红杏还在墙内我就放心了。”

说了半天，叶凉才发现朴恩是拐着弯让她承认两人已经是男女朋友的事实。

回去后，刘东原本想请朴恩和叶凉吃饭，结果被朴恩以“身体不适，需要休息”为由拒绝了。高负荷的赛程对选手体力确实有损耗，刘东也没勉强，庆功宴就换了日子。

结果刘东前脚刚走，后脚朴恩就伸手从叶凉身后抱住了小姑娘：“晚上你想吃什么？”

“你今天老粘着我干吗？”叶凉费劲地把朴恩从自己身上拔开，担心道，“你不是身体不舒服吗？我们简单吃点，今天你早点休息。”

“我没有不舒服。”朴恩攥住叶凉的手，神色愉悦，“我就是想跟你单独在一起。”

叶凉一愣，还没听明白朴恩话中的意思，就听男孩继续说道：“今天可是我们恋爱元年纪念日，这么有意义的日子要那么多闲杂人等干吗？”

朴恩好像完全不在意他今天跑进十秒的事。

叶凉被朴恩牵着往外走，望着交握的双手，她仍旧充满了不真实感，甚至觉得两人关系的突然转变有些莫名其妙。她好像做了一个梦，再睁开眼她就凭空多出了一个男朋友。

忍了一路，叶凉终于憋不住：“朴恩，我们现在算是……在一起了？”

朴恩的手紧了紧，低垂的眸子带着质问和恼怒：“难道你想抵赖？”

抵赖倒不至于，叶凉道：“你不觉得我们在一起太仓促了吗？”

一个要求，一场比赛，两人就这么确立了关系，似乎缺少了些仪式感。

“仓促？”风吹过朴恩蓬松的碎发，露出好看的额头，薄唇张合间吐出了一个数字，“十四年。”

男孩身上的热气透过手心传递到叶凉身上，十指紧扣的地方微微潮湿。十四年，他们相识了整整十四年，从彼此相遇的那一刻，朴恩就想陪着这个姑娘走过余生。

她也不知如何形容心底的这股怪异感，朴恩深情专注的目光让叶凉觉得自己好像有些太过矫情，耙了耙短发：“其实，我只是觉得有些不真实，算了算了，你就当我没说……”

话未说完，轻启的双唇就被人堵住，清淡的薄荷清香点燃了味蕾，叶凉瞬间僵硬在原地。朴恩微微弯着身子，头往一侧倾斜，长长的睫毛在风中轻颤。

与此前的吻不同，朴恩这次猛烈直接，灵巧的舌长驱直入，粗鲁而肆意地席卷着，企图引起女孩更多的共鸣。叶凉的心跳快到几乎难以负荷，被动地承受男孩的挑逗，原本抵住男孩胸膛的双臂也慢慢攀上朴恩的脖颈，双眼悄悄合紧，不得章法地舔了舔男孩的舌尖。

女孩的回应让朴恩浑身战栗，无人的街角，这对情侣吻得不能自已。良久，朴恩才慢慢离开小姑娘，两额相抵，腿脚发软的叶凉靠在男孩身上，澄澈的双眼还带着几分茫然。

“现在，”朴恩的嗓音带着低沉的沙哑，“你觉得真实了吗？”

锦标赛结束，叶凉就是朴恩女朋友的消息也传遍了整个《××体育周刊》。

倒不是康红透露的消息，而是那天朴恩赛后和叶凉的互动太过高调。几乎是从采访开始一直到大赛结束，从网友拍到的视频来看，朴恩的双眼就像粘在了叶凉身上，一刻都没离开过。有人还把刚开学朴恩在校际运动会上发生的采访事件扒了出来，不过好在朴恩曾经发过两人系青梅竹马的澄清微博，倒是没引起更大的波浪，反而成了一段佳话。

媒体也乐得树立积极向上的大学生情侣形象，两人分别从校园选手、校内记者成长为田径新星、报刊记者，都是励志的典范，短短几天，叶凉沾了朴恩的光，也成了半个小红人。

“叶子，你隐藏得可真够深的。”王慧摆臀走到叶凉桌子边，脸上的笑容堆起，“之前你怎么没跟我说过你跟朴恩的事儿呢。”

王慧自从被撤掉组长一职，跟叶凉就很少说话，互动更是少得可怜。结果这次锦标赛结束，叶凉重回办公室，王慧倒是主动过来跟叶凉搭话。不过她问的问题有些好笑，叶凉跟朴恩之间的事儿为什么要和她讲？

叶凉不知如何回复，只是尴尬地笑笑：“我也不知道他这次发挥得这么好，大概运气好。”

“9 秒 99 可不是靠运气就能跑出来的，你可太谦虚了。你看你来这儿实习这么久，姐都没请你吃过饭，你看你什么时候有时间跟姐说，把你男朋友也叫上，咱们一块坐一坐。”

怕是请叶凉吃饭是假，讨好朴恩是真。不过也不奇怪，做体育记者的当然都得跟选手们搞好关系，无论哪行人脉都是财富。

叶凉初出茅庐，只觉得王慧虚伪至极，也不知道该回应些什么，只是笑了笑，没拒绝也没答应。

叶凉早就得知王慧并不喜欢自己，可此刻王慧却装作两人关系很熟的样子继续盘问道：“G 队那边是不是也联系朴恩了，什么时候入队来通知了吗？”

比赛结束后，叶凉有瞧见 G 队总教练冯男找朴恩谈话，原本事后想问他的，结果回去的时候被他闹得完全忘记了这茬儿。

见叶凉一脸迷茫的样子，王慧摇了摇头：“你是人家女朋友，可得多关心关心。你看朴恩现在在微博上多红啊，现在的小姑娘可都不是省油的灯。朴恩年纪不大，难免玩心重，到时候这么好的男朋友跟人跑了，你哭都来不及。”

听起来好像是在关心叶凉，可措辞表情都让她觉得极度不舒服。偏偏又是前辈，她也不能表现得太明显，倒是康红拿着新出刊的杂志走过来：“慧姐懂得还挺多，不过我看朴恩那孩子挺好的，人家好着呢，不用你在这儿瞎操心。”

说完，她把杂志递给叶凉：“你亲自写的新闻稿出刊了，留作纪念吧。”

叶凉赶忙翻到自己负责的部分，田径专栏下方果然写着记者叶凉四个字，这可是她人生第一篇在正规刊物以记者的身份发表的新闻稿：“谢谢康姐！”

“你表现不错，继续努力。”

王慧见两人关系和谐，也不再自讨没趣，哼了一声，坐回了自己的位置上。

叶凉望着王慧的背影有些紧张，康红拍了拍叶凉的脑袋，低声说了一句：“你上班不是交朋友，把自己的本职工作做好就好。再说了，没有人能让所有人满意。”

叶凉对康红的话报以感激一笑，觉得自己能遇上康红还是很幸运的。

锦标赛结束后，朴恩倒是出奇空闲，也没见他提去省队继续训练的事儿。平时他像游客般继续在学校上课，叶凉实习的时候就送小姑娘上下班。

一连几天下来，叶凉不免心里开始打鼓，难道朴恩真的决定彻底放弃体育了？

结合王慧问的话以及最近朴恩的表现，两人在吃饭的时候，叶凉一直忍不住频频往朴恩身上看。

朴恩抬头，又一次捕捉到小姑娘偷窥自己的眼神，笑道："再看我就要忍不住亲你了。"

叶凉闻言，赶紧把头低下，装作努力吃饭的样子。结果没两分钟，她又抬起头来，正好对上朴恩似笑非笑的眼眸。还没来得及解释，朴恩就直接越过桌子，一记轻吻落在了姑娘的嘴角上。

虽然两人已经正式确立了情侣关系，但叶凉还在慢慢适应过程中，对朴恩越来越自然的亲密行为还是会有些不适应，特别是在公众场合。

"你能不能注意些影响？"叶凉赶紧捂住嘴，防止朴恩再做出什么过激举动。

"好。"朴恩从善如流，"我不亲了，你说吧。"

"你知道我有话想问你啊……"叶凉用筷子戳了戳碗里的米饭，一时间不知道怎么问才好。

"你的眼睛眨都不眨地盯着我，既然不是要亲我，那不就是有话要问我吗？"

难得叶凉没否认，低眉顺眼地说道："这可是你让我说的啊……"

朴恩"嗯"了一声。

小姑娘舔了舔粉唇，隐讳地问道："就是……你之后有什么打算吗？"

其实，朴恩早就猜到小姑娘会问自己这个问题，他一直没有主动和叶凉说，也是因为这件事连他自己都没有想好。

“我不知道。”朴恩坦陈，“冯勇教练在比赛结束后找了我，有意向让我加入国家级别的训练，我……我现在还需要时间考虑。”

叶凉虽然已经猜测到，但闻言不免有些矛盾。一方面，她真的为朴恩感到骄傲，但另一方面，她又已经知晓短跑并非朴恩心中所愿。

“朴恩……你还记得我跟你说过的话吗？”叶凉吸了一口气，红着眼眶直视朴恩，“在你比赛前，我说如果你输了也没关系，我赚钱养你。那句话我不是在故意安慰你，我是真的这么想的。”

“朴恩，这么多年了，你为我做得已经够多了，现在你有权利去做自己想做的事了。”叶凉眼神坚定，一字一句地说道，“这次换我守护你。”

女孩的话竟然让朴恩一时间忘记了反应，他整个人傻在原地，只能呆呆地望着面前的姑娘。叶凉的身上仿佛被镀上了一层金光，亮眼到让他移不开视线。

朴恩喉咙的涩意哽住了想说的话，舒缓了片刻才说道：“前十几年我最想做的事，就是和你在一起。现在，我的愿望已经实现了，好像也没什么其他想做的事了。”

“那短跑呢？”叶凉想到阳光下挥洒汗水的少年，种种复杂的情绪涌出。经过这么长时间相处，叶凉能看出朴恩对短跑并非是真的嫌弃，他是喜欢这个项目的。

“你真的要放弃短跑吗？”叶凉的语气微顿，“或者我应该问，朴恩，你真的舍得放弃短跑吗？”

朴恩这次沉默了，直到晚餐结束，叶凉都没能等到朴恩的回答。

饭后，按照两人的习惯，还会在校园里散步溜达两圈。秋天被火烧黄的草地又恢复了原本的色彩，绿油油的，冒着生命的光。春天到了末端，扑到脸上的风都带着温度，校园里翩跹的少女穿着短裙，笑声夹在春风里。

朴恩在网上爆红的结果就是，走在路上，周围聚焦在他身上的目光增多了，女孩偏多，但也有大把的男生投去崇拜的目光。百米破十，是一个值得让人尊重的成绩。

一路上朴恩都没开口，叶凉也没催，只是安静地走在男孩旁边。

叶凉是知道朴恩的母亲刘锦对短跑有多么排斥的，这么多年耳濡目染，朴恩对短跑的心结恐怕不会比刘锦少。进G队不比随便练习，身上更多肩负的是责任还有无数人的信任，而这如果没有梦想做支撑，过程将变得辛苦又枯燥，朴恩担心会重蹈过去五年的噩梦。

“你知道吗？我其实很恨我爸。”良久，久到叶凉以为今天这个话题必定不会继续时，朴恩终于开了口。

“印象里，小时候我见到我爸的次数屈指可数，小时候期盼着他能回来，大一点我就发现只要他回家，家里永不停歇的就是争吵，所以也不期待着他回来了。后来他们离婚，之后我还是会在电视上看见他，可好笑的是，他从来没得过冠军。”朴恩说到这儿，轻笑一声，但笑意未达眼底，“我不懂他既然跑这么差，为什么还要这么执着，执着到连家都不要了。

“叶伯父去世那一年，你家频频被追债，我第一次开口求了他，他的要求是让我回去练短跑，用参加比赛赚的钱抵债。”

叶凉听到这儿眼睛湿润了，伸手拽了拽朴恩的衣角：“朴恩……”

朴恩握住女孩的手，轻轻捏了两下：“我没事，其实我也觉得这样挺好的。这么多年没见，我也不想欠他什么，这样至少我良心上过得去。我只是觉得……自己像一台机器。”

具体为什么像一台机器，朴恩没有继续说下去，曾经的五年对朴恩来说已是不愿回忆的往事，重要的是他现在回来了。

“我曾发誓自己未来不以短跑为职业，不会成为像我父亲那样不负责任的人。”朴恩平静的表情却突然泛起了涟漪，再次望向叶凉的眼神透出了光亮，“可是，昨天身披国旗的那一刻，我却动摇了。”

他是中国人，他希望自己能够为国争光。

“你在短跑上的天分是上天给你的恩赐，如果你也愿意，那么就没必要受到任何人的影响。” 叶凉转过身，黑色的瞳孔倒映着清凉的月色，“你和你父亲不一样，在我心里你是这个世界上最优秀的人，没有人能超越你。”

月光照在地面上，为黑色撒下了银色的光。两道身影并排而坐，连冰凉的长椅都被铺满了旖旎。

# 第九章

## 优秀代表

朴恩在网上刮起的旋风仍在持续，接连一个星期，与朴恩有关的话题都被挂在热搜榜单上，流量堪比当红明星。近几日热度刚刚下降，又爆出朴恩正式加入G队的消息，再次引起了大家的热议，网友们都期待着能够在国际赛场上再度看到朴恩的身影。

两旁的行道树飞速倒退，叶凉和朴恩并排坐在汽车后座，男孩攥着小姑娘软乎乎的手掌，漫不经心地捏着叶凉纤细的手指。

刘东在前面不住大声感慨："时间过得真快，我当年去G队报到的时候也差不多是你这个年纪，那时哪能想到眨眼间我的徒弟都进G队了。

"现在想想这一批人里头，还就我混得最惨，你看老冯都变总教练了，再看看我，天天在学校带着一帮不争气的小崽子！"刘东跟现G队田径队总教练冯勇当年是同期队友，冯勇也是短跑出身，算是刘东的师兄。不过刘东才抱怨了几句，就突然笑了，"不过说起来我也不算怎么差，至少我还挖掘了朴恩出来。要不是我，朴恩怎么能进北城大学，现在没准就进不了G队了，是不是？"

"嗯。"朴恩倒是没否认。

叶凉不清楚这段经历，她在遇见朴恩的时候男孩就已经是校队队员了，身子趴在驾驶座的后头，忍不住好奇："教练，朴恩来北城大学跟您有关系？"

"当然，他可是我特招来的。"

刘东撇撇嘴："不然就以这小子文化课的成绩，能考进北城大学？"

北城大学即便是体育系，对学生文化课成绩的要求也非常高。虽然朴恩并没有参加过高考，但他情况比较特殊，属于从国外申请国内大学体育系的情况，北城大学特意为了这种情况组织了学校内部招考。

"当时我听说有学生想报短跑，还是美国转过来的，觉得新鲜也去巡考了。结果一看这家伙的卷子，理综大题空了一半……"刘东越说越来劲，"还有数学，哈哈哈，我当时问了数学系主任，一百五十分的卷子他能得五十分就属上天眷顾。"

"教练！"朴恩听不下去了，颊间带着可疑的暗红。

"哟，嫌是黑历史不让说啊。"刘东边等红灯边回头冲叶凉挤眉弄眼，"他这是怕你笑话他。"

叶凉抿唇偷笑："他从小学习就不好，我都习惯了。小学的时候更惨，不仅学习差，而且字还丑，天天被语文老师留下罚写，我天天得在教室等他一起回家。"

两人越聊越欢，朴恩看了一眼叶凉眉飞色舞的笑脸，把要阻止的话吞咽了回去，嘴角也爬上了一丝笑意。

G 队的训练场地外来人不能随意出入，刘东远远地就瞧见冯勇站在门口。瞧见车来了，冯勇跟门卫打了声招呼，直接把人带了进去。

"退役之后，我们好像就没见过了吧，没想到朴恩是你的学生。"冯勇往前走了几步，握住刘东的手，"这么多年了，你也没什么变化，还是这么黑。"

冯勇开着玩笑，刘东也露出一排小白牙："黑是改不了了，练体育的黑色是光荣色！"

然后他拍了拍朴恩的后背："我这个徒弟以后可就交给你带了。"

"放心吧，我跟上头的领导特别聊了朴恩的情况。局长还是很重视优秀的运动员，我们肯定会全力栽培。明年锦标赛开赛，朴恩争取给咱们国家夺块牌子回来。”

冯勇的话让刘东和叶凉均是一愣，对方话里的意思大概是已经确定了朴恩明年参加锦标赛的名额。刘东难掩激动，有种养大的儿子越来越有出息的感觉。

反而叶凉的眉宇挂上了一分忧愁，偷偷握紧朴恩的右手。当两位教练聊天的时候，她踮起脚轻轻说道：“你训练的时候不要给自己这么大的压力，期待是他们的，你做好自己就行。”

别人关心的永远是结果，只有叶凉首先想到的是过程。朴恩平静的心被小姑娘的话拨乱：“我知道的。”

国家如今对短跑事业越发重视，无论是训练设备还是技术都有了飞跃性的发展。刘东走进门，一边看一边感慨：“怪不得现在咱们成绩提高得越来越快，硬件设施跟我在的时候明显不是一个档次啊。”

“现在队员精简，国家经济投入力度增加，选手不同，训练计划也不一样。”冯勇简单介绍队里的情况，“朴恩，队员基本上你都见过，不用我多介绍了吧。”

训练的选手瞧见朴恩过来，也都跑过来打招呼。叶凉如今在田径部，也早就对这些运动员做过了解，里面几乎都是在锦标赛见过的熟悉面孔。

只是一堆人里，最吸引人眼球的还属自己待在角落里练臂力的原禹。几天不见，他的头发好像更卷了，叶凉突然想到小时候村口的小泰迪。

“原禹，你别自己在那边装模作样了，平时训练也没见你这么积极！”冯勇冲原禹大喊，“你赶紧过来跟新加入的队员打个招呼。”

几个练短跑的队友勾肩搭背在那边笑：“冯教，‘原二’还没从打击中恢复过来呢。”

“原二？谁是原二，你们说的什么打击？”冯勇感觉才两天没跟这帮小子交流，都有代沟了。

队友冲着朴恩挑了挑下巴："原禹之前不是一直自称'中国第一小飞人'吗？结果锦标赛被虐，让他备受打击，现在还没恢复过来呢。"

另一个队友接过话茬儿："原来第一，现在朴恩来了，'原一'这不变'原二'了吗！"

说完，一伙人在这边笑得大声，原禹听不下去，从器材上站起来，甩着脸气呼呼地走过来，粗鲁地拨开队友："去去去，瞎说什么呢，我是这么小气的人吗？说了多少次，朴恩赢是因为我状态不好，发挥失常，发挥失常四个字听不懂吗？"

原禹刚扭头就看见叶凉清秀的小脸，然后视线缓缓移动到女孩和男孩牵着的双手上，脸色霎时间变得极其扭曲，整个人像见了鬼一样夸张跳起来，把一旁的冯勇吓了一跳。

他刚想开骂，就见原禹伸着胳膊："电梯女，你怎么会和这个人在一起？"

"电梯女？"这个称呼让在场的人完全摸不着头脑。

原禹一副痛心疾首的样子："你跟这个人不会真的是情侣吧？你怎么能这样对我！"

这话听起来怎么这么别扭，说得好像两人有什么见不得人的关系一样。叶凉皱眉刚想开口，就听朴恩嗤笑一声，随即松开原本紧握着叶凉的手，转而钩上女孩的肩膀，歪了歪头："怎么，我们谈恋爱还得事先征得你的同意？"

"电梯女可是我先盯上的，battle（战役，引申为比拼说唱技巧），我要跟你 battle！"原禹说完这句话，仿佛一道聚光灯从天而降，在场的人都吓了一跳。原禹站在聚光灯中心说道，"跟着我的 temple（太阳穴，鬓角，此处引申为节奏），我们一起 battle！看谁先赢这场游戏，输的人要放弃！"

原禹说完，现场陷入了诡异的沉默。

最后还是冯勇实在忍不住，一把钩住刘东的肩膀："不好意思啊，让你们看笑话了。原禹这孩子成绩不错，就是有点‘二’。”

原禹：“……”

教练，坏话说得这么大声不太好吧。

朴恩平时话比较少，但学体育的大多性格都大大咧咧的，也没什么心眼。一帮人围着朴恩问东问西，没一会儿也就熟了。简单地聊了聊，冯勇就带着朴恩去宿舍区安排住宿。

结果看到宿管分配住宿的房间号码的时候，原禹又炸了。

“为什么要让他跟我一起住？”

刘东瞪了一眼原禹：“朴恩不跟你住跟谁住？现在就你一个人住单人寝室。”

“那也不行啊，我……我……我跟他不熟！”原禹气急败坏，小卷毛有节奏地根根立起。

“朴恩跟你还不熟呢！”叶凉听原禹讲这种话，也有点不乐意了，说得好像她家朴恩多想跟他在一起似的。从小就护短的叶凉撸了撸袖子，扭过头对着冯勇说：“教练，朴恩也想申请调宿，如果不行就还让朴恩住学校，反正都在一个城市，大不了早晚我开车接送朴恩。”

从学校开车到训练基地，大概要半个小时的车程。

倒是没想到叶凉会突然讲这种话，连朴恩都暗自吃惊。不得不说自从自己的身份“转正”之后，叶凉对他的保护欲也越来越强了。

朴恩没有说话，他倒是很享受小姑娘的保护。

嘁，一个大男人还要靠女朋友出头。

原禹撇了撇嘴，面上是明晃晃的不屑。

一般来说，G队运动员如果没有特殊情况，都是统一住在基地的，不过在非集训时间管理也并不严格，很多已婚的选手就是独立居住的。

“每天接送多麻烦，都是队友，熟悉就好了。”刘东开口，也不想让冯勇为难，“要我说，他们俩住挺好的，都是国内顶尖运动员，互相可以学习提高。”

冯勇也嫌原禹丢人，抬脚冲着原禹的屁股就踹了一脚：“给我服从安排，平时没见你这么事多的，今天怎么这么多废话。”

“原禹其实挺好相处的，估计是被你虐伤了，过两天就正常了。”冯勇看了一眼不争气的原禹，然后对着朴恩继续说道，“你别跟他一般见识，这家伙就是欠收拾。”

原禹鼓着腮揉着屁股站在一边，见冯勇真生气了也不敢再造次，娃娃脸带着委屈。朴恩就像一个大魔头，面无表情地看了眼原禹：“没关系，以后他被虐习惯了就好了。”

原禹：“……”

叶凉跟刘东回学校的路上，小姑娘心里颇不是滋味。淡淡的离别愁绪萦绕上来，刚分别就思念了起来。

虽然她跟朴恩还在一座城市，但现在竟有种分隔异地的错觉。

叶凉拽着安全带：“刘教练，你说朴恩不会被原禹欺负了吧？”

说来说去，她最不放心的还是朴恩的舍友。之前她只是觉得原禹话有点多，没想到还这么讨厌。

“就朴恩的性子还能被欺负了？”刘东笑了，“他不欺负别人就好了。”

“才不是呢，朴恩在外头跟一个闷葫芦似的，又不会跟人吵架。”叶凉噘着小嘴，喃喃道，“不行，我得给朴恩打个电话嘱咐两句！”

刘东还没来得及回话，余光就瞧见小丫头已经飞速把电话放在了耳旁。刘东抽了抽嘴角，恐怕嘱咐是假，想朴恩了才是真的。

刘东默默摇了摇头，网上说的还真是一点都不假，这对小情侣还真腻歪。

电话响了两声就被接通了，朴恩的声音很快出现在听筒那端：“你这么快就想我了？”

“我才没有，我就是打电话问你东西有没有收拾好。”叶凉搅着衣角，语气娇柔，刘东瞬间觉得自己的车变成了粉色。

“小白眼狼。”朴恩轻笑着，语气低沉，“可我想你了。”

“你想我怎么不给我打电话？还是我先给你打的电话呢。”叶凉言语有着抱怨，可说出来的话却带着娇嗔。

“我刚刚在铺床。”

“现在都整理好了吗？被套什么的都套弄好了吗？还有我把给你带的一些护肤品都塞进你的箱子里了，你看见了吗？”叶凉又开始担心，唠唠叨叨还夹着些后悔，“刚刚我和刘教练就应该都帮你收拾妥当了再回来的，都怪你，老说不用不用。”

“放心吧，我都弄好了，你帮我照顾好自己就行了。”朴恩站在宿舍的窗边，语中含笑。结果刚说完，叶凉还没搭话，就听一道小小的声音说着：“真矫情！”

叶凉立刻皱起眉头，这才想到自己打电话的目的：“他又欺负你了吗？”

小姑娘的问话让朴恩一愣，随即瞥了眼抱着小恐龙靠枕盘坐在床上的男孩，忍住唇边的笑意，刻意压低声音说道：“暂时还没有。”

“暂时”这两个字用得极其巧妙，给叶凉留下了无限遐想的空间。

果然朴恩说完后，叶凉沉默了两秒说道：“我和你说，你千万别让自己受委屈。你去那边可不是为了受罪的，如果他说得难听你就直接驳回去，要是他敢动手你就回手，大不了咱们退队不干了，回来我养你！”

“喀喀喀……”听不下去的刘东在这边狂咳，叶凉这才意识到身边还有教练在，赶紧捂住嘴，偷偷吐了吐舌头，“我的意思是，你受欺负了就跟冯勇教练讲，虽然暴力解决不了问题，但也不要傻乎乎被欺负。做事要有方式方法，千万不能影响队内和谐。”

说完，叶凉又悄悄瞥了刘东一眼，见其神色稍缓，才吐了一口气。朴恩自然也听到了刘东的咳嗽声，想象着小丫头紧张兮兮的表情，嘴角都泛着甜。

朴恩一贯冷冰冰的，原禹在朴恩打电话的时候一直偷偷观察他，结果没想到这种黏腻腻的表情会在他的脸上出现，当即被恶心得不行，大声嚷嚷：“睡觉，我要午睡了！”

潜台词就是让朴恩不许打电话了。

叶凉翻了个白眼：“果然就他事多，真烦人！”

朴恩不甚在意：“没事，你提醒刘教练小心开车，到学校告诉我。”

“好的，那你也稍微休息休息吧，今天早晨起得太早了。”

“嗯。”

电话刚挂断，朴恩的手机立刻顶进来一条信息，正是刚刚给自己打电话的小丫头发的：“我刚刚说让你不影响队内和谐的话是反话，原禹敢骂你，你就抽他，你被欺负了我会心疼的，你知不知道？”

这才是他的小姑娘。

朴恩动了动手指，怕小姑娘真的担心，也没再继续逗她，而是回道：放心吧，不会受欺负的。

原禹以手为枕，四仰八叉地躺在床上，跷着二郎腿在空中抖啊抖的。朴恩坐在床上安静地看着手机，房间内一片安静。

原禹憋不住话，没坚持几秒就问道：“你打完电话了？”

明知故问，朴恩没搭理他。

原禹最接受不了自己被无视，瞬间坐起来：“喂，我在这儿跟你说话呢！”

朴恩把手机屏按灭，冷着脸看向他，沉声说了一句：“所以呢？”

所以？什么所以？这话直接把原禹问蒙了，原本就笨的脑袋此刻更是转不过来，兀自“所以”了半天都没反应过来朴恩在说什么。

朴恩摇了摇头，想着小姑娘担心自己会受到原禹的欺负，真是多虑了。

“喂，你女朋友叫什么？”过了一会儿，闲不住的原禹又开口。

朴恩：“……”

再次被无视的原禹小卷毛再次飞起：“你这个人怎么这么没礼貌，听不到别人跟你讲话啊！”

“我不叫喂。”朴恩揉了揉太阳穴，“还有，你不是说你要午睡吗？”

“嘁，不就是一个称呼嘛，斤斤计较。”原禹又把刚扔出去的小恐龙抱枕捡回来，“我突然不困了不行啊？

“我说喂……朴恩，你跟你女朋友什么时候认识的……”

朴恩终于抬眸，只是目光像掺了冰似的：“你很感兴趣？”

原禹没由来地打了个冷战，思索两秒之后才说道：“唔，我也不是很感兴趣，就是随便问问。”

说完，原禹终于放弃了对话，自己扯过标志性的大红耳机戴在头上，噼里啪啦的音乐顺着耳机低低流淌出来。

下午，朴恩没有进行常规训练，而是进行了入队体能检测，以按照他个人的身体条件匹配合适的训练方案。

体能检测除了一般身体生理条件的测试，还包括爆发力、反应速度、耐受力等，不过这次却多出了一项，重新进行百米测试。

这一项是考虑到原禹的情绪特别加进来的，原禹对朴恩锦标赛的那一跑完全不服气，冯勇为了让原禹心理平衡虚心学习，顺便挫挫这小子的锐气，特别准备了一场两个人的比赛。

原本就是临时添加的测试，两个当事人事先也并不知情。结果当起跑线拉开，朴恩跟原禹被共同推到起始点的时候，原禹立刻哇哇抗议：“我还没准备好呢！”

“你训练了这么多年，现在跟我说你没准备好？”冯勇当场黑了脸。

朴恩脸上没有多余的表情，直接弯下腰紧了紧鞋带，起身冲着原禹挑了挑眉：“尿了？”

“尿？”原禹面容扭曲，禁不起激的小子立刻卷起了袖子，“呵呵，我天生就不知道尿这个字怎么写！”

“那你还真是无知。”

朴恩这句话让一票看好戏的队友发出笑声，没想到朴恩还会说笑话。

原禹气不过："Battle 就 battle，但我们也加个码，这一趟我们不白跑。"

"嗯哼。"朴恩毫无异议，愿闻其详。

原禹的心思转了转："谁输了，谁就当对方一个月小弟！端茶倒水捏肩捶背，最大限度满足对方要求。"

其余队员一阵嘘声，朴恩也弯了弯嘴角，看了眼原禹："你别后悔就可以。"

原本只是普通的一场跑步比赛，此时却变成了关乎一个月尊严的严肃竞技，原禹表情悲壮，一如将赴战场的壮士。

口哨声一响，几乎瞬间两个人就以肉眼难以分辨的反应时差冲了出去，前半程几乎处于并驾齐驱的状态，只是到了后半程，朴恩明显开始提速，两人以与锦标赛相同的方式再度拉开了距离。

朴恩过线的时候，场内观看的队员再次不由自主地鼓起了掌。朴恩后半程的发力堪称完美，这也充分证明朴恩当时在锦标赛取得冠军并非偶然，他的实力确实如结果反映的那般雄厚。

原禹也是拼尽了全力的，一百米跑下来就躺在地上，死死捂着胸口。

朴恩虽对原禹没什么好感，但唯独对这个动作异常敏感。他神色一变立刻跑过去："原禹，心脏不舒服了吗？"

原禹被朴恩突然的关心吓了一跳，微微睁开眼，对上的就是一双严肃紧张的双眸，吭哧了半天才傻傻地说道："没有……我就是觉得有点丢人……"

朴恩冷着脸起身，撂下了一句"下回别拿这件事开玩笑"之后扭头离开。留下原禹一个人还躺在地上，慢吞吞坐起来，仰头询问队友："他这就生气啦？"

队友拍拍原禹的肩膀："啧，看看人家朴恩，心胸可比你宽广多了。"

原禹搔搔飞舞的小短毛，回想刚才朴恩紧张的神情，心里寻思着：“这人看起来挺欠揍，但其实还是挺热心的嘛，嗯……也挺关心我，配得上当我原禹的朋友了！”

于是，原禹从这一刻默默把朴恩划进了他的朋友圈。

可当事人朴恩对原禹的感情变化一无所知，当天回去只有一个明显的感觉，就是原禹话太多了，不仅坐着说，在朴恩走动的时候，他还会跟着朴恩移动着说，简直就是一个行走的话痨。

“愿赌服输，从今天起我就是你的小弟了，你有什么事儿尽管跟我吩咐，我绝无半句怨言！

“你不用不好意思啊，咱们学体育的就是这么刚，说一不二从不食言，从品德到行为，各方面都不丢祖国的脸。”

原禹跟在后面，让朴恩有一种回到校队又跟大山住在一个房间的错觉。

“原禹。”

朴恩终于受不了，拿着手机扭过头去。

“哎！”原禹两眼亮晶晶的。

朴恩晃了晃手机：“我现在要给我女朋友打电话，请你安静一个小时好吗？”

原禹：“……”

原禹：“我还有最后一个问题。”

“你女朋友到底叫什么啊？”原禹说完怕朴恩误会，“我现在不惦记她了，但她是我灵感的跑突泉，没有她，我已经好几天没唱出来我的歌词了。”

原禹问得真挚，朴恩也只能含蓄地回道：“你还是离跑突泉远点，安心训练吧。你尽早看清自己该走的路，才能在人生的路上走得更稳更好。”

说完，朴恩转过身，默默拨通了女朋友的电话。

六月是离别的时节，学校四处都是身穿学士服的毕业生，三五成群聚在一起照毕业照。大三下学期，叶凉的课程变少，上午下课铃刚响，结束这一周专业课的叶凉胡乱把书塞进书包，抬起屁股就往校队训练馆冲。

今天朴恩队里放假，男孩刚刚发短信说他已经到了学校。叶凉让他先去训练馆等她，她下课立刻与他在训练馆会合。

也不怪叶凉这么着急，对现在的两个人而言，可以说每分钟都分外珍贵。如今朴恩在 G 队训练，距离比较远，平日也难见到。周末朴恩没训练，可叶凉是实习记者，夏天赛程多且几乎都被安排在了周末，因此时间上经常错开，明明是同城，却过成了异地。这次朴恩难得在工作日能够连放两天假，赶上叶凉也没有采访或课程，两个人实在分外珍惜这次难得的相聚机会。

“你跑这么急是要去哪儿？”一道温和的声音从身后响起，叶凉回头望去，瞧见穿着学士服的谭生含笑望着自己。

“谭部，好久不见。”两人自上学期在袁老师办公室楼下见过一次之后，叶凉一直忙着实习也没去新闻中心，“我都忘了说毕业愉快。”

“最近你还在《××体育周刊》实习？在那边一切都还顺利吗？”

叶凉点点头：“都挺好的，谭部的工作也定下来了吧。”

“嗯，还是在那边。”谭生说的是之前一直实习的电视台。

回答完，谭生冲着一边的同学招了招手，然后扭头问道：“介意跟我合照一张吗？”

“当然不介意。”

叶凉理了理头发，站在谭生身侧，伸出标志性的剪刀手比了个“耶”，笑得像一朵灿烂盛开的向日葵。而谭生笔直地站在一旁，方想抬手虚揽住女孩的肩膀，后头及时来了一道声音，阻止了谭生的动作：“叶凉。”

“朴恩！”叶凉的眼底闪过喜悦的光，整个人绽放出与方才完全不同的色彩，“你等我一下，我和谭部拍一张照。”

朴恩眼神里透露着些许危险，像紧盯着食物的小狗生怕谭生抢食。谭生放下虚抬的手，嘴角噙着温和的笑意，帮忙的同学拿着相机记录下这张照片。

拍完照，叶凉跳到朴恩身边，丝毫不客气地把重重的书包丢给他，熟稔地挽住男孩的胳膊：“你怎么来了，不是说在短跑队等我？”

朴恩又看了谭生一眼，心里想的是还好他来了。

“我过来接你。”叶凉今天穿了一件湖蓝色的连衣裙，裙摆堪堪至膝盖，两条笔直白皙的长腿露在外面，朴恩不动声色地说道，“穿裙子不冷吗？”

冷？叶凉默默抬头看了眼头顶炽热的太阳，讷讷地摇头：“不冷啊……”

小姑娘没能领悟朴恩话里的意思，朴恩有些气闷，压低音量附在她耳边说道：“我的意思是，以后短裙穿给我一个人看就好，不能便宜了其他臭男人。”

叶凉默默翻了个白眼，还没说话谭生就过来对叶凉问道：“今天的聚餐你来参加吗？”

为了欢送这批毕业的老学长，叶凉所在的新闻中心特意把聚餐安排在了今天。叶凉几天前就接到了通知，可时间不巧，和朴恩放假撞在了一起，思量再三她还是推拒了聚餐活动。难得和朴恩约会是其中的一个原因，但更多的原因还是怕尴尬。

靳娜也是新闻中心的成员，届时她应该也会参加聚餐。虽然事情过去也有一个学期，但叶凉的心结还是没能解开，这段时间她也早出晚归，尽可能避免跟靳娜单独相处，两个人都揣着明白装糊涂，也没人提起这件事。

叶凉不想在那么多人面前虚伪地表现两人仍旧情同姐妹，也不想冷脸成为大家茶余饭后的谈资，索性不参加。

朴恩没听叶凉提起过聚餐的事，随意问了一句：“什么聚餐，能带家属吗？”

“朴恩。”叶凉曲起胳膊撞了撞男孩以示警告，然后歉然地说道，“小周统计的时候我和他请过假了，今天的聚餐我就不参加了，等谭部忙完我到时候单独请您吃饭。”

“如果没有要紧的事还是去聚一聚吧，之后大家见面的日子越来越少了。”谭生扶了扶镜框，“刘珊、董莉她们都说好久没见到你了，都嚷嚷着想让你去呢。”

谭生说的都是即将毕业的学姐，当初叶凉还是菜鸟的时候，是这些学姐一手带她出来的。被谭生说得她心里开始挣扎，抛开靳娜不谈，在新闻中心的这两年她收获还是非常多的。如果真的不去，她心底多少还是会有些遗憾的。

叶凉咬着下唇，纠结再三还是说道：“算了，我还是……”

“所以你还没回答我的问题，能带家属吗？”朴恩左手插兜，右手随意地搭在叶凉的肩膀上，直接打断小姑娘的话。

谭生的镜片闪过一丝光，唇畔带着笑意：“可以，我们非常欢迎家属参加。”

朴恩挑了挑眉：“好啊，既然这样，那晚上我就一起了。”一句话，算是代叶凉应承了下来。

谭生离开后，叶凉鼓着腮，手指用力戳着朴恩的胸膛：“谁让你答应的！”

朴恩耸耸肩：“你也看到了，我是盛情难却。”

真是见鬼的盛情难却。

下午，两个人牵手去看了一部最新上映的电影，算是现实类喜剧。叶凉泪点低，从影院出来的时候眼睛都哭肿了，鼻尖红红的，像一只委屈的小麋鹿。

朴恩出场，无奈地一边用干燥的大掌给小姑娘揩泪，一边开玩笑：“你怎么这么爱哭？等会儿去聚餐，别人该以为我欺负你了，到时候把我这个蹭饭的轰出来可怎么办？”

叶凉破涕为笑：“那样正好，我正不想去呢。”

然后她抱怨了一句："都怪你，擅自替我决定。"

"嗯，怪我，"朴恩也没反驳，点了点叶凉的鼻尖，"做错事的人又不是你，没必要因为别人的错让自己难过，到时候等人家离校了你又要偷偷哭鼻子了。"

叶凉微微惊讶，那件事后，她也没再和朴恩提起这件事，没想到男孩竟然都知道自己别扭的小心思，张了张嘴倒是没有否认。

两个人赶去聚餐饭点的时候，人差不多到齐了。见到叶凉和朴恩同时出现都开始起哄，其中当属曾经也跟着短跑队跟拍的小周闹得最凶："哟，叶子，不是跟我说你们俩只是纯粹的绯闻情侣吗，现在怎么假戏真做啦？"

"就你话多，没看叶子都不好意思了吗？"学姐一巴掌拍到小周的脑门上，然后冲这两人挥手，"叶子，快来坐这边！"

"谭生都没提前跟我说朴恩也来，早知道我就打扮打扮了。"学姐显然非常兴奋，脸颊飘粉，对着朴恩笑得无比亲切，"朴恩，我是你的死忠粉，能跟你合影吗？"

叶凉夸张地看向朴恩，她平时工作忙没时间刷微博，完全不知道自己的男朋友竟然还有了粉丝。

得到朴恩的首肯，学姐赶紧把手机递给叶凉，让小姑娘帮忙拍照，上头的屏保赫然就是朴恩那天比赛夺冠的照片。

朴恩也看到了那张手机屏保，若有所思地看了一眼叶凉。学姐掀起了一阵合照风，原本矜持收敛的女同学纷纷闻风而动，都拿起了手机拜托叶凉拍照，结果好好的欢送聚餐变成了粉丝见面大会。

靳娜到的时候，大家刚结束拍照，半学期的实习让靳娜越发成熟，虽然已经到了晚上，但她脸上的妆容仍旧异常完整，正红色的口红为她精致的面容增添了很多妩媚。进门的时候，她连连道歉："对不起，我来晚了，今天单位事情比较多，一直忙到了现在才结束。"

学院不大，靳娜现在的实习机会是如何得到的在场的人心里都清楚，只是大家也没傻得表现出来。小周热情地招呼着："不晚，我们也没开始呢，你这帮学姐们刚刚都排着队跟朴恩合影呢。”

小周语带调侃，指了指身侧的学姐：“特别是那位，朴恩一来眼睛都绿了，也顾不得人家小叶子还在，明目张胆就扑过去了。”

“什么扑过去，别以为我要毕业了就收拾不了你了。”学姐对着小周的后脑勺又是一巴掌，“我对朴恩那是疼爱，是宠爱，根本不妨碍我跟叶子的友谊。再说了，人家朴恩可是为国争光的小英雄，进了G队的。算了，我懒得跟你这种没有爱国情操的人对话。”

“嘿，我怎么就没爱国情操了？朴恩比赛那天我还亲临现场了呢……”

学姐跟小周在一旁斗嘴，靳娜尴尬地站在门口，瞧了一眼坐在里面的朴恩和叶凉。她抿了抿红唇，坐在了距离叶凉比较远的位置。

大学就相当于小社会，聚会的时候难免喝酒。在场无论男女，全部一视同仁，面前都摆着两瓶啤酒。朴恩正在训练期，饮食都要特别注意，更何况酒精是运动员的大忌，大家是干这行的都有了解。只是身为唯一带家属过来的小师妹叶凉，大家可就没这么轻易地放过了，纷纷嚷嚷着让她喝几杯。

朴恩之前去了美国，回国之后就一直从事体育，自然没机会没感受酒桌文化。学新闻的嘴皮子都溜，凑在一起你一句我一句，对着小丫头劝酒的场景让朴恩也忍不住恼火。

朴恩忍不住想开口之际，一双软软的小手在桌子底下伸了出来，轻轻挠了挠男孩的手心，安抚着男孩的情绪。然后她顺从地往自己杯子里倒了一杯啤酒，笑着跟同事们说道：“我就只能喝这一瓶，喝多了朴恩要生气的。”

一帮人闻言起哄，最后算是放过了叶凉。

朴恩异常享受小丫头拿自己做挡箭牌，浮躁的情绪也被小姑娘简单的几句话压了下来。大家视线转移之后，朴恩攥了攥姑娘柔若无骨的小手，低声说了一句：“我永远不会生你的气。”

“真的？”叶凉眨眨眼睛，“那我可就放肆喝了。”

“就你的酒量，你确定？”

叶凉唯一一次喝酒还是得知靳娜抢占自己名额的那天，她买了两瓶啤酒，自己跑到操场上独酌，最后还是朴恩把她揪了回去。她记得自己当时好像只喝了两口，就有了醉意。经由朴恩这么一提醒，她瞧了眼面前整整一瓶的啤酒，心里没了底，跟男孩说道：“等等如果我喝醉了，你能不能直接给我在宾馆开个房间？我不想回宿舍。”

话刚说完，叶凉就对上了男孩别有深意的视线，脸瞬间被烧红，立刻意识到朴恩这是误会了。

果然下一秒，她就听朴恩说道：“你终于等不及了，准备对我下手了？”

“你胡说八道些什么呢？我才没有！”叶凉发觉朴恩的脸皮越来越厚了。

叶凉其实是担心自己酒后失态，她和靳娜住在一起，多少有些不自在。

“没关系，我不介意的。”朴恩说得认真，眼底泄露了一丝笑意，“反正你早就扒过我的裤子了。”

什么叫早就扒过他的裤子！

“你……你……你说话注意点！”朴恩的声音不大，可叶凉仍旧做贼心虚地朝四周瞧了一眼，确认没有人的注意力放在自已身上才咬牙说道，“那时候我才六岁！”

小时候，叶凉的父母外出工作，大多数时间都是小姑娘一个人在家里玩，也没有什么和其他小朋友相处的机会，更别提接受过什么性别启蒙教育。后来认识了朴恩，叶凉才惊讶地发现，男孩竟然是站着“嘘嘘”的。

这一重大发现燃起了叶凉强烈的求知欲，终于某天等到机会的小叶凉看见小朴恩从洗手间出来，像一只小老鼠跑出去，毫不犹豫地扒掉了朴恩的裤子……同一天，从来没哭过的朴恩惊恐地掉下了“金豆豆”。

想到这儿，叶凉忍不住想捶自己的头，天底下怕找不出第二个比她还要大胆的女孩子。她硬着头皮反驳道："可是那时候我才六岁，六岁懂什么！"

"你的意思是什么都不懂就不用对自己的行为负责任了？"朴恩漆黑的瞳孔里映衬着小姑娘惊慌失措的脸，一本正经地说道，"可我跟你不一样，我这个人责任意识强，你看了我，我坚持要你对我负责任。"

叶凉：我一开始就不该提起这个话题。

席间，谭生从包里拿出了一摞保存良好的报名表，引起了大家的一阵感慨。那还是大一刚入校，招新时各自填写的信息资料，上头还包括了对大学时期的美好愿景和入部期待。

叶凉没想到谭生竟然都替他们保留着，原本低着头玩手机的朴恩好奇地凑过去，叶凉连忙脸红地遮住，却还是晚了一步。

"成为一名家喻户晓的女记者。"朴恩忍不住勾了勾唇角，"志向远大，挺好。"

叶凉赶紧把充满梦想色彩的报名表折起来，假装没听到朴恩的评价。

气氛被报名表调动起来，在新闻中心工作的日子仿佛还在眼前，一眨眼，曾经并肩作战的学长学姐们即将毕业。叶凉跟着大家开始轮番敬酒，每喝一口小脸就皱得像苦瓜，粉嫩的小舌头伸在外面哈气，她还是没办法接受啤酒的味道。

堪堪两杯酒，叶凉的脸就热得发烫。她捂着红彤彤的脸颊，跟朴恩打了声招呼，准备跑到洗手间降温。才到拐角，一股铃兰香水的尾香混着酒香扑鼻而来，随即叶凉听到了一道熟悉的女声："那王总，你到底肯不肯帮人家这个忙啦。

叶凉脚步一顿，意识到了什么，下意识往旁边避了半步，敛下眼眸准备侧身走过。靳娜刚巧回头，视线撞到了面无表情的叶凉。

她张了张嘴，没说什么，只是继续应付那端的男人。她娇羞发嗲的语气很难让人不做过多的联想，叶凉吐了一口气，径直走进了洗手间。

叶凉出来的时候，靳娜已经结束了通话，靠在墙边似乎在等待叶凉，见她出来说道：“叶子，现在有时间吗？我们聊聊吧。”

两个人走到相对安静的走廊尽头，叶凉偏头看着窗外。靳娜从兜里掏出一盒女士香烟，安静的一隅发出打火机点火的声音，叶凉闻声拧紧眉头，忍不住开口：“你什么时候抽烟了？”

“这学期。”吐出一口烟雾，靳娜转头对着女孩问道，“刚刚我打电话你都听到了？”

烟雾缭绕，朦胧中，叶凉才发现靳娜此时的样子与上学期相去甚远。如今记忆里的女孩已经远去，面前的人带着掩不住的风尘和世故，身上是与大学生身份极不相称的成熟。

“听到什么？”叶凉敛着视线，被酒精麻痹的大脑有些许混沌。

靳娜把香烟碾灭，索性打开天窗说亮话：“我知道你这学期故意躲我是因为埋怨我抢了你去《××商业周刊》实习的机会。”

叶凉紧抿的嘴唇微微泛白，并未立刻回应靳娜的话。

“叶子，其实你真的挺单纯的，但过分单纯可就是傻了。你要知道，即便没有我，也还会有其他人，社会上的竞争就是这么残酷，有时候靠所谓的勤劳和努力根本出不了头。”靳娜拢了拢长发，“我早就提醒过你，这个世界上根本没那么多公平可言，既然有能走的捷径，为什么不走？女人原本就应该懂得利用自己的优势。

“不管你信不信，我的本意不是伤害你。开始我找到王总的时候，并不知道我去《××商业周刊》会挤掉你的名额。”

王总，就是刚刚电话那端的人吗？

叶凉突然觉得有些恶心，沾了酒气的声音沙哑得厉害，她顿了一下，才问道：“所以你的意思是，如果你事先知道会挤掉我的名额，你就不会找他了对吗？”

“我还是会，我也是凭本事得到的，我不觉得丢人，也不觉得对不起你。”靳娜不耐烦地拧起眉毛，“再说你不是也去了《××体育周刊》，现在还想这些做什么？”

靳娜说完，叶凉咬紧的双唇松了下来。所有的在乎，所有的惋惜，所有的逃避，此刻都已经消散。

“是啊，我都去了《××体育周刊》，现在还想这些做什么呢？”叶凉跟着重复，随即呢喃了一句，“明明知道你的答案，我又何必让自己更难堪呢。”

说完，她觉得自己说得太好笑，竟然笑了出来。

“叶凉。”听到熟悉的声音，叶凉猛然转头，朴恩就站在距离她们两步之遥的地方。

仿佛溺水的人看见了稻草，叶凉三两步扑了过去，眼睛里闪着晶亮的光，脸颊软糯糯的，像一个小果冻：“朴恩，我的头好晕。”

叶凉假借醉酒把头顺势埋进了朴恩的怀里，只是很快朴恩的胸口就湿了一小块。温热的湿气透过薄薄的衣料直接在男孩的心中激起了涟漪，朴恩拢紧小姑娘，眉目染着柔情。

朴恩没有戳破叶凉的伪装，而是笔直地站在靳娜的对面，头顶的灯光为男孩如玉的面容增添了几分凛冽。

“我尊重你的理想追求，也理解你在达成目标过程中的手段。但理解并不等于认同，你的那一套并不光彩，没必要让别人效仿。”朴恩的声音铿锵低沉，“叶凉跟你不一样，今天你和叶凉说的这番话，以后我也不希望再听到。”

两人走后，靳娜望着两人的背影，恍惚回到了新生报到当天。那时的叶凉还留着俏丽的短发，眼角弯弯笑起来像天边的月牙。只是不知不觉间，那一天叶凉递给自己的桂花糕好像已经太过遥远，远到她已经忘记，自己最喜欢的就是看见姑娘如春花绽放般的笑容。

风顺着窗户吹过，指尖的疼痛让靳娜猛地扔掉了手里的香烟，她这时才意识到香烟原来早已燃尽。

月光精心装饰着夜晚，地上铺着墨色的剪影画。橘色的路灯周围有飞虫萦绕，不屈地撞在用玻璃包裹起的罩子上。

朴恩没有给叶凉再次难过的机会，直接回到包厢拿出小姑娘的背包，打了招呼提前退场。走到外面就看见独自等待的叶凉蹲在路边，低着头不知在观察着什么。

瞧见朴恩那双黑色的跑鞋，叶凉没有起身，眼睛仍旧直勾勾地盯着地面："朴恩你看，这些蚂蚁这么晚了还在找东西吃呢。"

"连蚂蚁都知道不靠自己的双手找东西吃就会被饿死，为什么人却不懂这个道理，整天只想着如何走捷径呢？"叶凉的声音很小，似是低喃，只是女孩的模样让朴恩更加心疼。

"朴恩，是不是我错了，从一开始我就错了？"

朴恩轻吻了小姑娘的额头，把女孩从地上拽起来，然后牵着叶凉柔软的小手："回去吧。"

他没有回答叶凉的问题，因为这件事本就没有对错可言，只是价值观不同的人注定渐行渐远，而叶凉还没适应成长路上不得不告别的一段段关系。

一路沉默，两人走了很久，叶凉才再次开口："朴恩。"

"嗯？"

"没什么。"叶凉盯着两人并肩的倒影，轻声说道，"只是谢谢你又回来了。"

男孩扭过头，揉了揉姑娘的长发。

叶凉没有完全喝醉，只是朴恩在饭桌上早就订好了宾馆。不过这样也好，叶凉今晚还不想立刻回宿舍见到靳娜。

只是当两人一起拿出身份证登记的时候，叶凉有些傻眼："你只订了一间房？"

"不然呢？"朴恩大大方方地把两人的身份证交给前台，惩罚似的点了点叶凉的脑门，"现在还没过蜜月期呢，你就惦记着跟我分居了？"

什么蜜月期，什么分居，越说越没谱了。

两人之前也不是没在一张床睡过，小时候就不谈，就是在大山老家的时候，累极的朴恩当天就是在叶凉的房间睡了一夜。只是现在身份不同了，面对房间中央的那一张加大双人床，叶凉觉得自己像被加热的包子，浑身冒着热气。

进了房间，叶凉就木着脸打开了电视，随即又拿起了烧水壶准备烧水。朴恩一屁股坐在房间的小沙发上，看着叶凉在狭小的空间里忙来忙去。

叶凉才把烧水壶涮完，走出卫生间就撞进男孩宽阔的胸膛，还没反应过来，身子就被朴恩一只手抱起，手里的水壶也被男孩抢了过去，双脚腾空的不安全感让叶凉赶紧双手抱住朴恩的脖颈，又羞又恼："朴恩！"

"你再继续打扫房间，清洁阿姨就要失业了。"

叶凉被朴恩压在怀里，抬眸只能看见朴恩圆润的下巴，随着说话，性感的喉结也在微微颤抖。叶凉压下想伸手摸一摸的心思，说道："夸张，我只是烧水，又没想打扫房间。"

朴恩把小姑娘放在沙发上，他的双手撑住沙发两侧的靠背，神情专注地直视着避无可避的叶凉。好不容易才消散的害羞再次涌入，朴恩的眸子染了火，灼得叶凉不敢直视，暧昧到极致的氛围开始发酵。

"你干吗一直看我？"叶凉低下头，用手戳了戳朴恩的肩膀，"你去那边坐啦。"

结果没能推拒成功，反而朴恩突然俯下身子贴近叶凉，吸了一口气，淡淡的麦香混着不知名的清香一起被吸入。朴恩的眼眸被女孩身上的芬芳沾得越发深邃，声音都添了些黏腻的沙哑："叶子，啤酒好喝吗？"

"嗯？"叶凉一愣，不懂朴恩怎么会突然问起这个。

"我从来没喝过酒。"像是没吃到糖的小孩，朴恩好像有些委屈，有些不甘，还有些好奇。

叶凉的心突然陷下去了一块，她心疼的哪里是朴恩不能喝酒，而是他无法像其他同龄的男孩子一样做他们想做的事。喝酒、宿醉、通宵、“开黑”，听起来似乎不是什么好的名词，拼凑起来却是会让人在多年后回忆的青春岁月，可朴恩的职业让他注定要放弃这些，每天构成他生活的只有无休止的训练，连自主选择吃什么的权利都少得可怜。

而朴恩走上短跑这条路，是因为她。

“很难喝的。”叶凉肿胀的眼睛再次充满了酸涩。

“可我想尝尝。”

话音刚落，男孩就俯下身子，准确地噙住姑娘的两瓣唇，舌尖缓慢地在叶凉的唇间游走，仿佛在临摹上等的佳作。朴恩的动作轻柔缓慢，试探般地滑入姑娘的双唇，适才找到叶凉娇软的小舌与之翩跹。

叶凉被男孩吻得有些恍惚，仰着头双手环上朴恩的脖子，紧紧闭着眼，努力配合着朴恩的索取。叶凉的顺从激发出朴恩更多的渴望，双唇没有分开，朴恩直接把叶凉抱在怀里，迅速翻转了一下身子，坐在沙发上的人变成了自己，叶凉被迫双腿分开坐上了朴恩的膝头。

这样亲吻的姿势直接而羞耻，叶凉嗓子深处发出一声咕哝，却不经意挑动了朴恩，一双手控制不住地钻进上衣，忍不住想要更多。

粗糙的大掌寻上柔顺的肌肤时，叶凉立即发出剧烈的战栗，随即感受到身下某处的坚硬，浑身像染了颜料通红，猛地推开朴恩。朴恩未褪去的火热视线中带着懵懂，手还尴尬地留在叶凉的衣服里。

无言地对视了两秒，朴恩猛地意识到自己刚刚的动作，烫手般将手缩回来，只是身体的变化仍旧明显。这样的失控也超出了朴恩的预料，他耳根通红，慌忙想解释：“我……”

叶凉连蹦带跳地从朴恩身上爬下去，不等朴恩说完，就慌慌张张地往洗手间跑：“我太热了，我现在要洗澡了。”

朴恩听着洗手间门重重合上的声音，露出一丝苦笑：热？真正要冒火的人是他才对吧。

不过想到方才两人亲吻的场面，朴恩起身扑上床，在床单上自己翻滚了几圈发出傻笑。任谁都不会相信面对外人冷静自持的运动员，私下里竟是这个蠢萌样子。

叶凉洗漱完出来，脸上还带着未能退去的潮红，一双眼眸尤其闪亮，像遥挂在天边的星星。朴恩已经冷静下来，白色的床单被他弄得满是褶皱。两个人隔着空气对视，朴恩因方才自己略微唐突的行为屏息凝视，仔细观察着姑娘的表情，生怕叶凉恼了自己。

坏事都让他做尽了，结果现在又开始卖乖。朴恩这副大狗般乖巧的样子让叶凉无奈又好笑，手里的毛巾砸过去，刚巧盖在他的脸上，没好气地说："吹风机坏了，你帮我把头发擦干。"

"得令！"朴恩一个鲤鱼打挺从床上坐起来，拍了拍床边，眨巴着眼："客官请上座！"

没个正经样子。

白色的毛巾轻柔地包裹着叶凉柔软的长发，洗过澡的叶凉没了酒气，取而代之是洗发水的清香。朴恩压下去的小心思又有些蠢蠢欲动，越擦动作越慢，鼻子开始往叶凉身上蹭。正享受朴恩的服务叶凉感受到身后的异样，猛地回头，吓得男孩打了一个激灵。

"你又起了什么坏心思？"叶凉鼓着腮。

朴恩的头摇得像一个拨浪鼓，一本正经地说道："转过去，头发还没擦干呢。"

叶凉："……"

叶凉拿起手机低着头滑了两下，结果才看了两秒就惊讶地跳起来，把自己的手机摆在朴恩面前："请问你能告诉我，这是怎么回事吗？"

朴恩手上的动作没停，漫不经心地瞥了一眼屏幕："哦，我的照片。"

"我当然知道这是你的照片。"叶凉简直被朴恩气到没脾气，"我是在问，为什么我的手机锁屏和主屏幕全变成了你？"

朴恩这才凑过去认真地瞧了一眼手机，锁定屏幕就是那张红遍全网的照片，朴恩身披红旗食指遥指远方，而主屏幕则是朴恩之前从网上偷偷下载的一张网友发的两人合照。自从朴恩在网上爆红，叶凉和他偶尔会被人偷拍，照片拿来给粉丝“发糖”。朴恩不是偶像明星，可现在的流量却一点不比十八线艺人差。训练之余，他本人最大的爱好就是在微博上搜索别人偷拍到的他和叶凉的合影。

朴恩收回视线：“我觉得挺好看的啊，难道不好看吗？”

所以现在的问题是这个吗？

叶凉“哼”了一声，找照片想换回之前的封面，朴恩眼明手快地抢了手机，难以置信地撑大了眸子，声音因为委屈有些颤抖：“你要把我换掉？”

叶凉手里一空，不明白朴恩突然发什么疯。

“我不许你换成其他的野男人。”说着，朴恩气呼呼地把叶凉的手机藏进自己的裤兜，摆出一副拒绝沟通的模样，却仍记得给叶凉擦着发尾。

怎么着就生气了，叶凉觉得莫名其妙。

叶凉伸手戳了戳朴恩酒窝的位置：“喂，你把手机还给我。”

“你坐好，我还没擦干。”朴恩沉着脸也不理会叶凉。

“你再不给我手机，我就要生气了。”叶凉也板起脸来，一只手扯下头上揉搓的毛巾。

这回朴恩也坐不住了：“我就知道你根本不爱我，和我在一起就是为满足我的要求。”

哈？叶凉难以置信地回头，不懂朴恩这话从何而来。

朴恩给出的证据是：“今天看见饭桌上她们要跟我合照，你都不生气。连你学姐的手机锁屏都是我的照片，可你却无动于衷，现在我主动把你的手机解锁屏换了，你还跟我发脾气。”

叶凉抽了抽嘴角，听起来好像是真的很委屈呢。

“那我不换了，我不换了还不行吗？”

朴恩仍旧不乐意，攥着毛巾跪坐在床上，傲娇得像一只猫。

他还耍上小性子了。

叶凉真是难得看见朴恩耍脾气，又问道："我都说我不换了，你怎么还不高兴？"

"你都没要求我的手机屏幕也换成你的照片。"朴恩指控，"别人的女朋友都对男朋友有占有欲，为什么你对我没有？"

叶凉扶额，仍旧好脾气地哄着："好，那我也要求你的手机屏幕必须换成我的照片。"

结果叶凉刚说完，朴恩就爬到床头拿起自己的手机，按开锁屏晃了晃，露出一排小白牙："你看，我早就换好了。"

叶凉："……"

接着朴恩一副求表扬的模样，嘟起了嘴巴索吻："现在你可以给我奖励了。"

叶凉："……"

今天，她大概是喝了假酒，然后把朴恩也熏醉了。

之后的日子仿佛插上了翅膀，每一天都在飞驰。

朴恩在G队训练进步得飞快，辗转在大大小小各个比赛的现场均取得了不俗的成绩。不知不觉间，朴恩也成了短跑界冉冉升起的新星，成为这个时代的中国速度。

原禹在朴恩的带动下，也放弃了嘻哈梦，天天屁颠屁颠地跟在朴恩后头，只不过一直屈居第二，也算是坐实了"原二"的外号。

叶凉跟朴恩都不常上微博，只有"单身狗"原禹每天捧着手机勤勤恳恳地发微博，用爱心浇灌自己的小"羽毛"，并且还偶尔发发跟舍友朴恩的段子，吐槽朴恩对孤独弱小的自己是如何冷漠无情。这也直接导致在正主那边得不到满足的朴恩粉转而关注原禹，每天都喊着让他多发点关于朴恩的消息。

粉丝量激增的原禹一边抱怨"我又不是朴恩的经纪人"，一边美滋滋地继续发着朴恩的琐事。

原禹生性洒脱，捧着手机看得乐呵，还躺在床上跟朴恩分享："哎，我的小羽毛又开始编故事了。"

小羽毛是原禹对自家粉丝的昵称。

"朴恩，我现在粉丝破了百万，你说我要不要也跟其他博主似的发放点福利？"原禹跷着二郎腿，"你说我是开直播即兴唱 rap（说唱）好，还是发张跟你的合照满足他们的幻想好？"

朴恩刚跟叶凉聊完，把手机扣下，冷眼扫过去："你很闲？"

原禹一愣，想着自己现在确实没什么事做，还傻乎乎地跟着"嗯"了一声。

然后朴恩默默打开微信点了几下，下一秒原禹的手机就响了。接完电话的原禹从床上跳起来，满脸愤懑，瞪了一眼朴恩，鼓着腮换上运动鞋就往外走。

"你去哪儿呀？"朴恩躺在床上凉凉地问。

明明就是这个家伙打的小报告，还装作不知道的样子。

原禹咬牙："我帮冯教练录成绩！"

出了门，原禹就恼火地把刚才的事发在了微博上，惹得粉丝一片"哈哈哈"。原禹拨了拨凌乱的小卷毛，都是假粉，假粉！

原禹要录的其实是发给体育局的锦标赛预选的成绩和通过选拔的参赛人员名单。这届锦标赛，经过选拔最后上报了六名运动员，分别是目前成绩排在第一位的朴恩，前头号种子原禹，还有其他四名 G 队选手。

锦标赛参赛名单公布的当天，叶凉也接到了顾汐润对她抛出的橄榄枝，对方表示如果她愿意，实习结束可以提出正式留任申请。

叶凉还没有做出最终决定，从办公室出来，康红就拿着最新打印出的名单走过来，脸上也挂着欣喜和激动："叶子，你家朴恩今年将作为国家代表出战锦标赛。"

叶凉知道前一阵子朴恩参加了选拔，可一直没有询问朴恩后续的情况，生怕自己会给男孩造成压力，没想到事情竟然进展得这么顺利。

“红姐，我想请半天假。”叶凉忍不住心中的雀跃，迫不及待想立刻见到朴恩。

康红自然不会不答应，拍了拍叶凉的肩膀：“去吧，等到锦标赛那天，记得让朴恩给咱们一个独家。”

冲动跑到训练场门口，叶凉才有些后悔，不打声招呼就唐突地跑来，万一耽误到朴恩的正常训练就不好了。叶凉看了一眼时间，不确定现在朴恩现在是否有时间。

正在犹豫要不要打电话的空当，一道小旋风刮过，原禹叼着一根冰棍跑到大门口：“小叶子，你来找朴恩？干吗站在外面不进来。”

经过一段时间，原禹终于知道朴恩的女朋友叫叶凉，每次看见叶凉他都忍不住可惜，能够激发自己创作灵感的趵突泉就这样拱手成了室友的女朋友。

“你们在训练吗？”

“刚结束。”原禹让门卫开门，顺带挑了一支甜筒递给叶凉，挤眉弄眼，“这是里头最贵的。”

“谢谢。”叶凉已经很久没碰过凉东西了，此时身体每个细胞似乎都在怂恿她接过这个甜筒。她剥开甜筒轻轻舔了一口，朴恩阴沉的脸在眼前飞速闪过，但瞬间又被甜甜的味道掩了下去。她满足地眯了眯眼，“我今天看到了锦标赛名单，恭喜你要第二次为国争光了。”

原禹皱着一张脸：“还是别提上次了。”

之前的锦标赛，原禹跑到了第七名，虽然跑入了决赛，却完全成了炮灰：“希望这回咱们国家能拿一块牌子回来，一雪前耻。”

“一定会的。”叶凉说给原禹听，也是说给自己听。

“小恩恩，你猜我把谁给你带来了？”

原禹直接把叶凉带回了寝室，训练完的朴恩才冲完凉，听到原禹的称呼头都没抬，直接冷冷地回了一句："滚。"

"小叶子，你看到了吗？这就是你家朴恩每天对待我这个同居人的态度。"原禹煞有介事地说道，"足以证明这个男人的性格不足以托付终身，你现在考虑我还来得及。"

小叶子？原禹的话让朴恩立刻从盥洗室出来，短发还在往下滴着水，看见站在门口的小姑娘当场愣在原地，然后就瞧见了叶凉舔到一半的甜筒。

朴恩站在原地没说话，视线锁定在叶凉手上的甜筒上。叶凉立刻心虚地把手往后缩了缩。叶凉身体原本就偏寒，每次月经都疼得厉害，肠胃也不好，朴恩什么事儿都依着她，唯独在吃凉这却件事上管得异常严格。

朴恩脸色不好看，叶凉决定先发制人："你干吗绷着脸？难道我来了你不开心吗？你再这样我可就走了。"

朴恩叹了一口气，把毛巾搭在自己肩膀上，走到小姑娘面前伸出了手。

叶凉嘟了嘟嘴，不情愿地把甜筒交到朴恩手里。朴恩眯了眯眼，拍拍小姑娘的头："这才乖。"

看见这一幕的原禹哇哇大叫："朴恩，你要不要这么没底线，还要跟自己女朋友抢食，我又不是没买你的！"

"这个给你，你赶紧把甜筒还给小叶子。"原禹从塑料袋里又拿出了一根冰棍，嘟囔着，"以前我怎么没发现你这么抠。"

"你管我。"朴恩顺着叶凉舔过的痕迹咬了一口，"我愿意吃叶凉的。"

随即朴恩闻了闻空气中弥漫的味道，面带嫌弃："你赶紧去洗澡，身上一股汗馊味。我家叶子比较敏感，闻不了这种味道。"

原禹无语：……真是欠他的。

气不过的原禹又把朴恩这一恶行发到了微博上，果然立刻评论纷至沓来。一路看下来，大体分成了两大类，一类是婉约心疼派："正宫娘娘来了，禹哥要控制住自己，伺候好娘娘！”另一类都在疯狂嘲笑：“人家这是夫妻情趣，还再来一根，怪不得禹哥到现在还是单身。”

没能从小羽毛身上找到安慰的原禹把手机丢到床上，闻了闻身上的味道，自言自语了一句：“我哪儿馊了？朴恩这个浑身长满了心眼的家伙，故意在叶凉面前诋毁我的形象。”

另一边，朴恩三两口把甜筒吃掉，随手扔到了垃圾桶，随即牵着叶凉的手往外走。

男孩一路面无表情，叶凉最初的那股激动劲儿也没了大半，亏她还特别请了半天假跑过来，结果朴恩没有感到惊喜就算了，现在竟然连笑都不笑一下。不就是吃了两口甜筒，他至于这样吗？

这么想着，叶凉也来了脾气，小脸绷紧，做好等会儿和朴恩吵架的准备。

朴恩拐了个弯，把姑娘带到无人的休息室，顺便利落地落了锁。没等叶凉开口，朴恩径自压了上来，一把将叶凉推到墙上，倾身吻住了女孩的双唇。

叶凉的唇很快被男孩撬开，才吃过冰棍，朴恩的舌尖还带着微微寒气，可亲吻却沾着与唇间温度不同的火热。安静的房间只有朴恩粗重的呼吸声，直到叶凉快喘不上气时，朴恩才终于放开了小姑娘。

叶凉仍旧被抵在墙上，小小的一团，堪至朴恩的下颌。朴恩摸着姑娘的长发，发出了一声满足的喟叹：“我终于亲到你了。”

从紊乱的呼吸中调整过来的叶凉这才找回自己的声音，语带不满：“骗子，我来你一点都不高兴，刚刚还冲我甩脸色。”

“我高兴。”朴恩低头啄了一下叶凉的额头，“只是我刚看你吃甜筒，有些气你不爱惜自己的身体。”

“那你也不能凶我。”叶凉上纲上线，“我平时又没吃，只是偶尔……”

“我错了。”在认错上，朴恩从来都迅速又主动，“你别生我的气了。”

朴恩拨去叶凉脸颊的碎发，轻声说道：“锦标赛的名单下来了，我这次会代表国家出战，你替我开心吗？”

叶凉这才想到自己来这儿的目的，主动伸手环住男孩的腰：“当然，所以我亲自来恭喜你了。”

# 第十章

## 突遇危机

这一届的锦标赛在拉米拉国开赛，原本实习生不能参加境外采访，可因为她和朴恩的关系，顾汐润特别为叶凉开了绿灯，同意叶凉与康红等人一同前往。

拉米拉国地处热带，气温比较高，为了让运动员的身体最大限度匹配当地的环境，本次集训的地点也特别选在了拉米拉国。集训结束，距离锦标赛开幕也只有一周的时间，朴恩没能回国，而是留在拉米拉国的中国训练基地继续调整状态。

记者团到得比较晚，叶凉在开赛前两天才跟着同事一起抵达拉米拉国的机场。下了飞机，一股热浪袭来，康红赶紧戴上墨镜："这个天气比赛真是遭罪，太热了。"

叶凉以手为扇，心里也不免有些替朴恩担心。

之前，她们杂志社早就浅谈过此届田径锦标赛的主场优势是历届最显著的一次，并非与人为因素有关，而是气候决定了这次比赛不可能有真正意义上的公平。

体温调节对稳定体内环境及维持电解质平衡有着重要作用，优秀的体温调节能力同时也可以提高肌肉组织的效率。原本生活在热带地区的选手，在这一能力上的优势就比其他地区的选手明显，而把场地拉到了高温环境，更为发挥全部的优势创造了条件。

叶凉噘了噘嘴，有些为我国选手鸣不平。

上了提前联系好的出租车，叶凉的手机振动了两下，是朴恩发过来的微信：“你到了吗？”

“我刚上车。”

叶凉刚回答完，朴恩就秒发了一个定位过来：“你安顿好过来找我。”

然后他又迅速发了一条：“我好想你。”

滑落的碎发被掩至耳后，叶凉弯了弯眼角，抬头问康红：“红姐，我们今天有什么安排吗？”

原本在假寐的康红抬起了一只眼，带着调侃：“朴恩给你发信息啦？”

叶凉傻笑了两声，没否认。

叶凉实习以来一直跟着她，从当年锦标赛朴恩一跑成名开始，到现在两个小朋友的感情仍旧那么好。康红也忍不住羡慕地感叹了一句：“年轻真好啊。”

收拾好东西，叶凉背着包出了酒店，按照朴恩发的定位打车去了训练基地。外来人员不能进入，最后还是冯勇教练亲自出来接的小姑娘。

叶凉没想到管得这么严格，来这一趟竟然还惊动了冯勇，连忙跟着道歉。

冯勇是过来人，笑着说：“训练基本结束了，这几天让他们休息呢。下午你们俩可以四处逛逛，拉米拉国这边治安不如咱们那边，出去小心。”

冯勇一边往里头走，一边像一个老妈子一样叨叨：“朴恩不能在外面吃东西，比赛前要特别注意饮食。吃坏肚子是一方面，有些食物里头有兴奋剂成分，到时候尿检万一出了岔子不值当的。”

叶凉全部用心记下，保证道：“我一定会注意的。”

才进休息区，叶凉远远地就看见他的男孩穿着一身白 T 恤黑色长裤站在不远处遥望着自己，朴恩原本白皙的脸在这种高温下也被晒黑了很多，整个人显得坚毅成熟了不少。

两个月没见，所有压抑的思念也在这瞬间开始泛滥，叶凉也顾不得冯勇在场，小跑着奔过去拉住朴恩的手，朴恩嘴角那一个清浅的梨窝也露了出来。

冯勇经过朴恩身边的时候，拍了拍男孩的肩膀："人我给你带进来了，到时候比赛的时候可得好好表现啊。"

朴恩"嗯"了一声，冯勇离开后，他才弯下身子啄了啄小姑娘的唇角，带着细碎的笑："让我看看你有没有变漂亮。"

观察了两秒，他才继续说道："嗯，你果然变漂亮了。"

他忍不住又亲了亲小丫头。

叶凉虽然嘴上说着"骗人"，可比太阳还耀眼的笑却爬上来，疯狂上扬的嘴角怎么都压不下来。

冯勇虽然许可了朴恩出去，但外面天气实在太热，朴恩担心叶凉长时间暴晒会中暑，还是待在了房间里。叶凉原本的目的就是跟朴恩待在一块，至于目的地是哪儿她倒是完全没有意见。

"你准备得怎么样了？"叶凉被朴恩抱在怀里，仰着头，"我事先没想到拉米拉国这么热，对你们到时跑步会不会有影响？"

"会有一定程度的影响，不过我会尽力避免。"朴恩揪了揪叶凉的鼻子，"两个月没见，你就想问我这个？"

叶凉吐了吐舌头："才不是，我是特意赶过来告诉你，你跑不赢也没关系，反正我会养你的。"

两年前，朴恩参加国家田径锦标赛时她说的话，如今又原封不动地说给朴恩听。

"现在你有底气了？"

"对啊，你表姐可是早就给我抛下了橄榄枝呢。"叶凉说得得意。

《××体育周刊》相当难进，薪资待遇也属同类行业中的翘楚。

"我女朋友真优秀。"叶凉得意扬扬的表情逗笑了朴恩，"身为男朋友的我也得加油才行。"

朴恩眼神真挚地望着小姑娘："比赛那天，你记得在终点等着我。"

这次 100 米短跑个人赛，中国队总共有三名选手获得了最后的资格，其中朴恩被观众寄予了最多的期待。

第一次踏上国际比赛的现场，叶凉紧张的心不停跳动，不是为了自己，而是为了朴恩。

现场的观众人山人海，砖红色的塑胶跑道似乎燃起腾腾热气。叶凉抬头望去，四周飘舞的全部是拉米拉国的国旗，然而看台一角那一抹艳红却立刻被叶凉捕捉到，鲜艳的五星红旗此刻夹在其中分外耀眼。

叶凉轻轻吐出含在胸口的那口气，让跟随她的摄像老师对着那片红拍了一张特写。许是在异乡，任何与祖国有关的东西都会沾上魔力，驱逐她内心的焦躁，为她找回一片清宁。

朴恩近一年在田径赛场上的表现，吸引了越来越多的人将焦点放在了短跑项目上，不仅是叶凉，守在电视机前的每一位观众都希望这位风中少年能够创造奇迹。

不负众望，上午的短跑比赛，朴恩以小组第一的成绩成功晋级决赛，当朴恩冲线的那一刻，中国解说员在演播室跟着喊破了嗓子："9 秒 96！ 9 秒 96！这位年仅二十一岁的小将第一次参加锦标赛，却在初赛就一举跑入 10 秒。我们现在可以看出，朴恩的状态非常好，这一跑相当轻松，此时我和大家同样期待，这位短跑小将的极限速度究竟有多快。"

朴恩等待着大屏幕上的风速，确认自己在限定风速内，成绩有效时，大屏幕再次给了朴恩特写，解说员激动地说道："出现了！备受大家关注的朴恩手部动作出现了！"

现场，朴恩只盯着站在终点记者区的小姑娘，亲吻过的食指摇摇指向不远处的姑娘。

这次中国短跑代表团的实力相当强劲，接着原禹也成功跑进决赛。

决赛赛场上同时出现两名中国选手的场景并不多见，大家开始期待本届锦标赛上中国短跑能够夺得一块奖牌。

比赛的节奏非常紧凑，没有过多休息的时间，下午就是 100 米决赛的现场。午休的时候，叶凉跟同事们一起在现场吃了盒饭，大家都知道叶凉跟朴恩的关系，提起上午的霸气九秒都忍不住激动："现在微博都炸了，到处是朴恩上午跑步的消息。"

另一个同事也拍了拍叶凉的肩膀："叶子，到时候抢独家全靠你了。"

叶凉也为朴恩感到开心，但外界的期待越大，朴恩的压力相应地也就越大。叶凉匆匆塞了几口饭，跟同事打了个招呼，绕进场馆的洗手间给朴恩打电话。

上午，朴恩只有小组赛的时候出现在了赛场上，其余时间都在场馆休息室。叶凉也有工作在身，腾不出时间询问状况。中午隔着电话，叶凉终于能跟男孩说两句话，话题也大都围绕朴恩的身体状况展开。

"朴恩，你上午跑得很让人惊艳，下午你只要正常发挥，用尽全力就好。"憋了很久，叶凉还是把心里的话说了出来，"你别管别人的期待，身体是自己的，听到了没有？"

叶凉软糯糯的嘱咐令朴恩非常受用，他勾了勾嘴角，说了一句："放心吧。"

一旁的原禹听到朴恩在打电话，在那边大声嚷嚷着："小叶子，你千万别担心我们。"

谁关心他了。

朴恩白了眼烦糟糟的原禹，拿着手机往门口走。

突然，洗手间的门被人从外头推开，三四个说英语的人脚步匆忙地走进来。叶凉刚想继续和朴恩讲话，却敏锐听到其中一个人小声说了一句"dope（注射兴奋剂）"。叶凉一惊，立刻噤声，握着手机的右手微微发抖。

叶凉顺着厕所门缝往外瞧，三个穿着拉米拉国队服的运动员偷偷摸摸拿出了针筒，正在往手臂里注射违禁药物。

叶凉心跳如鼓，朴恩在那端低声唤了几声叶凉，女孩怕被对方听到，立刻挂断了电话，并在第一时间按了静音。

如果她拍到拉米拉国选手服用兴奋剂的视频，这一定是一个震惊世界的新闻。记者的本能让她不能就这样离开，叶凉小心翼翼地站在马桶盖上，将手机的摄像头伸出隔间的挡板。不料一名运动员刚巧抬头，叶凉手一抖，手机撞击到挡板发出轻轻的响声，那名运动员反应极其迅速："There's someone（有人）！"

叶凉立刻意识到自己被发现了，焦急地四处张望可逃离的地方，狭小的空间避无可避。两个女人疯狂地拍着门，另一个跑开的人应该是去叫帮手了。

叶凉的手脚开始颤抖，恰巧朴恩再次来电，本能让她想立刻接起，却想到些什么，咬着牙按灭。在门被打开的前一刻，她拨通了康红的电话，用中文喊道："红姐救命，我在会场三层的洗手间发现了拉米拉国选手注射兴奋剂，现在隔间的门马上要被撬开。"

康红一口气提起来，还没回答就听到那端传来叶凉尖叫的声音，随即电话被挂断。

下午，朴恩的脸阴沉到可怕，眉宇中萦绕的是解不开的忧虑。叶凉的手机再打过去显示关机，之后他又偷偷绕到赛场的记者区找了一圈，仍旧没发现叶凉的身影。

"小叶子可能是手机没电了，你安心啦，她跟团队一起来的，人又在赛场，能有什么事儿。"原禹蹲下身子，换上钉子鞋，穿好在原地蹦了两下，深呼一口气，"准备上场，马上还有一场硬战要打。"

希望真的是他想多了，他弯下腰也换上跑鞋，跟着冯勇和原禹走到赛场。

其他项目的比赛已经开始，朴恩立刻扫视记者席，还是没有，叶凉没有在。

"教练，我去那边说两句话。"

朴恩面色严肃，冯勇想阻止的话到了嘴边还是咽下了，想着不让这小子去他肯定不会放心，点了点头：“你快去快回。”

“你们有看到叶凉吗？”

马上要比赛了，没想到朴恩会突然出现在记者席。记者们有些骚动，纷纷围上来逮住机会询问朴恩关于下午比赛的备战情况和心理状况。

一反常态，唯有《××体育周刊》的两名记者一言不发。

朴恩眉头紧锁，对其余的记者说了句“抱歉，我不接受采访”，然后他盯着《××体育周刊》的两名记者，再次问道，“叶凉在哪儿？”

“啊……她……她上洗手间了。”一名同事在朴恩的逼问下被迫回答，只是眼神有些闪躲。

朴恩记得和叶凉同来的组长康红：“康组长呢？”

“组长……组长也去洗手间了。”那名同事被盯得头皮发麻，“她跟叶子一起去洗手间了。”

结果话音刚落，就听到两个记者小声地讨论道：“拉米拉国可是主场，怎么组委会那边说短跑两个女选手退赛了？”

“不知道，不过她们原本也不是主要参赛选手，是接力的备选选手，退不退影响不大。”

“你说两名选手退赛了？”朴恩捕捉到两名记者的话，那两名讨论的记者讷讷地点了点头。有些什么念头一闪而过，快到朴恩没能抓住。

男子队短跑开始检录，冯勇过来催朴恩入场。临走前，朴恩深深睇了眼那两名记者，舌尖舔了舔上牙膛，不发一语地和原禹往赛场走。

“叶凉是你的女朋友？”刚到检录台，一名穿着拉米拉国队服的选手状似不经意地走过来，对着朴恩问道，唇边还扬着一抹诡异的微笑。

朴恩的太阳穴跳了两下，眼神如刀一般凌厉：“她人在哪儿？”

拉米拉国的选手用英文说了一个地点，随即说道："我要求你退赛，否则你可能这辈子都听不到她讲话了。"

"你什么意思？"朴恩一把揪住拉米拉国选手的衣领。

那人立刻双手抬起，示意一旁的裁判。

裁判对着这边吹了口哨，朴恩才用力放下了双手，对方露出得逞的笑容："十分钟之内你不退，我们的人就会把她的舌头割下来。"

说着，他还伸了伸舌头，随即装作什么都没发生过的样子蹲在地上继续拉伸。

想到方才那两名记者的讨论，终于那抹浮动的念头被捕捉住，朴恩双拳紧握，没有任何迟疑，掉头就往场外跑。

"比赛还有五分钟就开始，你现在要去哪儿？"冯勇一把抓住朴恩。

"叶凉出事了，拉米拉国的人把她绑起来了。"

冯勇罕见地愣了愣，随即反应过来朴恩话里的意思，沉默了两秒说道："先比赛再说。"

原禹见冯勇跟朴恩的互动，也从检录台跑过来，问道："你怎么还不过去？"

朴恩面无表情，只有一双眼紧盯着冯勇，里面染上的是滔天的怒意，沾着嗜血的风暴。

"叶凉那边我会想办法，拉米拉国虽然治安乱，但他们还不敢这么明目张胆，应该是看了上午的比赛，觉得你是一个威胁，你现在去恰好就是中了他们的圈套。"冯勇掐了掐眉心，也拿出了教练的威严，"朴恩，你现在不是一个人，你是国家代表，穿上了这件衣服就必须担得起这份责任，你现在要做的，就是回场上完成你的比赛。"

"如果被绑的那个人是你的妻子，你也会这么气定神闲地跟我说出这种话？"朴恩一把握紧冯勇拽住自己的手腕往下拉，眼睛猩红。

冯勇咬紧了后槽牙，太阳穴的青筋露出，毫不迟疑地说道："对，我会以国家利益为重。”

“嗬。”朴恩一把扯掉冯勇的手，“那你们练体育的还真是冷血。”

冯勇和父亲朴世初的脸重叠在一起，他突然回想到儿时母亲和父亲吵架，朴世初说得最多的就是这句“我有我的责任”。他的责任就是抛弃家庭，他的责任就是拿妻儿当作牺牲品。

从两人的谈话中，原禹终于猜到了大概情况，骂了一句脏话，对着朴恩说道：“冯教练说得对，叶凉是我方记者，他们不敢做什么的。况且跑一下就几秒的工夫，你跑完再去也耽误不了什么。”

叶凉有心脏病，一秒都有可能病发身亡。想到这种假设，朴恩就再也待不住，朝着两个人冷笑了一声，说道：“如果没有她，我压根就不可能站在这里。”

冯勇劝不住，语气生硬强势：“如果你离开，你将立刻被G队开除。”

“随便。”说完不带任何犹豫，朴恩带着不顾一切的决绝，径直跑出了赛场。

方才撒谎的《××体育周刊》记者一直密切观察着朴恩的举动，见朴恩最后竟跑出赛场，终于坐不住，也起身飞速跟着跑了出去。

“朴恩，你现在要去找叶凉吗？”

朴恩冷冷地睨了一眼对方，她果然知道叶凉失踪被绑的消息。

记者一时间也陷入两难，但想到平时礼貌懂事的叶凉，心一横说道：“红姐已经报警了，你是不是知道了什么信息？我现在立刻通知红姐。”

朴恩把自己得到的地址告诉对方，然后迅速转头离开。

废弃的铁皮房内，女孩的手脚全被粗绳绑死，身上还挂着深深浅浅的伤痕，脸上带着未干涸的血迹，就像一块破旧的抹布被人随意丢到了墙角，生机寥寥。

两名穿着拉米拉国队服的女选手坐在不远处的凳子上，两人用英文叽里咕噜地聊着天，丝毫没有离开去比赛的意思，显然她们已经放弃了比赛，留下来专门负责看管叶凉。

叶凉蜷缩在冰冷的水泥地上，身体的剧烈疼痛让她的意识有些迷离。她还在算着时间，想着朴恩下午的决赛应该开始了。她闭上眼，此刻脑海中唯一的念头就是还好，还好自己没有接通朴恩的电话，能够让男孩完成这场比赛。

铁皮房密不透风，房间里闷热不已。汗渍顺着肌肤流进伤口处，带来阵阵酸痛。

突然“砰”的一声巨响，一股清风随着被踢开的铁门吹入，那两名队员立刻警戒地站起身，小小的房间燃起了浓浓的火药味。

不明状况的叶凉再次费力睁开肿胀的双眼，只见一抹高挺的身影逆光立于门外，身上仿佛还披着万丈霞光。

女孩的眼睛受了轻伤，朦胧中她看不清对方的容貌，只是觉得对方的身材竟然和朴恩有几分相似。

大抵人在剧痛的时候都会出现幻觉，下意识期待心中所想的那个人能踩着七彩祥云来救自己。直到她听到熟悉的声音对着她轻柔地说道“叶子别怕，我来了”的时候，她才意识到原来这不是虚幻。

根本容不得叶凉反应，两名运动员飞速冲过来拦住朴恩，被男孩用脚踹开。朴恩没打过架，可运动员出身的他身手还算敏捷，至少对付两个女人绰绰有余，三两下就将那两人踢倒在地。

朴恩轻声安慰着叶凉，走过来打算把女孩抱在怀中。可刚靠近叶凉，一直躲在暗处的某个人突然拿着铁棒窜了出来，竟然还有一个人！

叶凉焦急地对着朴恩大喊，可铆足力气发出的声音却在触碰到贴近的胶带时，只化作了轻声的呜咽。一滴焦急的眼泪顺着眼角落下，晶莹的水滴砸在地上，最后摔成了空虚的几瓣虚无。

一棒落下，朴恩被迫倒在地上。朴恩伸长了手臂，将满眼绝望的姑娘的双眼蒙上，弯了弯眼角，轻声说了一句：“乖，现在闭上眼睛。”

叶凉的眼泪沾湿了男孩固执蒙住自己双眼的手掌。

耳边传来朴恩闷哼的声音，闭上了眼睛却堵不住耳朵。叶凉从未像现在这样恨过自己，她觉得全世界所有的痛叠加起来，都抵不过此刻。

心脏再次剧烈抽痛，叶凉的指甲死死抠住手心，与上次相同的急促感袭来，叶凉开始喘不上气，完全无法呼吸。嘴巴被紧紧封死，也等于堵住了她最后一条求生的路。

是报应吧，这大概都是对她的报应吧。

叶凉的意识渐渐模糊，世界所有的纷扰正从她的身体里抽离，在被黑暗吞没的前夕，她听到了警车鸣笛的声音，还有康红的呼喊声："这边还有伤患，快来救救这边的伤患……"

最后，世界终于落幕了。

叶凉好像做了一场很长很长的噩梦，梦里的她被拉米拉国的人关在了铁皮房里，而朴恩为了救她放弃了比赛。噩梦醒来，耳边传来机器"嘀嘀"运作的声音，叶凉勉强睁开双眼，四周是刷成白色的墙。

"你醒了，现在感觉怎么样？"

浑身的零件像被拆散重组，每一个部位都在叫嚣着痛。叶凉动了动手指，失去意识前的最后一个场景浮现，她才惊觉原来那一切不是梦，是真实的经历。

大脑蒙了片刻，身体犹如坠了千斤无法动弹。她拼尽全力，干涩的喉咙才断断续续发出几个简单的音节："朴……恩。"

康红把耳朵贴近叶凉："你是想问朴恩怎么样？"

叶凉小幅度点了点头。

"放心吧，他没你伤得重。现在正在检查，过一会儿他应该就能过来了。"

听到了想知道的答案，叶凉提着的心总算回到了原位。闭上眼睛，体力已经透支的她再次陷入了昏睡。

不知又过了多久，再醒来时，她身旁的人换成了朴恩。

叶凉睁开眼就看见朝思暮想的人出现在自己身边，她眼睛一眨不眨地盯着男孩，生怕面前的人是幻觉。朴恩面容憔悴，脸颊的位置有些青紫，垂下的刘海儿盖住额头的纱布，而右臂吊着的白色绷带却分外扎眼。

朴恩也发现叶凉已经醒来，倾身过去用另一只没受伤的手摸着女孩的额头。对上男孩的双眼，叶凉才发现朴恩眼底布满了红血丝。

朴恩吻了吻叶凉的额头，随即问道："你想喝水吗？"

喉咙已经相当干涩，叶凉从嗓子里发出"嗯"的一声，朴恩拿起杯子，稍稍抬起姑娘的脖颈，方便女孩喝水。

快要着火的嗓子终于得到了滋润，叶凉缓了缓气，才轻声说了一句："你受伤了。"

"不要紧，我只是手臂受了些轻伤。"

意料之外的铁棒砸下，朴恩虽然迅速闪躲避开了要害，可右臂还是受到了重创，结结实实挨了一棒。

生病让叶凉的脸色更加苍白，干涩的嘴唇出现了一些裂纹："你没去比赛。"

朴恩犹豫了很久，才"嗯"了一声。

叶凉的身体状况太过虚弱，虚弱到连剧烈的情绪起伏都无法承受。心脏跳动的信号提醒她不能再继续聊这个话题，她闭上双眼，只有一滴眼泪顺着眼角滑落。

朴恩将那滴泪揩掉，握住女孩没有输液的那只手，轻言说道："这个世界对我来说，没有什么比你更重要。

"你说好的要在终点等我，你不在，让我跑向谁？

"叶凉，你是我这辈子奋斗的方向，没有你，我哪儿都去不了。"

过了一会儿，几名医生走过来，用英文跟朴恩交代了患者的伤情，随即把叶凉搭在担架上重新进行检查。

跟着医生一起走出病房，朴恩脚步顿在门口，面前的人赫然是许久未见的朴世初。

朴恩没有问朴世初怎么会来，事实上他知道自己进G队最开心的应该就属朴世初。让他夺冠一直是朴世初的心愿，里头包含的却是这名前任 G 队选手的私心。这么重要的一场比赛，朴世初没有理由不飞过来亲自观看。

“她伤得怎么样？”

“多处软组织挫伤，单根肋骨骨折，现在在进一步检查心脏的状况。”

嘈杂的医院人来人往，两边的墙壁斑驳泛黄，四处都是说着英语的外国人。

过了很久，朴世初才开口问道：“G 队那边怎么说？”

“不知道，我的手机丢了。”朴恩神色淡然，仿佛在说着一件无关紧要的小事，“大概会被退队吧。”

擅自弃赛，不服从上级指挥，这对一名运动员来说是不可饶恕的罪过。朴世初曾经也是 G 队的一员，他比谁都了解规矩的重要性。

朴恩以为父亲听完会暴跳如雷，毕竟他的全部期望如今都转嫁在了朴恩身上。可没想到，他听完只是揉了揉沧桑的脸：“嗯，你们先好好养伤吧。”

事情已经过去三天，兴奋剂引起的绑架案引起了组委会及拉米拉国警方的高度重视，当即组委会就取消了短跑赛程中所有拉米拉国代表选手的参赛成绩，并且统一进行了尿检。而警方也已经逮捕了相关涉案人员，性质严重，并且涉及中国选手及国民的权益，案子目前还在审讯过程中。

朴恩弃赛也引起网络上的巨大争论，一方认为朴恩不应置自身责任不顾选择离开赛场，另一方却认为选手也是人，也有正常人的情绪，朴恩的行为是完全可以理解的。两个人都不是明星，也没有什么公关团队在操作，舆论纷争也越来越激烈。一个是自己的表弟，一个是部门的实习生，在网络上一团乱麻的时候，顾汐润也没闲着，立刻运用人脉连夜召开公关会，引导网友不要模糊焦点，朴恩和叶凉都是这起事件的受害者，越是这个时候，大家就越应该团结，让锦标赛组委会给大家一个交代。

叶凉检查结果出来的当天，冯勇到了医院，把朴恩叫出了病房。

短短几天，冯勇头上好像多了几根白发，眼袋也分外明显。他看见朴恩叹了一口气，再多责备的话也于事无补："胳膊上的伤医生怎么说？"

"粉碎性骨折。"

冯勇捏了捏眉心："什么时候动手术？"

"回国吧。"这边无论是医疗设施还是环境状况都远不如国内，朴恩是运动员，身体各部分的伤痛都不能轻视。

"到时候我帮你联系医生。"到底是自己的亲徒弟，再大的气这么多天也消了。

朴恩没吭声，冯勇继续说道："今天短跑的赛程结束了，到时候你跟叶凉一起跟我们回国，我会安排你们进行二次检查，检查结果全部会作为审判的证据。"

朴恩干瘪地点了点头，这几天他一直忙着照顾叶凉，根本没时间了解具体情况，问道："最后成绩怎么样？"

"拉米拉国第一的成绩被取消了，原禹捡了个第五，接力还是没能进决赛。"

朴恩沉了沉眼角，说了一句："第五也不错了。"

冯勇忍不住叹了一口气："原本是奔着得牌子来的。"

谁能想到会突然发生这种事。

冯勇一句话让师徒俩再次陷入了沉默，良久，朴恩才对着冯勇说了一句"对不起"。

冯勇临走前拍了拍朴恩的肩膀，对着男孩说道："队里现在对你的事还没出最后结果，是走是留我也说不准。这件事有些特殊，我会尽力帮你争取，但你也做好最坏的打算。"

怕朴恩有负担，冯勇笑了笑："反正你的伤没个一年半载也好不了，大不了退了等两年再申请入队。"

朴恩也勾了勾嘴角，对冯勇的好意没发表评价。

推门进病房的时候，朴世初正坐在床边跟叶凉讲话，见朴恩谈完了，朴世初面上带着些紧张，站起身对着朴恩说道："冯教练怎么说？"

"没说什么。"朴恩坐回到叶凉的床边，对朴世初的语气谈不上冷淡，但也没有多热切，"叶凉的情况也基本稳定了，我们大概下周就回国。这边的情况你也差不多清楚，没什么事儿你就回去吧。"

朴恩说的回去是让朴世初回美国。

朴世初闻言一愣，带着暴躁："朴恩，我不管你乐不乐意承认，我是你老子。"

"如果我跟你说我已经放弃了短跑，你还会跟我讲同样的话？"朴恩声音冷漠。

"你在说什么？"

"我以后都不会做这行了。"朴恩的眸子带着坚毅，"所以，您也不用守着结果，回去吧。"

"你知不知道你在说什么？"朴世初气得发抖。

"欠您的钱我已经还清了，以后跑不跑是我的自由。"朴恩握住叶凉冰凉的手，"况且现在我已经成年了，您也没有权力把我绑在跑步机上一锁就是八个小时了，不是吗？"

叶凉看见朴世初的身子晃了晃，嘴巴张了张，还是没能说出话来。最后朴世初转身出去，把门摔得震天响。

叶凉扭过头对着朴恩想说什么，可千思万绪不知从何讲起。朴恩矮下身子，把头埋进女孩胸口的位置，叶凉犹豫了一瞬间，才将手从朴恩手里抽出来，轻轻摸着朴恩的碎发。

住院以来，朴恩都没对叶凉讲过一句自己的情况，面对自己总是一切都好的样子。可从大家的表情和只言片语中她不难猜到，朴恩现在的处境艰难。这几天，她也曾不止一次地想，如果当时她没有走进那个洗手间，没有多管闲事，是不是这一切就不会发生。或许朴恩早就站在了最高的领奖台上，手里捧着鲜花，享受着荣誉和掌声，即便没有，也不至于面临退队的危机，面对千人的指责。

几年前朴恩离开被迫学习短跑始于她，如今朴恩无法继续短跑，也终于她。

叶凉抬眸望着趴在自己身上的男孩，想着自己这辈子究竟何德何能遇见了朴恩。

在拉米拉国的最后一个晚上，叶凉躺在病床上，睁眼望着窗外的星星。

满天的繁星像洒在天空的珠子，颗颗散发着闪闪的光芒。叶凉突然想到以前的曲溪，天空也有这么明亮的星星。夏天的晚上，朴恩和叶凉两个人就并肩坐在庭院的葡萄架下，妄想偷听到牛郎织女对话的声音。

“睡不着吗？”躺在临时看护床上的朴恩侧过身看着小姑娘，语气轻柔。

叶凉“嗯”了一声，随即说道：“我好像很久都没这么认真地看过星星了。”

朴恩也跟着抬头，被窗子框住的天空星河万里，如今在国内的都市已经很难看见如此多的星星。

“美国的星星也这么亮吗？”过了一会儿，叶凉才在黑夜中再次开口。

朴恩一愣，喉头微微发紧，回道：“差不多，等你好了我亲自带你去看。”

叶凉偏过头，眼睛在黑夜里分外明亮：“你好像从来没和我提过你在美国的生活。”

不是没有提过，而是在美国的那段时间对两人来说话题太过禁忌，里面夹杂了太多不好的回忆，一直以来两个人都在刻意回避。

病房的空调发出轻轻的噪音，朴恩将手伸进被窝，找到女孩柔软的手掌，房间安静了许久。

叶凉不会突然提起美国的生活，良久朴恩才打破一室寂静，问道：“我爸找过你了？他和你说了什么？”

在不知道朴恩去美国真正的原因之前，叶凉也曾想象过朴恩在美国的生活，应该就像电视上演的那样住在小洋房，穿着得体的校服，每天骑着单车上下学。或许家里还有一只大狗，冬天靠着温暖的壁炉，抱着狗懒洋洋地取暖。

后来朴恩回国，短短时间内包揽了各大奖项，成为人们口中的“风中少年”，大家都夸朴恩是短跑界的天才少年。叶凉也一直认为是朴恩天分极高，可她现在才知道，原来所谓的天才都是在那黑暗的五年硬生生被塑造出来的。

朴世初是体育狂人，曾经叶凉只在刘锦的口中听过只言片语，可没想到对待自己的儿子竟真的能下此狠手。前几日，朴恩说的那句“把我锁在跑步机上长达八个小时”让叶凉倒抽了一口凉气，而当她听到朴世初近似忏悔的话时，还是忍不住掉下了泪水。

她不懂世界上为何有这么狠心的父亲，为了让朴恩迅速成才，每天超过十四小时的超负荷训练，五年内，除了春节没有一天休息的时间。朴世初几乎病态地把希望强加在儿子身上，这时叶凉也终于懂得朴恩的那句“我觉得自己像一台机器”究竟是什么意思。

现在想来，朴恩根本不是害怕联系母亲和她，而是不敢联系。他怕听到她们的声音他会受不住这种苦认输，怕自己好不容易坚定下来的信念会被摧毁。

朴世初希望叶凉让朴恩原谅他，可当叶凉听完故事后，她自己都无法原谅。

是她，是因为她，朴恩才受尽了这种苦。

叶凉没有将朴世初和自己的谈话重新叙述一遍，只是对着朴恩轻轻摇了摇头，问道：“你有没有后悔遇见我？”

“从没有，一刻都没有。”朴恩将小姑娘的手拿起贴在自己的脸颊上。

“可是我很后悔遇见你。”

叶凉明显感到男孩的身子一僵，叶凉回握住朴恩的手，缓缓说道："这几天我想了很多，一帧帧过往如电影日夜在我脑海里转啊转。我回想我曾三次与死神擦肩。第一次是我儿时的那场心脏手术，父母为了救我欠下了高额的债务；第二次是春节心脏病发，我得知原来你是为了我才奔赴了美国；而这第三次则是在前几天，你又为了救我放弃了比赛，可能断送未来的短跑生涯。"

"朴恩，所以我特别后悔遇见你。如果没有我，你本拥有更加灿烂的人生。"叶凉的声音有些哽咽，只得停顿片刻才继续说道，"我在被关起来的时候特别庆幸，庆幸当时按断了你的电话，我不想再耽误你的人生了。可是你还是来了，最后你还是来了……欠下你的，我已经不知道怎么才能还清了。"

叶凉强忍住泪意，扭头望着窗外，将泪水逼回眼里："现在你也该拥有自己的人生了，无论是你父亲，还是我，都不能再自私地把你绑在身边。

"朴恩，我们分手吧，我希望你也能拥有自由。"

距离叶凉提出分手已经超过十二个小时，而朴恩一直没有做出回应。那晚的星空似乎已经遥远，只是从朴恩眼眶落下的那滴泪，却透过叶凉的手背烙印在了她心底。

天色泛白的时候，冯勇带着几名队员来医院接他们去机场。叶凉的肋骨和大腿分别严重挫伤，还无法自由行走，原本原禹想背她上轮椅，却被朴恩沉默地推开。

朴恩用左臂搂住叶凉的腰，让小姑娘用双臂环住自己的脖颈，尽管吃力，却仍然坚持亲力亲为，仿佛昨晚的分手如梦一场。

叶凉没有拒绝朴恩的好意，窝在朴恩的胸膛里，叶凉看见男孩眼睛下沉重的黑眼圈，轻轻叹了一口气，她最后还是辜负了他。

回程路上，朴恩和叶凉的座位被安排在了一起，只是两人的互动相当少。短跑队的氛围也谈不上愉悦，发生这样的事，谁都无法高兴起来，这一趟拉米拉国之行于短跑队而言，可以用糟糕透顶来形容。

刘锦和林秀接到孩子们回国的消息，也都特意从曲溪赶了过来。之前她们也是通过新闻报道了解到相关信息，林秀知晓叶凉受了伤，可当亲眼看见自己的女儿坐在轮椅上被人推出来时，立刻控制不住自己的情绪，跑过去抱着叶凉默默流泪。谁能想到出去做体育采访，却险些把命都搭上了。

朴世初也自己买了机票，跟着这班飞机飞回了北城。穿越人群，刘锦一眼就看见了自己的前夫。她实在无法控制火气，冲上去就开始狂打："你怎么还有脸出现在朴恩的面前，怎么还有脸回国？都是你害的，朴恩这样都是你害的！"

体育队的人纷纷跑过来拉架，朴世初的头发和衣服被刘锦弄得凌乱不堪，整个人异常狼狈。围观的人越来越多，刘锦不想把事情搞得太难看，站在原地运了运气，用充满敌意的眼睛盯着朴世初："如果你还有良心，就立刻滚回美国，也不要再靠近朴恩一步。"

冯勇来之前已经和医院打好了招呼，从机场出来，一行人就直奔医院，进行二次检查。

叶凉虽然身上多处挫伤，可受伤的程度远不如朴恩的手臂深。过了一周，当叶凉出院可以回家静养的时候，朴恩的手术才排上了行程。

"朴恩后天就做手术了，你确定明天就出院吗？"林秀一边给女儿收拾衣服，一边嘟囔，"你也该收收你的小性子了，人家朴恩对你怎么样你心里清楚。这几天我一直憋着没说，你看自己对朴恩的态度，不闻不问，连你刘姨昨天都问我知不知道你们俩闹什么别扭了。

"要脾气也得分个时候，你看看你现在被朴恩惯成什么样了。"

叶凉坐在病床上，脸上仍没什么血色，平静地说道："我们分手了。"

林秀的手一抖，衣服也不叠了，往箱子里一丢，说道："你说什么？"

"我说我们分手了。"叶凉舔了舔干涩的嘴唇，眼睛无神地盯着病房里的某一个点。

“叶凉，你给我说清楚，什么叫分手了？”林秀陡然提高音量，走过去把病房的门关上，眼角的皱纹紧紧堆在了一起，“你摸着良心说说人家朴恩究竟为了你付出了多少，给咱们家还了债，平时对你也说一不二的，现在就连你的命都是人家朴恩救回来的！你说分手就分手，我平时就是这么教育你的？”

叶凉眼里布满了泪水：“那你要我怎么办，不分手你要我怎么办，还要我继续拖累朴恩一辈子吗？”

叶凉固执地用袖口擦去眼角的眼泪：“你知道朴恩在美国过的是什么日子吗？你知道朴恩为了救我可能被退队吗？你知道朴恩手臂受伤，医生说即便手术成功，也很难再恢复到以前的灵敏度，他可能再也无法跑回曾经的速度了吗？你不知道，你什么都不知道。”

“他开始就不想练短跑的，是我们，是我们害得他变成了这样，是我们让他别无选择的。”叶凉大喊，“所以为什么，为什么你当时要答应让他还债，那时的他才十四岁啊……为什么要让他来还……”

叶凉把脸埋进手里，喃喃道：“如果当时被人‘买’走的不是他，是我就好了。随便什么地方都好，只要他能好好地过自己想过的人生就好了。”

林秀浑身的力气像被抽走了一般，坐在叶凉的床边：“是我的错，是我对不起朴恩他们一家。”

叶凉拼命摇着头，抱住林秀，终于忍不住号啕大哭：“妈，对不起，对不起……是我害死了爸爸，也是我害得你这么辛苦，现在还害了朴恩的人生。对不起，真的对不起……”

而在一墙之隔的门外，一抹高大的身影倚墙而立，独自站了很久才掉头离开。

# 第十一章

## 再次开始

朴恩手术当天，叶凉直到最后都没出现，刘锦开始有些不放心，频频偷偷观察看似异常平静的儿子，几次都想张口和儿子谈谈，可终于还是什么都没说出口。

叶凉出院的时候亲自找了刘锦，小姑娘当时跪在自己的面前道歉。儿子这一路走来，做母亲的看在眼里疼在心上，说不埋怨都是假的。朴恩刚走的那些天，刘锦也是日日想夜夜盼，可当一无所知的小丫头哭晕在自家门口的时候，所有的怨也都消散了。

叶凉又有什么错呢？这都是朴恩的命。

那天，刘锦抱着叶凉哭了很久，仿佛这一辈子的泪都流干了。年过半百，也看透了很多事，她能懂叶凉心里的压力和痛苦，索性也就放手让他们年轻人自己去折腾。

手术室外，冯勇跟刘东两位教练都特意过来等待结果，而朴世初也低着头坐在门外的椅子上。自从朴恩住院，朴世初每天都雷打不动地过来守着。起初刘锦还粗声粗气地轰人，可轰走了他隔天又出现了。来了也不说什么，他就一个人默默地坐在病房外的长椅上，一坐就是一天，后来刘锦索性就不管了，任由他坐着。

几个小时后，手术室的灯灭了，几个人连忙上前围住医生：“八根钢钉打得非常完美，没有出现任何异常情况。回去后好好休息，病人半年之内都不要做剧烈运动。”

朴恩被推出来的时候，神志还是清醒的，只是神色有些不快。

过了几天，队里关于朴恩弃赛的处理结果出来了，在冯勇和其他短跑队队员的共同请愿下，队领导还是本着惜才的心给了朴恩一次机会，没有开除朴恩，而是做出了禁赛六个月的处罚。

朴恩出院当天，还是见了朴世初，开口便问道："如果当时你面临相同的处境，被绑架的是我的母亲，你会选择继续比赛还是立即去救她？"

朴世初的眼神由于岁月摧残已日渐沉着，曾经挺拔的身影也变得略微佝偻。儿子的问题让他犹豫了几秒，最后，他还是选择诚实地回答："我会继续比赛。"

对于朴世初的答案，朴恩并不觉得意外，甚至在意料之中。只是朴恩有很多东西没有想通，所以才问了这个问题。

可是他没想到朴世初会继续回答："但是当我知道你为了叶家那个姑娘离开赛场的时候，我也没有任何的惊讶，甚至觉得这才是我儿子啊。"

朴世初想到那个场景，嘴角甚至扬起了一丝笑意："我花了半辈子才弄明白，选择本身没有对错，无论哪种都是对自己的人生负责。我对你唯一抱歉的，就是用强硬的手段逼迫你做了你原本不想做的事，却并不后悔年轻时选择继续训练而离开你和你的母亲。

"叶凉之于你，就相当体育之于我。

"我等了你这么久，并不奢求你或你母亲的原谅。我只想让你知道，从今以后你做的任何决定，我都会愿意尊重。无论你如何选择，你都是我的儿子，我唯一的儿子。"

手臂受伤，暂时无法继续训练，朴恩也恢复了参赛集训那段时间停下的学业。

朴恩返校，最开心的莫过于大山。他一只手搭着朴恩，一只手搭着方安阳，连声叨叨："现在朴恩回来了，咱们北城三剑客又能浪迹江湖了。"

方安阳嫌弃地把大山的手拍掉，然后对着朴恩调侃道："我还以为你会跟叶凉一起搬出去呢，没想到你还挺矜持的。”

乍听到叶凉的信息，朴恩的心被重重撞了一下。这段时间，朴恩一直强迫自己不去听小姑娘的消息，可当方安阳说出叶凉的名字时，朴恩才知道自己所有的努力都不过是自我麻痹。

“搬出去？”

“对啊，她自己在校外租了房子。”方安阳皱了皱眉，“难道叶子没跟你说？不应该啊……”

朴恩抿了抿嘴唇，他不知道。

虽然他绷住不联系叶凉，可他知道小姑娘一直私下和母亲有联系。这次他回校的消息叶凉自然也是事先知情的，她选择在这个时间搬出去，让他也不得不多想。

叶凉真残忍，残忍到连在路上偶遇的机会都狠心地切断。

方安阳默默观察着朴恩的神情，突然一个大胆的假设飞入了他的脑海。结果不会看人眼色的大山这时横插一脚：“叶子搬出去了，自己一个人吗？那咱们是不是得买点东西恭喜乔迁啊。”

方安阳用力捅了捅大山的后腰，结果大山哇哇大叫：“你突然戳我干吗？疼死我了。”

方安阳：“……”

朴恩从思绪里拉回现实，继续低头铺着床单。这时候大山才意识到不对劲，扭过头用口型询问方安阳什么情况，方安阳耸耸肩，然后同样用口型回了一句：“他们好像分手了。”

大山没憋住，骂了一句脏话，承不住事儿的他立刻就对着朴恩问道：“朴恩，你跟叶子分手了？”

方安阳：“……”

朴恩的手顿了一下，从牙缝里挤出来了一句话：“没分。”

大山长舒了一口气：“我就说，谁分你们俩也不可能分手，当时你比赛那天我可是守着直播看的，你离开时，镜头只拍到一个背影，但我就知道你不会无缘无故弃赛。果然不出我所料，是为了救叶凉。

就你那背影，就一个字儿，帅！”

“帅？”朴恩铺好床坐在床上，“你不觉得为了私事弃赛是不理智的吗？”

“什么叫为了私事，人命关天的事儿怎么是私事。”

朴恩盯住大山的眼睛问道：“如果是你，你会不会弃赛？”

“这还用问，比赛多得是，可人命就一条，这还要选择？”

大山的回答让压在朴恩胸腔多时的那口浊气呼了出来，他拍了拍大山的肩膀，还没说话，手机突然振动了一声。他打开手机，发现竟是叶凉给自己转了一万块钱。

她这是想跟他划清界限？

朴恩磨了磨后槽牙，拿起手机就往外走。

“哎，你干吗去？”

“我找人算账。”

“你怒气冲冲要找谁算账啊？”大山皱着眉追在后头问道，“晚上还要不要弄个宿舍聚餐啊？”

“改天，今天晚上我不回来了。”

话说完，朴恩就跑得没影儿了。

大山挠了挠头：“怎么朴恩去G队溜达了一圈回来神神道道的，这刚铺好床，怎么晚上就又不回来住了？”

方安阳做出看穿一切的表情，冲着大山说了一句：“木头。”

大山摸不着头脑：我又怎么了？

几经辗转，朴恩终于要到了叶凉租房的地址。顺着导航找来的时候，朴恩的眉毛皱得都能绕在一起打成结了。

叶凉应该是考虑到了目前的经济状况，租住的是一套比较老旧的房子，说是老旧，其实都有点美化这里的环境，在朴恩看来，这儿根本就是危房。拥挤的楼道堆满了杂物，拴在楼梯上的破旧自行车几乎堵住了一半的路，地上都是垃圾和灰尘，也无人打扫。等爬到叶凉租住的顶层时，朴恩感觉自己好像已经经历了九九八十一难。

叶凉租的房子非常好认，黄色木质门的中间贴了一张鲜红的财神爷海报。朴恩站在原地思索了片刻，然后深吸了一口气，板起脸开始敲门。

没人？朴恩低头看了眼时间，已经晚上七点了，小姑娘竟然还没回来？

在下楼和原地等待之间，朴恩毫不犹豫地选择了后者。

朝四周环视了一圈恶劣的环境，朴恩从兜里掏出手机，靠在看起来还算干净的财神爷海报上开始玩手机。手机屏幕还是当时他换的两人拥吻的照片，他伸出修长的手指点了点照片上小姑娘的脸颊，小声说了一句："残忍的小东西。"

直到把所有的照片都翻了一遍，叶凉还是没有回来。

手机上的时间灵敏地跳到了八点，朴恩有些站不住了，难道叶凉出差了？还是自己找错地方了？手指在叶凉的电话上晃悠着，突然朴恩的耳朵动了动，听到了从楼下传来的轻巧的脚步声。

朴恩飞速收起手机，听着下面的声音距离自己越来越近，声声踩在他的心尖上。

叶凉耷拉着脑袋，有气无力。

拉米拉国运动员注射兴奋剂事件虽然给朴恩的体育事业造成了恶劣后果，可对发现这件事的记者叶凉而言，起到的效果却恰恰相反。

《××体育周刊》特别发给了叶凉一万元的奖金作为奖励，并且顾汐润又一次提出转正的建议。叶凉已经大四了，正处于选定工作的关键时期，可是否真的将体育记者作为自己未来的职业选择，叶凉其实并不确定。

身体还未完全恢复，一整天的工作对小姑娘而言其实有些勉强。爬到一半儿的时候，叶凉就已经大汗淋漓，挫伤的肋骨和大腿都有些疼痛。小姑娘只得站在原地喘着粗气，等待痛感过去再继续往上走。

叶凉站了一会儿，楼上传来了稳健的脚步声。叶凉耷拉着脑袋往旁边站了站，楼道的空间太过有限，她以为是自己挡住了对方的路。

结果那人还是停在自己面前，叶凉一脸奇怪地抬头，瞬间愣在了原地，脱口问道：“朴恩，你怎么在这儿？”

狭窄的楼道里充斥着灰尘的味道，楼梯中的灯忽明忽暗在头顶闪烁，焦躁的蝉鸣和着蟋蟀声透过破旧的窗子传来。

叶凉看见朴恩，表情略带惊慌，她盯着面前的男孩瞧，生怕对方只是自己臆想出来的幻影。

朴恩没有回答叶凉的话，刻意板起的脸让他身上带着几分寒意。

嗅到危机的叶凉下意识往后头撤了半步，没想到这个动作却引起了朴恩更大的不悦。

她在躲他?

朴恩直接往前跨一步，用一只手搂住叶凉的腰，女孩儿像沙袋一样被扛在了朴恩的肩上。叶凉吓了一跳，慌忙叫了一声，下意识环紧朴恩的脖颈，生怕自己掉下来。

朴恩迈开长腿就往楼梯上走，叶凉这才惊觉事情的走向好像有些奇怪，于是再次问道：“朴恩，你到底要干吗？”

叶凉的问话仿佛是丢进大海的石子，没能激起半点浪花就沉了底。朴恩的模样让叶凉越发不安，满脑都在疯狂揣测男孩突然过来的目的。

到了熟悉的门口，朴恩才终于开了尊口：“开门。”

背着叶凉连爬三层，朴恩仍旧脸不红气不喘，一副气定神闲的模样，让叶凉也不禁佩服他的好体力。

叶凉手里握着挎包，也不动弹，谨慎地盯着朴恩，两人再次陷入了僵持中。

“开门，还是你想在这儿耗到天亮？”

朴恩始终不说他来的目的，叶凉知道这男人的脾气，最后只能妥协地从包里翻出钥匙打开了门。

叶凉的房间小得可怜，一室一厨一卫，没有客厅，进门就是一张双人床，里面的东西一目了然。按开灯开关，房间被照亮，朴恩发现家里被叶凉收拾得井井有条，地方虽然狭窄，但东西摆放错落有致，空气中还飘着淡淡的薰衣草香薰的味道。

进门后，叶凉就看见朴恩如同领导视察一样穿着她找出来的一次性拖鞋，满屋子溜达。朴恩个子高，她觉得光是朴恩一个人就占满了整间房。

叶凉突然想到露台上挂着的东西，飞速移动到露台门口想将其扯下，却还是晚了一步。朴恩已经眼明手快地把洗干净的男性内裤和上衣握在手上，眼里充满了调侃："我的？"

叶凉瞬间涨红了脸："给我！"

在家里将男生的贴身物品挂在阳台上，算是女性单身房客独居的技巧。刚好叶凉有朴恩换下来的衣服，也没多想，就顺手挂在了阳台上，只是没想到会这么尴尬地让正主逮到。

朴恩也没难为叶凉，又转身把衣服挂了起来，只是脸上明晃晃的愉悦显然与来时的低气压形成了鲜明对比。

审视完一圈，朴恩回到房间，一屁股坐在床上。叶凉忍不住出声："这可是我睡觉的床，你裤子脏不脏就直接坐下了。"

朴恩的表情变得有些古怪，先是确认房间内没有其他可以坐下的位置，然后才问道："那我现在脱裤子？"

叶凉再次哽住，只觉得这次朴恩来势汹汹，半天没能憋出话来。

朴恩没给叶凉太多思索的时间，敛起表情直接问道："你为什么突然搬家？"

叶凉低着头充当沉默的小蘑菇，手里揪着床单也不肯回答。

朴恩见状，换了一个问法："你是为了躲我还是为了躲靳娜？"

这回叶凉没沉默，闷声回了一句："都有。"

朴恩气乐了，这会儿她倒是挺诚实。

"叶子，我们还没分手呢。搬家这么大的事儿，我这个男朋友竟然得从别人的嘴里知道，你觉得合适吗？"

没分手？什么叫没分手！

叶凉抬起头，惊愕地盯着朴恩。男孩看穿她的心思，悠悠说道：“怎么，你什么时候听到我说同意分手了？”

这么一想，他还真没说过！

刹那间，叶凉整个人都不好了，合着自己又是难过又是搬家，到头来正主竟然告诉自己，两人没分手，她都是一个人瞎折腾？

叶凉的脑子蒙了几秒，然后才想到：“可你没同意当时也没拒绝啊，况且在这期间你也一直没联系我……”

难道这还不叫分手吗？

“你没看出来吗？”朴恩皱了皱眉，一本正经地说道，“我在给你时间冷静。”

给她时间冷静？

叶凉怎么都想不到竟然自己会听到这个答案，那点小脾气也跟着上来了，背过头去：“那我现在还没完全冷静，你可以回去了。”

朴恩往前探了探身子：“我就是看你一个月了还没能冷静，所以过来帮你做决定了。”

叶凉：感觉厚脸皮朴恩又回来了。

面条的香味取代了熏香的味道，为家里添置了几分烟火气。朴恩端坐在床边，架着胳膊摆弄梳妆台上放置的瓶瓶罐罐，遇到感兴趣的还放在鼻子边闻闻味道，闲适得犹如在自己家。

叶凉咬着牙站在厨房里，将做好的鸡蛋面盛在碗里，对着外头的人没好气地说道：“饭好了，你来厨房吃。”

朴恩优哉游哉地走过去，晃了晃自己受伤的右臂说道：“我的左手不会用筷子。”

叶凉瞪大了眼睛：“你的意思是我还要喂你？”

朴恩也不表态，只是含情脉脉地盯着叶凉。

明知道这个男人是故意的，可过了几秒，叶凉还是败下阵来，一屁股坐在朴恩对面的位子上，接过筷子，认命地开始卷面往朴恩嘴里塞。

直到一碗面条见底，叶凉还是想不通这一切究竟是怎么发生的。

“现在你吃饱了，是不是可以好好谈谈我们的关系了？”叶凉把碗放进水槽，然后转身正色询问旁边的男孩。

朴恩点了点头：“可以，你说要谈什么。”

叶凉放碗的手一抖，因为无语，声音显得有些激动：“难道不是你来找我的？”

“没错，我是来找我女朋友的。”朴恩先是明确了对象，然后才说道，“我是特意过来说我不同意分手的。”

叶凉抿着唇不讲话，一时间不知如何回应这个问题。她想过两个人可能再次和好，可能是在朴恩已经成熟的若干年后，又或是在自己已从负罪泥沼中走出来的某一天，但绝不是事情完全没有解决的现在。

朴恩叹了一口气，拉过叶凉的手，问道：“今天你为什么给我转了一万，想把当年欠下的钱再还给我吗？”

叶凉咬紧下嘴唇，没有否认。

“你在拉米拉国说的话我这段时间一直在反复回想，你说你希望我能拥有自己的人生，可你有没有想过对我而言，你就是我人生的全部意义。不是你把我绑在身边，应该说，其实是我自私地把你绑在身边才对。”

再度绕回到这个话题，叶凉再次控制不住红了眼眶。

过了这么久，朴恩索性把自己的心情全部摊开放在姑娘面前。

“年少的时候我也不懂什么叫爱，只是知道自己舍不得让你哭，也舍不得你难过。后来去了美国，和你分开的日子我才真正知道了什么是喜欢，什么是思念。叶凉，我没你想的这么伟大，我做这么多事的目的只有一个，就是想拥有你，想和你在一起。

“可是我没想过你在这其中也承受了同样大的压力，我也为我的自以为是感到抱歉。”

叶凉疯狂摇头，眼泪因为这句话决了堤。

“其实爱情哪有亏欠，我给你的都是我已经拥有的。如果你心里难受，你可以就像这样把欠下的钱还给我，或者就把你的下半生全部交给我。”朴恩摸了摸叶凉的头顶，“但是原谅我还是不能答应分手，好不容易得到的你，我不想这么轻易就放弃。”

朴恩发表完长篇大论，空气安静得只有叶凉轻轻抽泣的声音。

叶凉的反应让朴恩心里没了底，来的时候他胸有成竹，但随着叶凉的沉默又一点点消失殆尽。难道他猜错了？叶凉想要的根本不是这些？

朴恩憋不住，试探性地问了一句：“叶子，你是不是忘记了什么？”

叶凉闻言，抬起了头对上男孩的双眼，睫毛上还沾着未干涸的泪珠儿。

朴恩微微皱眉：“我深情表白完，按照流程你难道不是应该拥抱我了吗？”

叶凉破涕而笑，这才扑过去抱住朴恩的腰，把头埋进久违的胸膛里，瓮声瓮气地问道：“朴恩，我有没有跟你说过我爱你？”

朴恩僵在原地，如鼓的心跳在安静的房间里氛围明显。

“从来没有。”

叶凉难得主动，抬起头径直亲吻在朴恩的嘴角：“我爱你。”

朴恩的眼神开始发生变化，带着风雨欲来的深沉：“叶小姐，你这样轻描淡写的吻让我丝毫感觉不到你的诚意。”

“那要怎样才行？”叶凉调皮地眨了眨眼。

朴恩的声线立即沙哑了下来：“让我来教你。”

语毕，男孩低下头含住姑娘的唇瓣，左手环住叶凉的肩膀，把姑娘往自己身上压，结果用力过猛，叶凉的前胸撞在了朴恩坚硬的石膏上。叶凉发出一声闷哼，朴恩吓得赶紧跟姑娘拉开一段距离，盯着撞到的部位问道：“疼吗？”

叶凉一张脸已经大红。

朴恩伸出一根手指，戳了戳姑娘的胸，试探地问了一句：“要不要我帮你揉揉？”

叶凉：“……”

为了上班方便，叶凉租的地方其实距离学校并不近。眼见天色越来越沉，男孩似乎丝毫没有要走的意思，叶凉觉得这个节奏好像有些不太对，于是提醒了一下：“现在已经很晚了。”

朴恩看了一眼手机上的时间，终于舍得抬起沉重的屁股。

叶凉以为朴恩要走了，刚想送男孩到门口嘱咐他路上小心，结果他转了个弯，直接到了小露台，伸手把自己晾的衣服裤子拿进来：“这些都是干净的吗？”

叶凉不明所以地点点头，两条黛眉浅蹙：难道朴恩还想要拿走它们？

“那我等等洗完澡就直接换这个睡觉了。”

叶凉怀疑自己的耳朵出了问题：“你说你要换这个在哪儿睡？”

“在这里啊。”朴恩说得自然，然后见叶凉揪着眉，微微凑过头去，“害羞啦？放心，我保证只是乖乖睡觉，绝对不越界。”

所以现在的重点是这个吗？

叶凉觉得朴恩的脸皮随着两人关系的亲昵越发厚了起来。

“你干吗不回宿舍睡？这里很挤的。”而且，同居传出去多不好听啊。

“学校都是公共浴室，我洗澡很不方便。”朴恩以手臂受伤为由提出反驳。

“那你就洗完澡走。”叶凉退了一步。

结果叶凉话音刚落，面前的朴恩飞扬的眉毛默默垂了下来，手里的衣服皱成了一团，仿佛都在用形状配合主人诉说着委屈：“你是不是后悔了？”

“嗯？”这突如其来的变脸让叶凉措手不及。

“你这么急着赶我走，是不是后悔和我在一起了？”朴恩扯着手里的上衣，“我就知道你刚刚说爱我都是骗我的，都是因为我之前救了你。其实你不用这样的，我说了都是我心甘情愿的。

“如果你不答应我也没关系，我愿意等你……”

越说越没边儿了，叶凉怀疑朴恩不是一个运动员，而是一个演员。怪不得当初跟原禹分配在了一个宿舍，一个 rapper，一个戏精，刚好能凑成对。

“留下，别说了，你今晚留下吧。”叶凉掐了掐眉心，“但只有一晚哦，明天你就要乖乖回宿舍。”

“好的。”朴恩乖巧地点了点头，随即欢天喜地地走进了卫生间。

洗漱间传来“哗哗”的水声，叶凉脑海里忍不住想到那边的旖旎。朴恩的肌肉并不夸张，身材偏精瘦，整齐的八块腹肌无须刻意凸显就能看见。不知停了一个月的训练，朴恩的肌肉还在不在。

这么想着，叶凉的脸颊添了些粉红。她猛然意识到自己的思想脱了缰，赶紧敲了敲自己的脑袋，暗骂自己不纯洁。然后她匆忙跑到柜子边，抱出一床夏凉被铺在床上，假借忙碌稳定心神。

才把被子铺好，卫生间的水声停了，里面传来朴恩的声音：“叶子，我用你的毛巾可以吗？”

叶凉才降温的脸再度滚烫，小声“嗯”了一声。

结果声音太小，朴恩没听到，门唰地被拉开，朴恩半个身子露在外头：“你说什么？”

健硕的胸肌还在往下淌水，顺着整齐排列的腹肌没入未知的区域，匀称的身材充分演绎着什么叫穿衣有肉脱衣显瘦。叶凉不自觉吞了口口水，朴恩暗中微微用力，将自己身材的肌肉淋漓尽致地呈现在女孩面前，装作不经意地展示自己的男性魅力。

“啊……什么？”叶凉还没从男色中缓过神，听到朴恩的话，双眼迷茫地望着朴恩的脸。

“我说刚刚没听到你的回答，我可以用你的毛巾吗？”

叶凉讷讷地点头。

目的达到的朴恩满意地勾了勾嘴角，说了句“谢谢”就缩了回去。

不到一秒，他又打开门，多问了一句："宝贝，我的身材你还满意吗？"

叶凉骤然回神，这才意识到刚刚朴恩是故意的。

抄起的抱枕砸到再次合紧的门上，洗手间里发出的轻笑让叶凉热到几欲自燃，真是一个心机 boy（男孩）！

洗手间的门再次拉开，叶凉下意识地抬头，然后飞速捂住眼睛，大吼道："你干吗不穿衣服？"

朴恩拿着毛巾，无辜地擦着头发："我穿了啊。"

叶凉顺着张开的指缝瞧过去，又飞速合紧手指："你只穿了裤子！"

明晃晃的腹肌差点闪瞎她的眼！

等了几分钟都没听到朴恩回话，房间仿若无人，连自己的呼吸都清晰可闻。

叶凉缓缓把手拿下来，迎面对上朴恩放大的脸，距离近到连男孩细腻的毛孔都能看见。

叶凉感觉自己浑身的血液都在往上涌，被半裸美男在如此近的距离下凝视的体验还是头一次，她的头飞速后仰，想拉开危险距离，却被男孩看穿想法，直挺挺地将她扑倒在了床上。

叶凉被男孩用极度暧昧的姿势压在身下，男孩此时上身赤裸，每一处贴合的地方都像着火了般炽热滚烫。叶凉的心脏跳得快要飞出心室，粗着声音掩饰自己的不安："朴恩，你干吗？重死了，快快起来。"

"刚刚你不是还看得起劲吗？现在怎么突然害羞啦？"朴恩的嘴角往上挑，带着几分玩世不恭的坏笑，然后对着叶凉的耳边轻声说道，"我用了你的沐浴乳，现在感觉浑身都是你的味道。"

语毕，朴恩的头自然往下压，对准那张惊讶到合不拢的小嘴垂下去。

而叶凉此时的大脑完全处于停止运作的状态，被朴恩轻佻的语言吓到，怎么一个月不见，这人变化这么大，竟然还学会了勾引她！

朴恩终于采撷到朝思暮想的粉唇，正打算慢慢研磨时，叶凉突然想到些什么，张嘴用力咬住男人的舌头，毫无防备的朴恩吃痛地弹起来，就听叶凉气鼓鼓地问道："从实招来，你这套跟谁学的？是不是这一个月你背着我偷偷做了什么见不得人的坏事？"

朴恩：什么？

"你别装了，以前你才不会说这种话！"一个月前，朴恩还是连亲吻都会脸红的纯情大男孩，哪里会像现在这样竟然公然诱惑她？！

朴恩万万没想到叶凉竟会有这番反应，头摇得像拨浪鼓。叶凉发出好大的"哼"声："最好你什么都没做，要是让我发现你就死定了！"

男孩像一个犯错误的小学生，双手垂在身侧。叶凉走过去，一把拽住毛巾："你把毛巾还给我。"

临到洗手间门口，她还瞪了眼朴恩："赶紧去穿衣服！"

洗手间的门"砰"地关上，一反刚刚的强势，叶凉立刻用手捂住滚烫的脸颊。朴恩突然的变化简直杀伤力太大，想到刚刚充满暗示的亲吻，叶凉的心脏就不听话地再次飞速跳动起来。还好她理智回笼，及时刹车，否则两人现在的关系一定出现了质的飞跃。

隔着一堵厚厚的墙，洗漱完的叶凉也不知道现在朴恩在做什么，小姑娘赖在里面迟迟拖延着时间不好意思出来。这种心情有点像新婚之夜，娇羞的新媳妇面对丈夫的感觉。

被自己的比喻吓得打了个冷战，叶凉这才鼓足勇气拉开洗手间的门。结果就看见男孩上衣已经穿好，此刻正如同受伤的小蘑菇蜷缩在大床上，两腿间还夹着夏凉被，每一个毛孔都在叫嚣着委屈。

叶凉蹑手蹑脚地爬上床的另一边，手指戳了戳朴恩的脊梁骨："舌头还疼吗？"

朴恩像一只大狗拱了拱屁股，脸埋在枕头里只露出毛茸茸的头顶。

叶凉无奈，又往旁边挪了挪，敲了敲男孩的后背：“我不该咬你的，你别生气了。”

这回朴恩说话了，声音被枕头吃进去了一半，听起来有些瓮声瓮气：“你还质疑我的人品，还凶我。”

“我什么时候……”叶凉这才想到刚刚自己随口找的理由，瞬间有些理亏，“嗯，我那不是在质疑你。”

见朴恩的头又往枕头里拱了拱，叶凉才认输道：“好了好了，是我错了。”

然后她又嘟囔了一句：“我不是突然间也被你吓到了嘛，吻技突然间变得那么好……”

听到这句话，朴恩的耳朵动了动，立刻抬起头来盯着小姑娘，脸上被枕头压出了两道清浅的痕迹：“真的吗？我的吻技有变好吗？”

所以他的注意力都集中在了这个上面？

被朴恩单独拎出来问，叶凉也有些别扭：“我什么都没说。”

“你说了，我听到了。”朴恩的眼睛里像有无数小星星闪烁着，对叶凉撒娇，“我的舌头还在疼。”

“啊？”叶凉有些紧张，刚刚她确实用了些力气，不会流血了吧，“你伸出来我看看。”

朴恩听话地把舌尖伸出来：“好像流血了。”

果然上面有一个小小的口子。叶凉更愧疚了，朴恩嘴巴没闭上，直接说道：“听说唾液能消毒，你顺便帮我舔舔吧。”

叶凉：什么？

朴恩伸着舌头，目光单纯，含糊不清地说：“快啊，这次我不动，你来。”

叶凉：“……”

晚上睡觉，叶凉做了一夜的噩梦，梦见朴恩拿着锤头追着自己，要她表演胸口碎大石。从梦中醒来的时候，叶凉还没完全恢复清醒，可胸口感觉异常沉重，仿佛上头真的放了一块巨大的石头。

叶凉愣了愣神，低头最先看见了一只硕大的手臂横亘在自己胸前，坚实的石膏仿佛有千斤重，而手臂的主人仍不自知兀自睡得香甜。

叶凉毫不客气地伸出手，把害她一夜睡不安分的巨掌甩到一边，被惊醒的朴恩迷迷糊糊地睁开眼，问道："几点了？"

叶凉懒得理他，翻身下床准备洗漱上班。

朴恩也迷糊地坐起身，看了一眼手机上的时间，挠了挠鸡窝头，也翻身下床，挤进狭窄的洗手间，从后头半抱住正在刷牙的小姑娘："你都没跟我说早安。"

叶凉从镜子里看了男孩一眼，慢条斯理地把牙刷从嘴里抽出来，猛然回头用满是泡沫的嘴堵住男孩的双唇，作乱的舌尖带着双倍薄荷清凉闯进去，直到确认对方嘴上也染满了牙膏才再次转过头去，装作一切都没发生过的样子继续漱口洗脸。

才刚起来，朴恩的脑子反应速度还没这么敏捷，仍旧以原本的姿势站在身后，嘴巴周围白花花的像一个老爷爷。

叶凉脸上满是小人得逞的奸笑，抬起胳膊揪了揪朴恩的脸蛋说道："新牙刷给你准备好了，快点刷牙。"

说完，她也不等朴恩反应，直接灵巧地逃了出去。

两分钟后，回过神来的朴恩也带着满嘴泡沫从洗手间冲出来，噘着嘴追着叶凉索吻。一大早，两个年纪加起来快半百的成年人在房间里上蹿下跳，互相闹得像还没上学的孩子。

坐在办公室里，叶凉想到自己和朴恩的关系，还觉得荒唐得好笑。

也没有什么正式的表白，她就稀里糊涂地成了朴恩的女朋友。而现在经过一个月的"假分手"，两个人又莫名其妙地重归于好了。她突然有种自己就生活在玻璃瓶里的错觉，她总以为能够走到外面的世界，却绕来绕去一直都在名为朴恩的玻璃罐里打转。

叶凉弯了弯眼角，不过这似乎也没什么不好。

就像朴恩说的，他们走到今天这步不容易，现在朴恩已经走了九十九步，剩下的一步自己也要勇敢地往前迈出去。不管曾经怎么样，剩下的债她用余生去回馈就好。

“叶子，田径队那边今天召开记者会，关于朴恩处罚决定的通讯稿你尽快拟定上传到网络上。”

康红的话瞬间把叶凉拉回现实，她完全忘记这件事了。

这一个月她都在当缩头乌龟，迟迟不敢去问关于朴恩弃赛的处罚结果。昨天朴恩突然出现，她更是没想到要询问这件事。

叶凉的声音有些发抖：“记者会开完了吗？朴恩……朴恩的处罚结果是什么？他……他被退队了吗？”

“你还不知道？”康红倒是有些惊讶，“他没退队，禁赛六个月。”

叶凉浑身像被人抽去了气力一般瘫坐在椅子上：太好了，他没退队，太好了。

眼里积聚了一层雾气，康红理解地拍了拍叶凉的肩膀：“你可以看看记者会的回放，然后赶紧把简讯写出来，我们要发布在平台上。”

昨晚康红交代下来的任务，叶凉走到办公室外面，颤抖着手拨通了朴恩的电话。

朴恩现在没有训练，时间上宽松了很多，响了两声对方就接起电话，语调轻松：“小叶子，你怎么知道我在想你呀？”

叶凉喉咙哽住，一时间竟不知该问男孩什么。

朴恩察觉到叶凉的异样，立刻紧张起来，收敛开始的悠闲，声音微凛：“怎么了？”

良久，小姑娘的声音才再次传来：“我看了今天的新闻发布会，你没被退队。”

原来是这件事，朴恩轻轻松了一口气：“嗯，我没被退队。”

听筒里只有两个人呼吸的声音在交错，等了一会儿，叶凉才又问道：“你现在做什么，有时间吗？”

朴恩“嗯”了一声，听小姑娘继续说道：“我现在想见你，我马上跟红姐请假，你能来接我吗？”

朴恩只回答了一句“等我”，就挂断了电话。

撂下电话，朴恩穿上外套就往宿舍门外走。大山在后头叫唤：“你干吗去？不是说好了今天陪我去面试吗？时间快到了，咱们该走了。”

同样步入大四的大山报考了家乡的一所高校，担任体育老师。之前他过了初试，今天正是复试的日子。

“让安阳陪你去吧，我临时有些事。”

说完，朴恩就跑出去不见了踪影，徒留大山的那句“重色轻友”飘荡在空气中。

以往叶凉在人群中，第一眼看到的先是朴恩挺拔的身姿和超高的颜值，而如今小姑娘第一眼瞧见的却是男孩醒目的石膏。

现在朴恩已经有了一定知名度，站在办公室楼，还有三三两两的人聚在一起偷偷拿着手机拍照，胆子大的还会上来索要签名，不过都被朴恩婉拒了。

叶凉迈着小碎步跑过来，瞧见朴恩，像一只小鸟扑进朴恩的怀里：“你来得好快。”

朴恩用左手揉了揉小姑娘的碎发，然后紧握住姑娘的右手，十指紧扣：“挂断电话我就出来了。”

“我就是看见你没被退队太高兴了，想立刻见到你。”叶凉心里漾着甜蜜。

朴恩揪了揪小姑娘的鼻尖：“你想让我继续练短跑？”

结果意外地，叶凉却摇了摇头：“我开心的不是你能继续短跑，我开心的是你终于有了重新选择的机会。”

“如果被迫退队，你的心里一定会有太多的遗憾。可现在不一样了，现在选择权再次回到了你的手中。”叶凉的嘴边漾出的喜悦足够点燃盛夏，“现在我有种一切都回到原点的感觉。”

叶凉突然停下脚步，抬头对上朴恩的双眸，眼神真挚地问道：“现在我可以重新问你两年前的那个问题了，朴恩，这次你要进入G队吗？”

清风吹来，繁茂的树枝迎风微微晃动。女孩的刘海儿被风吹起，裙摆在空中飘扬。

历史仿佛重现，朴恩的心好像从未如此平静。这一次他没有片刻犹豫，弯了弯嘴角说了一句：“当然。”

叶凉怔怔地站在原地，这一刻她突然发现朴恩好像变了很多，眼底流淌的是从未有过的坚定。

悬荡很久的心突然间找到了归处，两人分开的一个月里，到底还是有很多东西不一样了。叶凉的嘴角越咧越大：“这回你想清楚了？”

朴恩懂得小姑娘在问什么，也笑着回道：“嗯，所以昨天我才敢去找你。”

叶凉踮起脚，环住朴恩的脖颈，整个人紧贴住朴恩的胸膛。朴恩抬着胳膊轻笑：“叶子，咱们回家再抱吧，这儿人太多了。”

叶凉如梦初醒，一把推开男孩，才发现周围驻足着几个姑娘，整个人像被丢进沸水里狂煮。那几个围观群众手里拿着相机，也因为两人在路上狂撒的“狗粮”兴奋不已。其中一个小姑娘还非常大方地对着叶凉挥手，脸上闪着激动和八卦之光：“姐姐，今天的照片我可以传到网上吧？我是你们的粉，‘恩凉’大旗永不倒！”

叶凉：“……”

知道女孩们走后，叶凉才忍不住使劲儿打了一下朴恩的胳膊：“你为什么不早一点告诉我周围有人？丢死人了。”

“我也不知道你会突然‘兴致大发’，直接扑倒弱小的我。”朴恩调侃。

“什么兴致大发……”叶凉气得跳脚，“你的语文是体育老师教的吧！”

朴恩闻言，煞有介事地点了点头：“嗯，刘东的语文造诣确实也不怎么好，以后我都跟你学。”

就他嘴皮子溜。

回到小出租，屋两人坐在沙发上，叶凉才对朴恩说道：“前段时间顾主任找了我，说了想让我留任的事，她和你说了吗？”

“没有。”朴恩摇了摇头，“你的想法呢？”

“前一段时间我原本一直在犹豫。”叶凉摸了摸衣摆，“我害怕如果你放弃了体育，那么我选择留在《××体育周刊》似乎就失去了意义。”

“可现在我决定留下。”叶凉握紧朴恩的手，“我想跟你在一起，亲眼看着你奔跑。”

朴恩的心情转了好几道弯，才缓慢地说道：“我怕你会失望。”

手臂恢复之后的灵敏度可能大不如前，如今康复之后的结果谁都无法预料。虽然朴恩留在了G队，可最后能跑出什么样的成绩却还是一个未知数。

“这样最好。”叶凉低头亲了亲男孩的嘴角，眼里充满着狡黠，“那我就可以成为你唯一的支持者了。”

“在我心里，你永远都是那个唯一。”

# 第 十 二 章

## 向你狂奔

六月，叶凉入职了《××体育周刊》，成了一名职业体育记者。而大山也成功通过面试，成了一名光荣的人民教师。

毕业典礼当天，叶凉作为新闻系优秀毕业生代表上台演讲，站上演讲台往下望，礼堂的每一张面孔都被清晰地纳入眼底。在一群身穿学士服的同学中，身穿白色衬衫，下配条纹休闲裤的朴恩显得异常显眼。男孩手里捧着一束花，安静地站在礼堂门口，爽眸含笑地看着自己。

叶凉对着那一抹帅气的身影勾了勾嘴角，往上吸了一口气，才不疾不徐地开口："九年前的暑假，我生命中最重要的人突然不辞而别远赴美国，杳无音讯。四年前，为了亲自去将这个人逮回来，我在高考志愿上填写了外文系。"

叶凉说完，大家的注意力全被女孩口中的往事抓了过去。熟悉这对情侣或者喜欢刷微博的人都知道，叶凉说的这个突然远赴美国的人，就是朴恩。

"志愿截止的最后一天，班主任看到了我选择的院系，亲自打电话告诉我，他听说北城大学新闻系好像和美国高校搞了一个联合培养项目，到了大二，成绩优秀的同学可以申请。得到这个消息的我，立刻匆匆改了志愿，成了一名新闻系的学生。大一一年我拼命学习，参与课外实践，就是希望能够在大二申请成功，可是当大一下学期结束，我去问辅导员是否能够报名时，老师却告诉我，她从来没听说过有这个项目。然后我才知道，原来这件事是当时我的班主任为了让我选择新闻系，胡乱编出来的谎言。”

台底下的人笑成一片。

叶凉也无奈地耸了耸肩，继续说道：“当时我真的非常后悔自己冲动的选择，也恨极了当年班主任的误导。可是大二开学的时候，让我记恨了五年的那个人再一次闯进了我的生活。在采访中遇见他的那一刻，我从未如此庆幸我选择了新闻，选择成为一名记者。”

会场再次找回了安静，只有朴恩一个人握着鲜花的手微微颤抖。

叶凉从未私下讲过自己当时为何选择新闻专业，曾经他还觉得奇怪，叶凉的性子不算外向，也不擅长交际，可为什么会偏偏选择新闻专业，没想到原来竟与他有关。小姑娘后面的话他已经记不清了，他的眼底心里全部被名为“叶凉”的这个姑娘占据，原来这五年不仅是他在努力靠近她，叶凉也在为了两人的重逢努力着。

朴恩觉得世界上最美好的事莫过于此。

这一刻我在想你，而你恰好也在想我。

演讲结束，会场上爆发出雷鸣般的掌声。大山夹在毕业生中喊了一句：“朴恩，快去送花啊。”

大家这才发现原来男主角也在现场，瞬间好好的毕业典礼变成了起哄大会。朴恩在大家的笑声中，同手同脚地走到舞台旁边，把花递了过去，然后小声对着姑娘说了一句：“我爱你。”

叶凉从楼梯上走下来，嘴角漾出一个小小的酒窝，回了一句：“我也是。”

出了会场，《走进体特》的原班人马重聚在了一起，站在当时的训练馆准备留下最后的合影。

除了朴恩，其余的人都身穿学士服，头戴学士帽，小周脖子上仍旧挎着一部相机坐在地上。叶凉握着一个道具话筒站在朴恩旁边，其余的队员们互相搭着肩站成一排，教练刘东站在最边上，对着镜头齐声喊了句“茄子”。

至此，画面定格，这部纪录片终于有了结局。

毕业后，叶凉算是正式投入职场，成了一名上班族，而手臂拆线的朴恩也正式进入 G 队开始训练。

手臂受伤，朴恩的训练搁置了半年，虽然后期也开始慢慢进行恢复训练和腿部练习，但与正式短跑选手的训练强度还是有相当大的距离。如今重新训练，其实对朴恩而言相当于从头开始。

归队当天，叶凉亲自送朴恩去了训练基地，刚到就被冯勇拉着进行了二次体能测试。全部结束，两个人去了冯勇的办公室。叶凉看着教练拿着一根铅笔，对着朴恩两次入队的测试对比表勾勾画画，力度大到笔头都要被折断了。

冯勇的表情称不上好，这么长时间不训练加上受伤，朴恩的体能下降是肯定的。尽管女孩早就有心理准备，可当真看见冯勇的表情，叶凉还是忍不住有些难过。

被冯勇吊着，叶凉一颗心七上八下的。她的小脸皱得像一张被揉搓的报纸，心急如焚地说道：“教练，结果是不是很不好？您倒是说一句话啊。”

朴恩拍了拍叶凉的手，让小姑娘先不要急，然后转头看向冯勇：“教练，您就直说，没关系的，我之后会训练追回来的。”

冯勇“啧”了一声，摇摇头张嘴想说什么，又咽了回去，然后起身拉开办公室的门，把正在训练的原禹喊进来：“现在基本上朴恩其他的分数我都看到了，就剩下当时你们俩比赛时候的成绩记录了，现在重新跑一场。”

重新跑一场？

三个人面面相觑，原禹最先跳出来反对：“要知道他的成绩记录，您让他一个人跑就行了，非拽着我干吗啊？他的伤刚好，我赢了也胜之不武啊。”

叶凉的小脸也鼓了起来：“冯教练，我也认为在这种情况下让朴恩参加比赛对他不公平。”

重要的不是谁输谁赢，叶凉更担心的是朴恩会因此出现挫败感。

“又不是真的比赛，只是跑一跑记个成绩。”冯勇看向一直没说话的朴恩，“你的意见呢？”

朴恩的舌尖抵了抵腮，心里想的是冯勇不会无缘无故让两个人比赛，点点头：“可以试试。”

冯勇欣慰地拍了拍朴恩的肩膀，背着手率先走到起跑线上：“过来吧。”

“朴恩……”叶凉拽住朴恩，满眼写着心疼。

朴恩握了握叶凉的手：“没事，我好久没跑了，刚好活动活动筋骨。”

原禹像一只狂躁的小猴子跟在后头嚷嚷，一副气急败坏的样子：“都说了不跑，你干吗还要答应？你就这么想被我虐啊！”

“我把丑话先说前头，我可不会让着你啊。”全力以赴，是对对手的尊重，“到时候你输了可不能跟我耍脾气、撂脸子。”

朴恩睨了原禹一眼：“同样的话送给你。”

哟，底气还挺足。

冯勇把场地拉到了室外，临近正午，太阳热得刺眼。朴恩蹲下身，紧了紧脚下的跑鞋，伸长腿在原地进行着拉伸，阳光将男孩细碎的短发染成了栗色。

同期的其他队友也都走过来观战，在跑道两边站成一排。叶凉站在终点的位置，双手合十，紧紧盯着面前的男孩，手心出了一层薄薄的汗意。

只是随意测试，现场没有设置起跑器。两个人半蹲下身子，双手放在地上模拟助跑的动作，只听冯勇一声令下，两个人朝着前方大步奔去。

风披在朴恩的身上，男孩带着不顾一切的汹涌与执着，朝着他的姑娘狂奔而来。到了后半程，朴恩右臂摆动的幅度明显缩小，频率也微微下降，原本咬紧原禹的距离也正在渐渐拉开，原禹几乎快出了朴恩一个身位的距离。

这是认识朴恩以来，叶凉第一次看见男孩输。可男孩望向终点的目光却仍然坚毅，直到最后他都没有放弃。冲破终点，他累得瘫倒在地，右臂已经不再疼痛，可长久被捆绑的手臂仍旧透露着僵硬。

“原禹，10 秒 07。朴恩，10 秒 21。”

冯勇报完成绩，队员都情不自禁鼓起了掌。虽然如今朴恩的成绩远不及当时的 9 秒 96，却仍旧要比在场大多数的运动员快出很多。时隔半年，朴恩回归，仍旧光芒万丈。

冯勇踹了原禹一脚：“这么长时间了，你还在 10 秒晃悠，丢人不丢人？”

然后他走过来对朴恩说道：“你的状态还不错，虽然我也觉得惊讶，但是你的体能测试结果几乎跟两年前你入队时的没有差别，甚至身体各项指标在经过两年的训练之后还有了明显的提升。右臂目前的力量和灵敏度确实和左臂出现了差异，你这个情况必须坚持做运动康复，同时我也帮你找了一位中医进行针灸治疗。

“我给你一个月的缓和期，下个月开始，我就要正式加大你的训练力度，全力备战明年的选拔。”

叶凉在旁边吸了一口气，感谢的话还没说出口，就见冯勇使劲儿敲了敲朴恩的头顶，半开玩笑地说道：“到时候你可不能再弃赛了。”

说来也巧，冯勇帮朴恩联系的王大夫就在最初朴恩脚腕扭伤的医院工作。

叶凉走到医院门口还在感叹：“缘分就是这么妙不可言，时隔三年，竟然又要带着你来这边复健了。”

当时朴恩三天两头嚷嚷着让叶凉对他的脚伤负责，整天瘸着腿到叶凉楼下等小姑娘，然后逼她做人形拐杖，她想到他那副无赖样不禁觉得好笑：“你这次受伤怎么没用这个借口，让我对你的手伤负责啊？这一点都不像你的风格。”

自从叶凉在外头租了房，朴恩为了留宿，也算是想了无数个千奇百怪的借口，可唯独没用过手臂受伤作为挡箭牌。

朴恩看了小姑娘一眼，轻轻说了一句：“因为怕你当真。”

当年，朴恩脚腕上的伤并不严重，至少不会影响到他的职业生涯。在叶凉对自己避之不及的情况下，他选择这个理由是最好的借口。而如今他深知女孩身上背着名为愧疚的枷锁，又怎么舍得再轻易以此为理由让女孩原本就疲惫的心再背上如此沉重的负担。

到了诊疗室，两人才知道王大夫已经年过七旬，退休后被返聘到医院，现在已经不亲自看病，大多是在进行指导类的工作，此次还是冯勇特别拜托老先生出山的。

王大夫捏了捏朴恩的手臂：“果然，年轻人的恢复能力比较强，骨头已经没什么问题，筋脉稍微有些堵塞，还有肌肉过于僵硬。”

叶凉身体前倾，有些紧张地问道：“那他可以调理好吗？”

“可以。”王大夫没故弄玄虚，直接给了肯定的答复，“每周三次的针灸加按摩，保守估计需要四周。”

“朴恩，你听到了吗？王大夫说可以恢复！”叶凉开心得快要跳起来，飞快翻找书包，拿出一个小巧的笔记本，“王大夫，那您把时间告诉我，我记一下。还有，他饮食上有没有什么要求，吃什么能康复得快一些？他是不是最近也不能拎重东西……”

治疗结束的时候，两人还没出诊疗室，当初给朴恩看脚的骨科医生端着茶壶推门进来，找王大夫聊天。

没想到对方竟然还记得朴恩：“哟，这不是二度扭伤那个小子吗，又受伤啦？”

王大夫喝了一口水润了润嗓子，把老花镜放在一边，也跟着问道：“你们认识？”

“嗯，三年前他脚受伤是我给打的石膏。”然后骨科医生又瞧了瞧叶凉，“没错，当时也是这个小姑娘陪着一块儿来的。我还记得拆石膏那天，她还带了一个小笔记本，趴在桌子上做了半天笔记。”

说完，医生还对着叶凉调侃了一句：“小姑娘，今天带笔记本了吗？”

王大夫一听，立刻就乐了：“带了带了，她刚还跟这儿记东西。”

攥紧自己小笔记本不放手的叶凉：……

“这会儿又是哪儿受伤了，还得来王博士这儿做理疗？”王大夫已经收山了，这时来找他的自然不会是小问题。

“左臂之前骨折了，来这边做恢复的。”叶凉代替朴恩回答。

“啧，搞体育的还真是三天两头受伤。”医生虽然不看比赛，但他还记得当时叶凉说朴恩是体育选手的事儿，于是开玩笑说道，“姑娘，男朋友的职业很重要，你可得慎重选择啊。你老这么伺候着，得伺候到什么时候？”

一直没发言的朴恩眉头耸起，握着叶凉的手微微收紧，不等叶凉回应，他就朝着两名医生有礼貌地回道：“我们就不打扰两位休息，先回去了。”

看热闹不嫌事儿大的医生喝了一口茶，对着叶凉挤眉弄眼：“瞧，这是害怕所以着急走了。”

两人还没出门，王大夫突然想起来：“对了，我忘了说这一个月禁行房事。”

禁行房事？

叶凉听到这话，两颊绯红，连忙摆手：“我们没……没……”

医生露出一副“我们都懂”的眼神说道：“千万记得谨遵医嘱。”

回程路上，叶凉想到医生说的话还止不住笑意：“没想到大夫们看诊的时候挺严肃，私下里还是挺和蔼可亲的。还有，你说我记笔记究竟是有多奇怪，竟然让医生一直记到了现在。”

朴恩没听到小姑娘的话，走在叶凉身侧，一副心事重重的模样。

晚上，朴恩还是住在叶凉家，两人原本商量晚上在家煮个小火锅。去超市买菜的时候，叶凉朝朴恩问了好几个问题，结果都没得到回应。叶凉这才注意到朴恩的不对劲，想想似乎从医院回来男孩的情绪就有些不太正常。

回到家，朴恩把手里的袋子放进厨房，刚出门就被叶凉拽到床边坐了下来。

“我们谈谈。”

并排而坐不好讲话，叶凉索性反身坐上朴恩的膝头，仰头问道：“现在你可以告诉我了吗，从医院出来为什么不开心？”

姿势太过亲昵，两人的呼吸交缠在一起，朴恩忍不住低头想亲吻姑娘软乎乎的唇，却被叶凉灵巧地避开：“你先回答我的问题。”

朴恩干巴巴地舔了舔嘴唇，回道：“我没有不开心。”

“还骗人。”叶凉伸出两只手，拍上朴恩的脸颊，强硬地往上提了提嘴角，“你之前答应过我不骗我了的。”

朴恩见躲不过，伸出手揽住叶凉的腰，下巴抵在女孩的头顶，低声问了一句：“你介意吗？”

“介意什么？”叶凉一愣，没听懂男孩的话。

“介意我的职业。”

叶凉这才明白，原来朴恩还是对医生的话上了心。

体育竞技原本就属于挑战身体极限的活动，高强度训练和普通的强身健体还是有本质差别的。训练中受伤早就成了家常便饭，而每位运动员似乎都已经习惯了和伤痛相处。虽然这次朴恩受伤与训练无关，但他无法保证在之后的训练过程中类似的磕碰不会重演。

这对叶凉来说，确实不公平。

叶凉怎么都没想到朴恩是因为纠结这件事心情才变差的，笑道：“朴恩，你怎么能这么可爱。”

朴恩：什么？

叶凉弯着嘴角，抬头直视着朴恩的双眼说道：“我从小身体就不好，发烧感冒是家常便饭，心脏虽然做了手术，但一直都没有完全康复，稍微不注意可能就会昏厥、发病，指不定什么时候就死掉了。你介意我的情况，会后悔和我在一起吗？”

“当然不会。”朴恩不喜欢叶凉这样说自己，脸色更加难看，“不许乱讲话，你会长命百岁的。”

“难道你还不懂吗？我对你的情感也是一样的。”叶凉闻言，弯了弯嘴角，“未来的风险我们都无法预期，可不管未来怎么样，我都愿意跟你一起面对。只要未来是你，我都不怕。”

朴恩的心塌陷了一块，仿佛最后一块石头也终于被挪开。他沙哑着嗓子问道：“那我现在可以吻你了吗？”

“当然。”

事实证明，在床边拥吻确实不是一个明智的选择。

犹记得上次朴恩也是在相同的位置亲吻叶凉，结果叶凉理智占据了上风，推开了男孩。而历史总是惊人的相似，可这次叶凉却没能这么理智，因为没有石膏禁锢的朴恩战斗力明显上升，直到肌肤由于接触到了外界的空气出现鸡皮疙瘩时，叶凉才意识到自己的衣服不知什么时候被朴恩褪去了大半。

朴恩不安分的手又再次溜到女孩的身下，叶凉害羞地阻止男孩的动作。朴恩发现叶凉的双眸泛红，对着叶凉的耳朵轻轻用气音说道：“叶子，我想要。”

叶凉浑身颤了颤，感觉自己像鱼肉躺在案板上，任由刀俎磨刀霍霍。她偏过头去，索性不再看，手也轻轻松开，这个动作算是给了朴恩信号，喘息声再次加重。

就在两个人即将坦诚相见，局势快要一发不可收拾之际，叶凉混沌的大脑突然劈下一道金光，立刻用双手捧住朴恩不断往下的脸颊：“不行！

“医生说你这段时间禁行房事！”

朴恩：？

箭在弦上，不得不发，这次规模可与前几次不同。朴恩喘着粗气，头再次埋下：“没关系。”

“我说不行！”叶凉急吼吼地从男孩身下钻出来，“王大夫特别说了，要谨遵医嘱，你不要让我担心了。”

闻言，朴恩这才挫败地平躺到一边，用被子盖住脸，哼哼唧唧：“我难受。”

听说男孩老这样确实对身体不好，叶凉的脸像扑了一层蜜粉，小声说道：“要不……我帮帮你吧。”

朴恩“咻”地扭头过来，脸上闪过挣扎和复杂。

几秒钟后，朴恩一个鲤鱼打挺，跑到洗手间，大喊：“你不要再诱惑我了！”

等了很久，朴恩才从洗手间出来，耳根红得快要滴血了。

“好了？”叶凉已经恢复正常，只是脸颊还带着红晕。

“嗯。”朴恩低着头，像做错事的小孩。

两人对视了一会儿，不知谁先笑了出来，朴恩先哀叹一声：“真希望一个月赶快过去。”

叶凉眼底的笑意更浓，起身熊抱住男孩：“快去煮火锅啦，我好饿。”

朴恩每周要去医院三次，由于往返路程太远，为了方便，朴恩当天晚上都会住在叶凉那边，隔天早晨再去训练基地。

一个月匆匆而过，最后一次叶凉陪着男孩到医院门口的时候，朴恩长舒了一口气，感叹了一句：“终于结束了。”

“对啊。”叶凉也跟着喜悦，“冯教练说你这段时间成绩提高得非常快，右臂的协调和力量测试数据都和左臂越来越接近了，王大夫还是很厉害的。”

朴恩瞥了眼叶凉：“我关心的可不是这个。”

叶凉一愣：“那你关心什么？”

朴恩露出了一丝耐人寻味的笑意：“我关心我什么时候才能逃离手动挡。”

朴恩正是精力旺盛的年纪，两个人住在一起难免有擦枪走火的时候。只是事关朴恩的健康，叶凉总是异常坚定，坚持要把医嘱奉行到底。朴恩掰着手指头，终于迎来了这最后一次治疗，心情自然无比轻松。

叶凉的脸皮可没朴恩这么厚，闻言，眼睛立马瞪得圆滚滚的："你天天都在想些什么，等会儿到了王大夫面前你可不许乱讲话！"

王大夫仍旧戴着厚重的老花镜，一套理疗下来，他又摸了摸朴恩右臂的经络："现在跟开始比已经通畅了很多，你自己感觉呢？"

朴恩顺畅地弯了弯手臂："轻松了很多。"

王大夫瞧了瞧朴恩的脸色，蹙了蹙眉："我给你顺便号号脉吧。"

叶凉以为朴恩又出了什么新问题，神色立马紧张起来。

"没什么大事，就是虚火旺。"王大夫瞧了一眼朴恩，"老是克制对身体不好，平时可以通过运动或其他方式解决。"

还要运动？朴恩最近的运动量很大啊。

叶凉没听懂王大夫在说什么，刚想开口询问，就看见朴恩满脸阴沉："您不是说要'谨遵医嘱'吗？"四个字咬得异常清晰。

王大夫笑了笑："对，现在你可以解禁了。"

叶凉这才意识到两个人当着自己的面在说些什么，整个人像一个小番茄浑身涨得通红，跟屁股下着了火似的坐立难安。

伴着王大夫暧昧的目光，叶凉低着头从办公室走出来，立刻暴跳如雷："你……你又乱讲话了！"

"没有，是他先说的。"朴恩大喊冤枉。

叶凉跳脚还想说什么，朴恩一把揽住叶凉的肩膀："别害羞，反正现在都是最后一次治疗了，你以后也不会碰到王大夫，没关系的。"

朴恩迈开长腿往前走："快快快，我们赶快回家。"

朴恩的坏心思就差刻在脑门上昭告天下了。

叶凉被男人夹在胳肢窝下，半胁迫地往前走。还没走到地铁站，朴恩的电话就响了起来，隔着手机都能听到冯勇激动的声音。

"朴恩，你现在是不是从医院出来了？告诉你一个好消息，你的集训申请批下来了！你现在赶快归队，我们要给这批的集训运动员开个会。”

朴恩：“……”

明明是天大的好事，挂断电话的朴恩却一副天要塌了的悲痛模样。小姑娘忍笑安慰道：“以后还有机会的，运动会集训的事比较重要。”

“都很重要。”朴恩耷拉着肩膀，像是泄气的皮球，“而且此刻对我来说，你比运动会还要重要。”

上次的锦标赛朴恩虽然放弃了，可在拉米拉国闹出的注射兴奋剂外加恶性绑架事件却让世界的焦点聚焦在了中国短跑上，初赛时朴恩的 9 秒 96 也震惊了所有关注体育赛事的人。所有人都在等待这个男孩重新出现，而这次朴恩参加集训的消息更是让微博一度陷入瘫痪，当然质疑声也有很多，但大部分都是对这位实力不俗小将的祝福。

朴恩的优势在于后半程，他的爆发力在国内短跑运动员中属于佼佼者，而起跑却是短板，虽然反应速度并不慢，但与国外高水平运动员相比还是存在差距。这次受伤回归，他的爆发力多少也受到了影响，队里为了尽快恢复他的状态，特别外聘了私教。这也让他的训练强度陡然增加，从医院归队的当天，他就开始投入一对一的单练，饶是他精力这么充沛的人，训练回来都几乎处于筋疲力尽的状态，再难生出其他的心思。

集训的那段时间，两个人又恢复了每天靠手机早晚沟通的异地状态，晚上朴恩躺在宿舍床上，像死狗一样有气无力地跟女孩打电话，委屈巴巴地说道：“我好想你。”

“是不是训练很累？”

“嗯，很辛苦，我都要撑不下去了。”朴恩声音萎靡，“想让你亲亲。”

结果原禹刚好洗完澡出来听到这句话，大着嗓门嚷嚷：“朴恩，你还能不能要点脸。叶子你可别信这个人的鬼话，他训练的时候精神得跟一头牛犊子似的，今天虐了我们一伙儿人！”

叶凉抿嘴偷笑，没听到朴恩说话，倒是原禹哇哇乱叫的声音再次传来：“叶子你管管，朴恩要打我！还说自己累，这一脚踹得我大腿能肿半个月！”

朴恩轻哼的声音再次从听筒传来，叶凉轻声问道：“没事吧？”

“没事，你别听他乱讲。”见原禹也趴在自己的小单人床上，拿出手机准备开始控诉朴恩方才的恶行，朴恩继续说，“他现在不说数来宝，所以天天闲得厉害。”

“什么数来宝？”果然原禹再次奓毛，“我那是饶舌，饶舌好吗！

“再说，要不是你不让我跟我的小趵突泉接触，我能灵感枯竭吗？”

叶凉安静地听着两人的对话，突然问道：“什么趵突泉？”

“谁知道他又发什么疯，别理他。”朴恩瞪了原禹一眼，直接起身走到门外。他整个人趴在栏杆上，对着满天的星星叹了一口气，“我好想你，想抱抱你。”

“嗯。”仿佛被其中的一颗星砸中了心脏，叶凉安静了几秒才说道，“你刚说过了。”

“不一样。”朴恩摇了摇头，“刚刚想你的是朴恩，现在想你的是小朴恩。”

小朴恩什么鬼？

这人现在说话怎么动不动就超速！

训练强度这么大，他现在胡思乱想这些真的好吗？

四年一度的比赛在霓虹国拉开帷幕，两国距离较近，很多中国人也亲自到现场为我国体育健儿加油助威。田径赛当天，五星红旗几乎飘扬了半个赛场，叶凉拿着话筒站在门口随机采访着中国面孔，观众都兴奋地对着镜头挥手：“我们特地从国内飞过来看朴恩的比赛，希望今天朴恩能跑出好成绩。朴恩加油！中国加油！”

七月末，天气热得像火炉，又采访完一位奔着朴恩来的小姑娘。叶凉的手机响了起来，屏幕上跳跃的名字恰巧就是朴恩。

“你在做什么？”

“随机采访路人。”叶凉站在树荫下喝了一口水，“结果发现中国观众里头，十个里面有八个是冲着你来的，其中还有两个是冲着你跟原禹来的。”

朴恩轻笑着：“你不要一直在太阳下暴晒，多喝水。”

“我知道，在喝了。”叶凉拿着采访稿当扇子，“你现在出来了吗？”

“已经上车了，等会儿我就能见到你了。”

叶凉眯了眯眼：“不要紧张，我等你。”

“叶子姐姐！”刚挂断电话，手拿迷你国旗的小家伙从远处欢腾着跑来。

刘锦和孙健带着安安也来到霓虹国亲自观看朴恩比赛。这几年，安安的个子长高了不少，可脸颊的婴儿肥一直没消去，红彤彤的像一个小苹果。

叶凉拉着安安的小手，跟两个人打招呼，刘锦的双手冰凉，脸上满是担心：“也不知道朴恩这孩子今天状态怎么样，现在紧张不紧张。”

孙健对着老婆笑道：“小恩再紧张估计也没你紧张。”

如今刘锦虽然嘴上说着不想让朴恩继续练短跑，可私下里比谁都关心儿子的情况。听到街坊四邻夸朴恩，她心里头更是乐开了花。

初赛朴恩被分到了实力最强劲的一组，当分组名单出现在大屏幕的时候，场上观众发出喟叹，感叹朴恩运气不好。小组赛中与朴恩同一组的两名选手都是今年夺冠的热门，其中一名是上届比赛的冠军得主，另一名在去年的冠军赛上刚刚刷新了最新的世界纪录。

这是朴恩自弃赛后首次出现在大荧幕上，所有人包括解说员都不知道朴恩在这段时间病痛的恢复情况和目前的个人状态。解说员对着话筒也叹了一口气。不知面对小组赛的强大阵容，这名小将能否凭借实力挺入决赛。

比赛的哨声吹响，朴恩再次踩上起跑器。叶凉握着话筒的手早就汗涔涔一片，双手止不住颤抖，心脏跳动得快到几乎要飞出体外。

“砰”的一声巨响，发令枪的指令响起，一团淡淡的烟雾在蓝天中消散。

比赛开始了，全场的观众开始尖叫，叶凉感觉自己浑身的血液都在随着朴恩迈出的步伐飞速燃烧。

朴恩为了今天，付出的努力和汗水叶凉全部看在眼里，她比谁都希望这个男孩的辛苦能够换得一个完美的回报。

朴恩与其他两名选手几乎并排同时撞线，用肉眼几乎很难看出胜负。在小组赛中就看到这么精彩的比赛，这让所有中国观众都站起身来，所有的人都在焦灼地等待裁判的指令。

几分钟后，大屏幕上显示出高频记录仪捕捉到的画面，朴恩的脚紧跟在上届冠军之后，迈过了终点线。进了！朴恩闯进了决赛！

全场沸腾了，解说员对着镜头激动地说道：“第二名，小组第二名！朴恩好样的！”

而运气超好的原禹抽中了第三组，整体竞争没有朴恩这组这么激烈，铆足全力的他也以小组第二的成绩成功晋级决赛，只是在朴恩这个巨大光环的照射下，他难免黯淡了不少。

小组赛已经过去，男子一百米决赛的时间被拉到了第二天。

比赛当晚，叶凉跑到短跑队下榻的宾馆跟男孩见面，冯勇此时看见叶凉完全是一副如临大敌的状态，对这两人千叮咛万嘱咐：“明天就要比赛了，你们两个小屁孩这次可不许出什么幺蛾子。”

在叶凉举手发誓之后，冯勇才走出房间，留给两人独处的空间。

冯勇一走，叶凉“噗”地笑出来，对着朴恩说道：“我现在感觉自己好像是敌方的小间谍，冯教练超担心你被我诱入敌方阵营。”

朴恩坐在床上，一把搂住叶凉，脸在姑娘胸口蹭啊蹭：“那你快诱惑我啊，先说好，我只接受色诱。”

叶凉无奈地使劲儿扯住朴恩的脸颊：“你能不能正经些，明天还要不要比赛了？”

“我们都好久没有亲亲了。”朴恩噘着嘴，“我今天表现这么好，你都不给我一点奖励吗？”

叶凉红着脸，低着头小声说道：“那只能亲亲哦。”

语毕，她微微合上眼，凑过去主动献吻。

芳唇微触，宾馆的房门就不安分地响了起来：“哥哥，安安来看你了！”

来得真是时候。

“不管他！”朴恩拽回准备去开门的叶凉，双手捧着叶凉的脸颊就要往上亲。

结果门外再次传来刘锦的声音：“小恩，你在吗？”

黑着脸的朴恩：“……”

“快去开门啦，等比赛结束再说。”叶凉的脸燃烧起来。

朴恩眼睛一亮：“你说的，比赛结束你就亲我。”

“你现在说话怎么……”叶凉捂住朴恩的嘴，结果手心被男孩用舌头舔了一口。

“你答应我，不答应我，我就不去开门。”朴恩眸中带着笑意。

都什么时候了他竟然还要威胁她！

门口又传来安安粗鲁的敲门声，叶凉把朴恩往门口推，气急败坏地说道：“我答应你，我答应你，你快开门啦。”

朴恩这才松开小姑娘，叶凉也忙不迭地整理衣服，跟着起身去开门。等到晚上，叶凉躺在床上才惊觉自己好像又被朴恩套路了。

他开不开门跟她有什么关系，自己又为什么要答应他这么猥琐的事？

第二天决赛现场，中国人的面孔显然比前一天多了许多。

昨日的东道主霓虹国选手在百米赛场惨遭淘汰，而朴恩和原禹意外成为挺进决赛的亚洲选手。两人的外貌皆不俗，站在一众选手中间显得分外耀眼。

准备阶段，冯勇在场边拍了拍两名爱徒的肩膀，有太多的话想嘱咐，最后都化成了一句：“拼尽全力，不留遗憾。”

叶凉仍旧站在终点的位置上，穿越人群遥望心爱的男孩。

场内所有的人都成了背景板，世界只剩下了那个身穿红衣的少年。枪声再次鸣响的时候，叶凉似乎忘记了紧张，呆呆地看着朴恩耳骨处的银制耳环在太阳的折射下闪现出夺目的光，一瞬间，她仿佛穿越了时光，太多的过往点滴在这一刻都化作了圆满。

直到身边同事激动地抱住叶凉，大喊“我们赢了”的时候，叶凉才惊觉比赛已经结束。大屏幕中的男孩再次做出了他标志性的动作，食指冲着叶凉，发送只有彼此才能懂得的胜利信号。

在场的观众都哭了，连解说员的声音也已经哽咽，几次说不出话来。

谁说亚洲人不能拿冠军，谁说中国人不能拿冠军？今天，朴恩就在这个赛场上创造了属于他的奇迹，属于我们的奇迹。

叶凉已经完全傻在原地，腿软到几乎支撑不住她的身子。她呆呆地望着朴恩身披国旗朝着自己跑来，踩在记者席围栏的底端，不顾千万人的目光，朝着小姑娘张开双臂，露出明媚又灿烂的微笑，仿佛世界都被他点亮了。

“叶子，现在该你跑向我了。”

？待在里面很闷啊。”
忙脚乱地把小姑娘抱出来，小心翼翼放在了床上，像一
上去：“小骗子，你不是说在上班吗？”
开嘴：“你不开心我突然出现吗？”
心到快要爆炸了！”朴恩顺手把被子扯过来披在叶凉身
小狗在叶凉身上蹭啊蹭，然后问道，“那这么多天你是
炎的吗？”
。”叶凉的双臂环上男孩的脖颈，眼睛里闪着细碎的星光。
的。”朴恩低下头，轻轻吻在叶凉眉心，“你是我这辈
子的礼物。”

# 番　外

## 赛后约定

短跑队的夺冠之旅已经结束，冯勇为了奖励这次的胜利，特别放宽了归队时间，可以让大家在当地自由活动。每个人脸上都喜气洋洋，连决赛跑到最后一名的原禹都欢天喜地，只有获得冠军的朴恩一个人不开心，非常不开心。

原本比赛结束，朴恩满心想的都是和叶凉的亲密时光。然而理想是丰满的，现实却是那么骨感。运动会仍在继续，作为一线记者的叶凉整天都要待在会场实时报道，根本腾不出时间陪他。这也就算了，刘锦跟孙健一时兴起，报了一个当地团，趁着出国两人度了一次蜜月，直接将小拖油瓶安安甩给了无所事事的他。就这样，他不仅没能见到女友，还当起了可怜的小保姆。

总算熬到刘锦他们回国，叶凉却突然收到《××体育周刊》的紧急回国任务，当晚也跟着一起回了北城。思妻心切的朴恩果断改签了机票，隔天自己一个人耷拉着小眉毛返程，没有半点冠军应有的飒爽英姿。

因提前回国，接机口也没有记者粉丝迎接。朴恩就像一个斗败的小土豆，拎着行李在人来人往中打通了叶凉的电话，楚楚可怜地说道："我下飞机了。"

"啊，这么快。"叶凉语带歉意，"可我这边还没忙完……不然你先回家等我吧。"

朴恩的眉毛更加紧皱了，他开始觉得叶凉变了，变得没那么爱他了。



一路消沉地回到叶凉的出租屋
个巨大的礼盒，大约有半个人那么
朴恩的心脏突地一跳：这是叶
男孩小心翼翼地掀开礼盒的
起来大声喊道："朴小恩，恭喜
"礼物"穿着一件小兔子的
肤都露在外面，头顶竖了两只毛
短的小尾巴。
朴恩的心脏跳动到快要呕吐
红。一双眼慌乱到不知该往哪里
在加班，为什么会突然出现？"
"啊啊啊，叶子穿成这样可
当然叶凉也好不到哪里去，
得很，小脸粉扑扑的，堪堪能遮
突然叶凉看着朴恩惊呼：
朴恩这才从乌七八糟的想
子冲进了厕所。叶凉也慌忙想
赶紧跑出来把叶凉按下去，"
要重新来。"
叶凉：重新？
几分钟后，朴恩鼻子里塞
上的盖子捡起来自己盖好，接
再次进门的朴恩大声地对
难道是叶凉给我准备的礼物吗
坐在礼盒里面的叶凉："
接着礼盒被拆开，叶凉
为什么没跳出来？"
叶凉翻了个白眼，对着

让我出去
朴恩
只大狗扑
叶凉
"我
上，像一
故意对我冷
"你猜
"你是
子收到过最

短跑队的夺冠之旅已经结束，冯勇为了奖励这次的胜利，特别放宽了归队时间，可以让大家在当地自由活动。每个人脸上都喜气洋洋，连决赛跑到最后一名的原禹都欢天喜地，只有获得冠军的朴恩一个人不开心，非常不开心。

原本比赛结束，朴恩满心想的都是和叶凉的亲密时光。然而理想是丰满的，现实却是那么骨感。运动会仍在继续，作为一线记者的叶凉整天都要待在会场实时报道，根本腾不出时间陪他。这也就算了，刘锦跟孙健一时兴起，报了一个当地团，趁着出国两人度了一次蜜月，直接将小拖油瓶安安甩给了无所事事的他。就这样，他不仅没能见到女友，还当起了可怜的小保姆。

总算熬到刘锦他们回国，叶凉却突然收到《××体育周刊》的紧急回国任务，当晚也跟着一起回了北城。思妻心切的朴恩果断改签了机票，隔天自己一个人耷拉着小眉毛返程，没有半点冠军应有的飒爽英姿。

因提前回国，接机口也没有记者粉丝迎接。朴恩就像一个斗败的小土豆，拎着行李在人来人往中打通了叶凉的电话，楚楚可怜地说道：“我下飞机了。”

“啊，这么快。”叶凉语带歉意，“可我这边还没忙完……不然你先回家等我吧。”

朴恩的眉毛更加紧皱了，他开始觉得叶凉变了，变得没那么爱他了。

# 番外

## 赛后约定

让我出去啦？待在里面很闷啊。”

朴恩手忙脚乱地把小姑娘抱出来，小心翼翼放在了床上，像一只大狗扑了上去：“小骗子，你不是说在上班吗？”

叶凉咧开嘴：“你不开心我突然出现吗？”

“我开心到快要爆炸了！”朴恩顺手把被子扯过来披在叶凉身上，像一只小狗在叶凉身上蹭啊蹭，然后问道，“那这么多天你是故意对我冷淡的吗？”

“你猜。”叶凉的双臂环上男孩的脖颈，眼睛里闪着细碎的星光。

“你是的。”朴恩低下头，轻轻吻在叶凉眉心，“你是我这辈子收到过最好的礼物。”

一路消沉地回到叶凉的出租屋，推门就见狭窄的过道上放了一个巨大的礼盒，大约有半个人那么高，张开两臂那么宽。

朴恩的心脏突地一跳：这是叶凉给他的惊喜？

男孩小心翼翼地掀开礼盒的一角，里头的“礼物”立刻自己跳起来大声喊道：“朴小恩，恭喜夺冠！”

“礼物”穿着一件小兔子的衣服，但除了重要部位，大片的肌肤都露在外面，头顶竖了两只毛茸茸的小耳朵，臀后还带了一条短短的小尾巴。

朴恩的心脏跳动到快要呕吐出来，脸以肉眼可见的速度飞速飙红。一双眼慌乱到不知该往哪里看，满心想的是：“叶凉不是应该在加班，为什么会突然出现？”

“啊啊啊，叶子穿成这样可爱又性感，好想亲……”

当然叶凉也好不到哪里去，第一次穿这种衣服，她本人也害羞得很，小脸粉扑扑的，堪堪能遮住臀股的短裙被局促地往下拉了又拉。

突然叶凉看着朴恩惊呼：“朴恩，你流鼻血了！”

朴恩这才从乌七八糟的想法中逃离出来，捂着鼻子“嗷”一嗓子冲进了厕所。叶凉也慌忙想从礼物盒子里跳出来，朴恩见状，又赶紧跑出来把叶凉按下去，“你别动，这次不算不算，你先坐好我要重新来。”

叶凉：重新？

几分钟后，朴恩鼻子里塞着卫生纸，跑了出来，匆忙把扔在地上的盖子捡起来自己盖好，接着叶凉听到关门以及再次开门的声音。

再次进门的朴恩大声地对着空气说道：“咦，这里怎么有个礼盒？难道是叶凉给我准备的礼物吗？我现在要拆开来看看！”

坐在礼盒里面的叶凉：“……”

接着礼盒被拆开，叶凉盘坐在里面抬了抬眉，朴恩垮下脸：“你为什么没跳出来？”

叶凉翻了个白眼，对着男孩伸出白嫩的手臂：“你到底要不要